字码头

『字码头』读库

# 清凉歌

◎张鲁镭 著

大连出版社

DALIAN PUBLISHING HOUSE

## 张鲁镭

曾在《人民文学》《中国作家》《青年文学》《北京文学》《十月》《山花》等杂志发表作品。小说集《小日子》入选二〇〇八年二十一世纪文学之星丛书。中国作家协会会员辽宁作协理事，辽宁文学院签约作家，大连市作家协会主席团成员。现工作于大连市戏剧创作室。

# 留住阅读和写作的心

## ——“字码头”读库总序

滕贞甫

网络时代，很多人似乎慢慢丢掉了阅读的习惯，在市场力量的推动下，消费性的写作也成为了当下的文学主流。

大连是个现代化的海滨城市，在这里工作和生活着一批全国知名的文学作家。他们中间有恪守文学表现时代传统的50后、60后作家，也有表现人物成长和个人生活、侧面展现历史的近70后作家。“字码头”读库推出十二位作家的经典文学作品集，包括作家自选的中短篇小说集、散文集、随笔集。这些作品关注和表现的题材十分丰富，涵盖了历史、现实、农村、工厂、部队、知识阶层、都市时尚生活、现代女性和新人类。写作方面各具特点，有简捷明快、以故事情节引人入胜者，也有的以对人、事、物细腻的描绘和铺陈见长。如，孙惠芬对北方乡村农民及民工人物内心的丰富变化的细腻描绘，马晓丽对部队生活的深刻体验及对人物内心世界的深广、丰富的描述。陈昌平的小说让小人物走进历史，他书写普通人不同历史时期的卑微心理和悲凉人生，在貌似松弛的叙述中透出内在的凌厉无比的锋芒。

该读库作品的另外一个特点是既有故事情节，又能把这一故事讲述得娓娓动人，叙述得有技巧。津子围的小说宁静、平和、自由、开放，没有过多的笔墨渲染心理分析，而是在委婉地讲述着一个个故事，那些现代性的感受和先锋思考，在他的作品中深深地隐匿于个性的皮肉之下。

“字码头”读库中的散文和随笔也有着鲜明

的特点。邓刚、素素、宁明，他们的作品从不同的角度思考着“文革”、知青、改革、文化、历史、社会、人生问题，这些问题同时也是社会关注的焦点，他们力图通过他们的作品回应着历史、现实提出的问题，引领和解答着人们的思考。宁明的飞行散文有着重要的拓展与探索意义，不仅填补了国内散文创作领域书写飞行题材的空白，还为零距离状写蓝天体验提供了文本借鉴。

“字码头”读库与中国社会的发展进程相一致，从中我们找回了历史与记忆，找回了哲学的思考，她承载着当代文学的审美追求，展示着中国文坛梦的趋向与特征。她不仅是对文学资源的一种深度挖掘和发现，同时对当下中国文化的空间、文化的积淀、文化的推动，具有双向的拓展和深化作用。网络时代，我们更加相信，品质上佳的作品还会让人不自禁地想多读些书，让人静下心来投入写作，因为系统的阅读、精致的写作最终是让知识体系完整而不是碎片化。

最后寄语读者、作家：请留住你们阅读和写作的心。

（作者系中共大连市委宣传部常务副部长、大连市文联主席）

# 目录

QINGLIANGGE

# 清凉歌

## 一

苏教授从梦中醒来时阳光已经站到床头柜上，被阳光沐浴着的小艾正朝老爸甜甜地笑呢！苏教授对着相框挤挤眼，你个小不点儿居然要当妈妈了。他不由想起刚刚那个怪诞的梦，小艾气喘吁吁地背着个双肩包向他跑过来，苏教授兴奋地迎上去，可他的脚却像拴着个铅球，费了好大劲也没挪出去几步，不知怎么还摔了一跤，他开始往前爬，发现小艾也正朝这边爬过来。当他们抱在一起时，苏教授看到的却是小艾妈，你还好吧！小艾妈满眼泪花，苏教授鼻子一酸……

小艾妈刚去世那阵儿，苏教授每天都盼着能在梦里见到她，如果真那样的话小艾妈就没有离他而去，他们只不过变更了一下作息时间，将白天的居家过日子换到晚上。梦里他们依旧重复着往日的生活，看书看报聊天喝茶。那时候苏教授还计划白天多锻炼身体，以便晚上早一点入眠，让他的梦通过人为拉长一点。可偏偏不遂人愿，在梦里他们居然一次都没见过。每到小艾妈生日他都要买上几只非常饱满的大石榴放在床头，嘴里念叨着，石榴都给你买了，今晚还不回来？可小艾妈就是不露面。今天这是怎么了？竟然还一觉睡到这般光景，他疑惑地看着小艾，小艾依旧淘气地笑着，像在说，老爸别胡思乱想了，你要迟到了。苏教授猛然想起他今天约了晚报社的马主编见面，讨论他那篇关于美育教育方面的文章。苏教授匆忙洗漱奔出家门。

正值上班高峰，小区外面是个繁华世界，车轮滚滚热血沸腾，汽车和行人潮水一般，一浪又一浪，这是都要去哪儿？司机嗷嗷按着喇叭，他怪前边车开得太慢，不然吃不上这个红灯，于是气愤之下又砸了几下喇叭，仿佛砸着前边那个司机的脑袋。一个小伙子一边打着哈欠一边大口咬着煎饼果子。一个蹲在道边买茶叶蛋的老头问这鸡蛋怎么一天比一天小，卖茶叶蛋的老太太不爱听，愤愤地说，鸡蛋小问鸡去，又不是我下的蛋，我哪知道！一年轻女人左手拉着个小女孩，右肩背着个足有十几斤重的大书包，女人一边骂孩子一边往上拽下滑的书包带儿。小女孩一面和女人对付一面踢着脚下的破饮料瓶。苏教授微微皱眉，他对街上的状态很不适应，甚至都有束手无策那意思。人们呼啦呼啦冒着生命危险从汽车的缝隙中穿越，好像奉命去抢占一个山头，快点快点，晚了就来不及了，根本不理睬悬挂的红灯，苏教授就联想到了一个词，大无畏精神。司机们更大无畏，你腿再快还能赶上我的车轮子？小样吧！现在的人怎么都这么勇敢？苏教授没这个胆儿，老老实实站着等绿灯。绿灯来了他赶紧小心过马路，到底是腿脚老了，走到中间时居然变成红灯。这可坏了，他在马路中央战战兢兢看着汽车在身边呼啸，那个拉着小女孩的女人飞快地穿越呼啸抵达马路对岸。苏教授向她们投去羡慕的眼神，年轻真好！人到他这个年龄就是很无奈，连过个马路都这么困难。他开始在心里鼓励自己，怕什么，不就过个马路吗？勇敢点，向前，再向前，想想小英雄刘胡兰，总算过来了！苏教授长出一口气，后背冒出一层细汗。

苏教授退休有多年，一直居住在学校后面的教师公寓，小区里安静得连脚步声都能听见。还有叽叽喳喳的麻雀叫。麻雀们喜欢在苏教授窗前蹦蹦跳跳，喜欢苏教授撒在地上的小黄米，它们一年四季都胖得像乒乓球，一群会唱歌的乒乓球。现在小区里住着的多是他这样的老家伙，年轻人谁还看得上这样的老住宅。不过老有老的好处，老的东西陈旧却让人心里踏实，在小区里他就是闭着眼也能从南到北走个来回，他知道哪个路口有台阶，哪个拐弯处有路灯，哪棵大树上有鸟窝。他还知道从自家到后门需要四百七十六步，去老周家需要三百零五步，去老郑家需要二百九十一步。他平时深居简出，要出门的话也是走后门。后门临一条小街，那里有两趟公交车和一个不太大的食杂店，完全能满足苏教授日常生活。

那个小女孩哭哭啼啼说迟到要罚站的。女人说怕迟到还赖着不起床。小女孩说昨晚那首曲子本来该弹五遍，是你又给加五遍。女人的手臂像风车一样摆动，出租车、出租车。苏教授看看手表，正常情况下这个时候他应该在家里喝茶，一边喝茶一边看电视新闻。他每天都起得很早，简单吃一点早餐就去外面爬山，从后门出去穿过小街是一座山，它和另外两座山连在一起，驼峰一样，都光顾到怕是一天也爬不完。爬山是苏教授生活里的重头戏，春天的嫩叶夏天的花朵秋天的凉风冬天的白雪，如果天气不是太恶劣苏教授每天都去山上亲近一下大自然，要是哪天因为什么事没上山，他心里总像少了点东西似的不踏实。像现在他站在马路边上，就有种没来由的不安。那个女人勇敢地跑到马路中间打车，也不怕撞着。小女孩脸色蜡黄，昨晚肯定没睡好。现在这孩子怎么这么疲惫，他们家小艾可没遭过这份罪，小艾小学中学都在家门口读的，连马路都不过。有几次要送她上学，都被小艾制止，说让同学看了笑话。现在的小孩子明明住东边，却要跑到大西边上学，像是路途一近就取不到真经。小艾没舍近求远，却也上了重点大学，还去美国留了学。苏教授怜惜地看着小女孩，他决定等她们离开后再打车。总算有辆车把她们拉走了，苏教授这才把手抬起来，司机伸着脖子问去哪儿，晚报大楼。那司机马上把脖子缩回去，先后有三个司机一听“晚报大楼”都扬长而去。苏教授问为什么，其中一个司机回答那条路红灯太多跑起来压抑，没人愿意去。又一辆出租车停在苏教授面前，他从嗓子眼儿挤出四个字——晚报大楼，听上去那么没有底气。上来吧。苏教授感激得直点头，他想这个司机心眼儿真好！他伸手刚要关车门，就听扑通一声，只见一个红色物体撞上来，苏教授的大拇指一阵剧痛，低头一看，指甲青了。是一辆自行车从后面冲过来，那大拇指正好被自行车的脚蹬子卡于车门。苏教授想说你这人怎么骑车的，就听见一声洪亮的狮吼，你他妈怎么停车的？苏教授探头看看，原来是一个五十多岁的壮女人，不是胖，是虎背熊腰的那种壮。好大一张脸，足有脸盆那么大！头发像被狗舔过那样湿漉漉地紧贴在脑壳上。鼻孔里的黑毛咋咋呼呼跑到外面，苏教授从没见过鼻毛这么茂盛的女人，就忍不住多瞧两眼。这人脸面还算干净，一看就知道不在户外作业。以苏教授的经验，只有那些在户外作业的人才会练就这么高的嗓门。她穿了一身火红的运动装，苏教授觉得这个颜色太跳，和她年龄很不相符，给人一种强烈的艳俗感，要是换成淡米色或淡青色起码看着舒服些。老爷子看啥呢啊？不去晚报大楼了？司机有些不耐烦。苏教授只得向那女人赔个笑脸，不好意思，下回我注意就是。关车门时他看见女人的车轱辘歪了。司机一脸不怀好意地笑，那女人挺好看的？那套衣服要是换成淡米色或淡青色会舒服些。呵，老爷子还有这份心思！苏教授马上意识到司机想拧了。他说我是搞美学研究的。忙又低头吹吹他那发了青的大拇指。司机说，这女人一脸的横肉，张嘴就他妈的，什么德行！你老爷子真有涵养，要是把我手指头弄成这样，非让她带我上医院不可。苏教授说那又何必，她也不是故意的。

车开出去也就一百米，一个庞大的红色球体滚过来，往车前一横，司机急刹车，苏教授的头呼地撞在车里的铁栏上鼓出鸡蛋大个包来。还是刚刚那个女人。司机说，看看，人家找你来了。那女人说，撞了人还想跑，没那么便宜。苏教授觉得这话是说给司机的，没他什么事儿。司机说，老爷子刚刚也给你道过歉了，人家对你很有感觉，刚刚还琢磨你穿什么衣服好看呢！是吧，老爷子？苏教授觉得和陌生人开这种玩笑很无聊，他说，我急着去晚报大楼，能不能快一点。女人没理苏教授冲司机嚷，你赶紧下来，我的腰和肩都撞坏了，车也撞坏了，你看着办吧。司机说，是你自己撞在车门上，又不是我开车撞了你。女人说，就是你的车撞了我，你的车门撞了我。司机说，又不是我开的车门，是这位乘客开的门，他开车门撞了你还是你撞在开着的车门上，我也没看清楚，你有理和他讲。苏教授觉得他应该说话了。这位女士，你这就有点过分了，不是我开车门撞了你，是你撞在开着的车门上。车开着门，又是大白天，几百米以外都能看得清楚，难道你看不清楚吗？那女人瞥一眼这个干瘪瘦老头，这儿没你事儿，一边凉快去，少跟着乱搅和。如果苏教授再胖几圈，如果他没戴眼镜，如果他说话间还带几句粗口，譬如他妈他奶奶他大爷他姥姥的都行，就是他眼神冷冷地坐在那儿一句话没有，那么这个女人可能也不会像现在这么放肆，说什么一边凉快去。然而这些都没有，那就没办法了。苏教授看清这女人的自行车很小，是那种迷你款的。唉，那么大个体积，小车不撞坏也得被她压瘪了。女人拍着车窗让司机下来做了断。苏教授看她那刁蛮样，知道是碰上无赖了，或许是正值更年期也说不定。他明白司机一时半会脱不了身。他很抱歉地说，师傅，我有点急事，看样子你的车我是坐不成了，我得下去另找一辆车。司机也随之下车，还拉住苏教授的袖子，别走啊老爷子，你这一走把我扔这儿算怎么回事。司机把苏教授往女人这边拽，大姐，这位老爷子可是个文化人，刚刚他还夸你好看呢，对吧老爷子，你说大姐长得好看，要是穿上米色衣服会更好看。要我说这位大姐穿什么都好看，瞧这红衣服把大姐照得多亮堂，大姐你有四十岁？去你妈的，少来这套，我腰疼得不行，快跟我去医院。司机拉着苏教授不放，苏教授心里急，可还是尽量温和地说，师傅，我打车就要进车里，进车里就得开车门，我不是一只鸟能从窗子飞进去，错不在我呀！你拉着我袖子不让我走，不等于扣押乘客吗？司机很不情愿地松开。

苏教授匆匆往前走，心里边很不舒服，这女人就是在耍无赖，她无非想让司机赔几个钱。苏教授对目前的世相民风也了解一二，他亲眼看见两个自行车撞架，理亏那个拿出五十块钱，对方马上一个手指头伸过去，理亏那个立刻领悟，爽快地又加了五十块，成交。痛快！俩人骑上车哼着小曲各奔东西。刚刚那个女人如果开出一百块钱的价，他会毫不犹豫地支付，保证不讨价还价。一百块钱就能让大家不浪费时间，彼此心平气和，不值得吗？太值了！商品经济时代有些事办起来倒也简单。从前这点小事就是道个歉说声对不起，现在却要用钱来解决。在公交车上你踩了我的脚，不好意思二十块。我撞了你的头，不好意思五十块。你咳嗽时唾沫星子溅到我脸上一百块，因为有可能被传染上感冒肺炎啥的，这个价格稍高些。说对不起太苍白，把票子往对方手里一塞完活。这样大家都成了神圣不可侵犯的个体。苏教授边想边拦车，人家一听去晚报大楼都摇头。他又向刚刚那个地方望过去，看热闹的人已经把车围成个圈。那个司机也够倒霉的，我一招手他就停了，知道去晚报大楼也没拒载。结果碰上这么个窝火事。我这样一走了之，把个刁蛮又无赖的女人留给他一个人对付，不厚道了。

苏教授转身子往回走，他分开看热闹的人，看见那个女人已经坐在车里，样子更加无赖，搞不清她在打什么鬼主意。他把自己的一张名片递给司机，师傅，真不好意思，没想到让你摊上这么一档子事儿。她要去医院，医疗费我出，她要赔偿自行车什么的算我的。那女人也不看他们，两眼直盯着前方，嘴角那儿挂着一抹冷笑。递上名片分开人群，苏教授顿时觉得自己是那么高大，还有伟大，大义凛然大爱无疆之类的褒义词噌噌往外冒。苏教授到达晚报大楼已接近中午，和马主编讨论完稿子就说起来时的事。马主编直说感动，不过你已经走了干吗要回去呢？千不该万不该，不该把名片给人家。苏教授扶了扶眼镜说，做人总要厚道些，要讲良心。

## 二

晚上苏教授在书房里喝茶，他对自己白天的壮举很满意，不然这会儿心里一定不踏实，弄不好晚上还要失眠。他抿一口茶汤，满嘴的顺滑甘润口腔生津，一股特有的茶香在舌尖萦绕。苏教授酷爱茶，茶于他那是至亲至爱，小艾妈撒手人寰，小艾又在美国读书，如果没有茶，他真不知道这悠悠岁月该如何打发。他的书房内一半书一半茶，茶也像书那样被陈列在书柜里，用毛边纸包裹，后面附上说明，某年某月某地或购买或友人赠送。苏教授用茶非常讲究，一方黄花梨长条茶桌，上面铺着云南手织细麻布茶席，有紫砂串顶壶、紫砂散花釉公道杯，茶盏是古建盏。旁边依次摆放着竹根水盂、竹茶则、竹茶针，云南个旧锡茶罐，手工银勺分茶器，茶花是枯荷与风干的石榴枝，双耳铜炉上燃着檀香木条。小艾妈生前喜欢吃石榴，她把红莹莹的石榴籽一颗颗捻下来送进嘴里，再把籽核吐出来堆在手心里，那专注的样子煞是好看，简直可以入画。后来苏教授就拿干石榴做了茶花。他喜欢把自己关在书房里，品着香茶，写写文章看看书报听听古琴，一个人悠闲得很，就像小艾妈还活着那样，就像小艾仍在家里那样，一切都那么顺理成章，一切都那么从容不迫……皆因为茶的相伴！

在所有茶中他最钟情的要数普洱，苏教授觉得饮普洱茶已经不仅限于喝茶本身，那是在品味一种意境一种心境一种文化，饮普洱需要目观其形，鼻闻其香，口品其味，再感其魂。普洱茶汤总是像玫瑰那样红艳，像琥珀那样晶莹，这也是普洱茶之美的重要标志。普洱茶一定要趁热闻香，举杯鼻前，即可感受到陈味芳香如泉涌般扑鼻而来，其高雅沁心之感丝毫不在幽兰清菊之下。饮茶则以感受其甘、滑、醇、厚、顺、柔、甜、活、洁、亮、稠的独特魅力，也是调动了所有的神经在和普洱谈一场“恋爱”。普洱茶的内涵小了说是它的形、它的香、它的色、它的历史……大了说，或许就是人生。酸甜苦辣都化作这幽幽茶香，余香绕梁三日不散，滋润出无限生机……

现在苏教授每周都要乘长途客车去乡下打泉水。那是他和小艾妈无意中发现的泉眼，水流不大却涓涓绵长，就在乡下的步云山上，山中还有几口老井，都水质尚好。小艾妈身体好那会儿，就是工作再忙，他们每年也要忙里偷闲去山里小憩一下，带上帐篷和大小茶具家什，在井边支起来，直饮到酣畅，接着再去找下一个泉眼。那步云山之水是“活”水，有了它普洱茶的精气神更足了。苏教授每周打回两大塑料桶，完全够他一周享用。他琢磨这几天再上一次步云山，叫上一个帮工多打些山泉回来。昨天小艾来电话说她就要回国结婚，小艾很久没喝过老爸煮的茶了，回来一定让她喝个痛快。女儿肚子里已经有了小宝宝。好茶具有安胎的功效。当初小艾是和男朋友一起去的美国，可这个结婚对象却不是那个男孩，只要女儿愿意，女儿幸福，他这个当老爸的还想怎么样？小艾说男孩叫小龙，生在知识分子家庭，对方也是独生子。苏教授虽说没有刻板到讲究门第，但一听知识分子还是满心欢喜，和有文化的人家结亲到底要好些。小艾这次回来就不走了，她希望以后和老爸一起住。苏教授当然高兴，他现在住的房子有一百多平方米，要是他们小两口，不，即将是小三口能住进来那真是太好了。苏教授很喜欢小孩子，每每看见人家含饴弄孙他都要羡慕地多瞧两眼。这下好了，他家也有宝宝了，要不了多久他就能教小宝宝看图识字，等再大一点还要教他写文章，引导他喝茶爱茶。这一屋子的好茶有接班人了。

因为家庭的耳濡目染，小艾也特别喜茶。她从小到大几乎没吃过药，稍染风寒或脾胃不好，都是用茶来解决。苏教授把黄姜削皮切丝，把红糖碾成细末，茶壶里投入六七克熟普洱，文火慢煮，等到滚滚沸腾，把姜丝放进去再煮一会儿，姜香飘荡时把红糖末倒进去，一碗红浓醇香的姜丝普洱炮制完，趁热喝下去，肚腹里开始热气腾腾，后背微微发汗，等第二碗下肚，额头上也冒出汗珠，风寒随之而去。姜汤是民间治疗风寒的良方，把它与茶结合起来，其功效更妙。小艾还把这方法带到美国，并且治愈了好几个老外。苏教授每年都要给小艾寄些茶，都是他精心选配，里边包含着父亲对女儿无限的爱怜。花落时节，他会收集像玫瑰、兰花、蔷薇、茉莉之类的花瓣晒干，然后装在纱布缝制的小口袋里，埋在茶叶中，数日后将小口袋取出，茶叶里就布满了花香。蔷薇茶冲泡时加一点冰糖，茶汤甜蜜可口，还有止咳化痰舒缓肠胃的作用。那个没见过面的小伙子，不知道他是否也喜欢茶，不喜欢也无妨，兴趣可以慢慢培养。他又想起早上的那个梦，他希望今晚还能见到小艾妈，他要把今天的壮举告诉她，我分开人群递上名片……

## 三

第二天苏教授在家写文章，最近他和几个老友正忙碌成立美育协会的事。我国最早提出美育教育的是蔡元培老先生，他认为美育教育可以使人具有美的理想、美的情操、美的品格、美的素养，还可以具有欣赏美和创作美的能力。美育的加强与否，不仅关系到一个民族的兴衰，亦关系到人类社会的生存质量。弘一大师李叔同的“美育拯救论”甚至把美育问题提升到了哲学、文化、社会的层面上。一次，几个离休老教授在品茶时议起当下的食品安全，什么苏丹红地沟油三聚氰胺，又谈到眼下的人际关系道德底线这样的话题，最后总结出，都是缺少对美的理解和认识，如果对美有了深刻的理解和认识，那么好多事情都不会是现在这个样子。几个老教授顿悟出自己的责任与使命，天将降大任于斯人也！成立美育协会迫在眉睫，他们决定从中小学生做起。小孩子嘛，还处于白纸状态，涂上什么颜色就是什么颜色，给他灌输什么他就接受什么，然后在他的身体里生根发芽。几个老教授各自分工，去教育部门审批、联系老师、找试点学校，苏教授的任务是写一些关于美育教育的文章在报纸上发表，让更多的人知道美育教育，了解美育教育的重要性。还好，得到了方方面面的支持，尤其是晚报的马主编，要做人物专访，还要帮他们联系电视台。苏教授正写得投入，就听有人敲门，是昨天那个司机和他老婆，他们是按名片上的地址找来的。司机落座后开始吸烟，烟质不好，苏教授呛得直咳嗽。司机老婆在他腿上拧一把，说正事，你干什么来了？司机就把昨天苏教授走后的事絮叨一遍，讲那个女人如何纠缠他，他如何带她去了医院，又如何把她送回家……苏教授心里虽充满同情和内疚，却没时间细听，报社那边催着要稿子，就问司机花了多少钱。司机从口袋里掏出一沓单据，这是挂号费、这是药费、这是照X光费、这是……你说一共多少钱就是了。一百八十二块六角四分。苏教授和司机说话间，他老婆不停在旁边唠叨，我们招谁惹谁了这么倒霉，我们招谁惹谁了这么倒霉……苏教授找出一百九十块钱递给司机，零钱就别找了。他看了一下手表，我这儿正赶一篇稿子，哪天闲了过来喝茶。知道您忙，可钱还是要找给您。他把分分角角的零钱散在茶桌上。苏教授想这司机还蛮认真的。那以后欢迎你们来喝茶。老先生这一笔结完，咱们结第二笔。还有第二笔？您别急，一看您就是爽快人，第二笔也是几分钟的事儿。从进屋到现在，这司机一口一个您，显得那样彬彬有礼，他将一页纸递给苏教授，苏教授狐疑地看见上面写着“收据：收到工资补偿一千五百元整。吴树华”。这是干什么？老先生别急，听我慢慢讲给您听——那个女人，就是吴树华，她已提前退休，现在一家物流公司干财务，她说月薪是三千块，那么每天就是一百块，现在医院给她开了半个月假条，一百乘以十五等于一千五。我已经垫付给她了，我也是为您好，怕她上门打扰您。您当时说过医药费什么的由您负责，还给了我这个名片，不然哪能来找您？我们招谁惹谁了这么倒霉，司机老婆还在念叨。苏教授朝她看过去，她脸上的无赖表情和那个叫吴树华的女人别无二样。我刚才看过 X 光的鉴定，没什么问题嘛！那是，的确没有半点问题，可从 X 光只能看到骨头的情况，她非说腰扭了，是肌肉拉伤，躺在那里直哼哼，医生就给开了这个假条。岂有此理，简直岂有此理！苏教授愤怒地拍着茶桌，那个被夹青了的大拇指一阵剧痛。我们招谁惹谁了这么倒霉！苏教授又朝司机老婆望过去，大脑中迅速地进行了一番判断：莫不是这司机和那个女人勾结好了来讹诈我？他把目光投向司机，又觉得司机是个老好人，当时那么多司机都不肯拉他，唯有这个人……得赶快把他们打发走，好让自己的心归于安静，今天务必要交稿的，做人要讲信誉，再说稿费就五千多块，苏教授把钱拿给司机。

苏教授每月有很不错的固定工资，外加一些稿费收入，在钱的方面没有纠结。他除了好口茶外，其他一切从简。还有他们家小艾在美国也很努力，又当助教又拿奖学金，几乎不向家里要钱。不过去年小艾忽然提出要买辆车，还希望车的品质好些。苏教授爽快地把钱寄过去，别的无所谓，买车当然要质量好的，这关乎人身安全。稿子的反响很好，商报已经邀请他写专栏了，每周两篇，这样下来稿费也相当可观，苏教授想用部分稿费作为美育协会的活动经费。他想那天多亏把那司机打发掉，不然多耽误事，丢个枣得个梨，这么想着苏教授心里平衡起来，小艾就要带男朋友回来了，得琢磨给那没见过面的小伙子买个什么礼物才是。

## 四

苏教授一面张罗着给小艾装修新房，一面忙碌着美育协会的事。他们已经在两所小学进行了美育试点教育，颇见成效。尤其是低年级的孩子们，他们学会怎样去欣赏一首歌，怎样去理解一幅画。孩子们知道作业本字迹工整也是一种美，还有不管穿着多么漂亮，你往地上丢垃圾那就是不美，你说脏话也不美，而且很丑……苏教授和几个老先生很高兴，他们一个个摩拳擦掌，幻想着把这一事业经营得锦绣繁华，过几天电视台还要采访。小艾的新房就是她原来的卧室，房间粉刷一新，窗帘和床上用品都是小艾喜欢的淡粉色，还有一些零零碎碎的女孩子喜欢的小物件，苏教授让一个老友的女儿帮忙置办。协会的事初见成效，还有他们家就要办喜事了，这算不算双喜临门呢？当然。苏教授脸上挂着笑，开始盘算送未来女婿一个像样礼物，本想送一个玉挂件，又觉得现在满大街人的脖子上都挂个玉件，有些俗套，男孩子脖子上还是干净利落为好。到底送什么呢？这让苏教授费尽思量，这个见面礼很重要，关乎他这个做长辈的对那个年轻人的认可和肯定，还包含自己的状态和品位。对方也是文化家庭，礼物怎么也得透露些文化气息，不然会让人家笑话的。电视里正播放一个关于水晶的纪录片，介绍水晶是23亿年前地壳运动留下来的宝物，它穿越了浩瀚的光阴才来到人们面前。23亿年！仅这数字就让苏教授为之一振，还有那种玲珑剔透的胜美玉过冰清，简直就是世间精灵。苏教授选了一个白水晶手把件，一匹品相上乘的小马。马的鬃毛如云彩一般翻卷着，极其精致。卖家说这水晶有主财避凶辟邪的功效，苏教授想的却是两个年轻人的感情能像水晶那样无瑕，经得住时间打磨。他把小马放在清水里，水晶马立刻就不见了踪影，它们彼此融为一体。他很满意这个选择，无论在花费上还是品位上都相当说得过去。闲时他就把小马放在水盆里，然后再把它摸出来，这么玩着的时候就特别想小艾快点回来。

明天电视台要采访几位老先生，地点设在苏教授家里，晚上他在清理房间，忽然有人敲门，来客是一位陌生年轻人，男的，有三十多岁，瘦高，戴一副细边眼镜，给人一种精明强干的感觉。年轻人说他是律师。苏教授的家还没来过和法律沾边的人，他以为人家找错了。律师却说没错呀！他找的就是苏教授。这位律师很有礼貌，请问，数日前您乘坐出租车开车门时撞倒一位女士……苏教授忙回答，确实有这么回事，但她已经索赔过了。您先别急着辩解，请允许我把来意讲清楚。苏教授觉得这怎么能叫辩解呢？这个律师居然用了“辩解”一词，简直是在侮辱他的人格。苏教授不高兴，不过没有暴发，他是个不善于暴发的瘦老头。他耐着性子听律师说，就在昨天那位女士成了我的当事人，俗话说伤筋动骨一百天，我的当事人现在因为腰肌扭损，仍然不能上班，这里有她两个月的病假条。她的工作是临时聘用制，休息期间单位不给发放工资，所以需要您来补偿这两个月的工资，也就是人民币六千元。因为您前期已经支付过半个月的一千五百块，所以现在还需要您支付四千五百块。如果您觉得应该承担责任，我今天就把钱带回去。否则，您不久将成为被告，收到法院的传票……无赖，那是个臭无赖，苏教授终于像洪水那样暴发了，他全身发抖手脚抽搐。您先别激动，您刚刚不是承认了，是发生过这么一件事吗？不是我开车门撞了她，是她撞在了车门上。如果您不开车门，我的当事人又怎么能撞上？因为您一早出来办事，因为您打了车，因为您开车门，所以我当事人就被撞了，如果您那天没有出门，出了门也没有打车，我的当事人又怎么会被撞到呢？简直一派胡言！苏教授脸色铁青。您今天是不准备赔偿了，那好，不久您将收到一份法院的传票……

第二天的采访没有如期进行，因为苏教授身体不佳。周老先生过来看望他并开导说，女儿大了早晚要嫁人生子的，现在和我们那个时代不一样，只要孩子能幸福，别的都无所谓……这个周老先生刚从别处听说小艾是奉子成婚，知道苏教授中规中矩一辈子，怕是接受不了这样的事。其实最开始知道小艾奉子成婚苏教授心里也不大舒服，但他知道小艾是个好孩子，从小就文静懂事，一个人孤孤单单在美国这几年，学费生活费都是自己赚，基本没用家里操心，一定也吃了不少苦。只要小艾喜欢那个男孩，他这个爸爸也一定会接受的。苏教授不愿意让人知道他将成为被告，他认为这可不是件光彩的事。不过苏教授还是坚信有理走遍天下，无理寸步难行。法律是公正的，法院是讲理的地方，是给好人撑腰的地方，那些坏分子在法庭上都要受到正义的审判法律的严惩。之前出于人道主义精神，在自己毫无过错的情况下，已经向那个无赖支付了一千多块赔偿，即便进了法院又能怎么样呢？

几天后苏教授接到一份法院传票，他曾听说，从法院立案到发出传票需要一个漫长的过程，万万没想到自己的传票却来得如此神速。只是自己一辈子清清白白做人，老了老了反而成了被告，实在让人郁闷。他也动了请律师的念头，又觉得请律师的花费也许比赔偿费还多，而且要拿出大段时间来和律师泡在一起，苏教授有一套十分严格的作息时间，什么时间喝茶爬山、什么时间读书写文章、什么时间会老朋友参加社会活动，多年来几乎雷打不动，他最怕自己的生活次序被打乱。他缺少处理突变生活的能力，每天只能专心做一到两件事，多一件都乱，都是一种负担和折磨。他的日子正做着减法，越简单越好。他已经拟好了小艾回来之前的一切计划，包括某一天再为他们购置一盆天葵都在安排之内，就是没安排给自己请律师，猝不及防的事。一个堂堂大学教授，还占着理，还怕上法庭不成，再说长这么大还不知道法庭长个啥模样，走一趟又如何？苏教授胸中顿时燃起一股孤胆英雄的气概。

法院允许那个无赖女人因“身体不便”不出庭，那个司机作为“目击证人”到庭做证。法庭介绍他在飞腾出租汽车公司工作，叫刘井明。他陈述道，某月某日早晨，他正在望海路上行驶，见这位老同志招手打车，便在他身边停下，这位老同志一开车门，把正骑自行车经过的一个女人撞倒在地。法官问，你能为你的证言负法律责任吗？刘井明平静地点头，当然能，我不是法盲。苏教授愤怒地望着他大叫，你是个卑鄙小人，你、你撒谎，做伪证。刘井明瞟了苏教授一眼，我和那位女士非亲非故，和您老也无冤无仇，我为什么要做伪证？没有理由啊！那天您说要承担责任，还把名片拿给我，难道那名片是我从您手里抢来的吗？刘井明说得那么平静坦荡，表情又诚实可信，相比苏教授的大喊大叫，倒显得很有修养，而且又一口一个您。苏教授两颊紫红，嘴唇哆嗦，挣扎着叫嚷，小人，十足的小人。刘井明无辜地耸耸肩，不管您怎么生气，不管您怎么恨我，在法庭上我只能讲我亲眼所见的事实。苏教授平生还是第一次在法庭上当被告，司机的一派胡言就像一个闷棍把他打蒙了，那嘴巴一张一合白色就成了黑色，那黑色就成了铁铮铮的事实，这可完全超出了苏教授的想象和理解范围，万没想到司机会与他反目。他有口难辩，可怜巴巴地向法官投去求助的目光，这是相当愚蠢的动作，让他显得茫然不知所措并且方寸大乱，仿佛一个孩子的谎言被当众戳穿，而智力却有限得很，不能巧嘴滑舌编出第二套话。苏教授甚至看出法官对那个叫刘井明的司机有着某种不动声色的赞叹。他很绝望，事实上他也真的乱了方寸，预先思考过的陈述条理、辩驳逻辑，以及理直气壮地维护自身权益和义正词严地谴责那个女人的讹诈行为的话语，统统被那司机的闷棍打得支离破碎。现在他大脑中一片空白，他想自己是多么孤立无援。小艾，小艾这会儿要是在身边该多好，就是有老周和老郑也好。他向四周看看，都是陌生面孔，他忽然感到冷，甚至怪自己来时没多加件衣服。被告，你还有什么可说的？见苏教授没反应，法官又重复一遍，被告，你还有什么可说的？法官的声音像是从遥远的地方传来。哦，我就是那个被告。我……苏教授竖起大拇指，它那紫黑的指甲已经向上翻起来，不久后就会脱落。法官走到他身边，俯下头仔细看看他的大拇指。伤得可不轻啊！但这与本案有什么关系吗？苏教授心中燃起反败为胜的希望，是那女人的自行车脚蹬子卡的。我的手正搭在车门上，她的自行车就冲过来了。当时我觉得这也没什么大不了的，疼上几天就好了，也没和她讨要医药费，更没想过要告她。法官说，你也有她那种权利的，你要反告，我们也会受理。法律面前人人平等。我当然要反告她，我当然要索求赔偿，我要以其人之道还治其人之身！否则这个世界就没有公理可言了。法官说，老同志，别这么说，不能因为一件小事就把社会看得太糟糕。你要反告有旁证吗？苏教授一指司机，就是他，他就是证人。当时见我疼得直咧嘴，他还骂了那个女人。法官回到法台上望向刘井明，那么，你能为他做证吗？不能，因为当时并没有发生他说的那种事情，我更没骂过那个女人。不错，他是教授，是有文化的文明人，那我们出租车司机就一定都得一张嘴就骂人吗？而且还替别人骂？至于他的手究竟是怎么伤的，只有他自己最清楚。刘井明义正词严，不但显得清白、无辜，而且显得人格都被侮辱伤害了。这时，那个无赖女人的律师开了口。法官，由于对方没有证人，希望法院本着重事实、重证据的法律原则驳回被告的反告。他将脸转向苏教授说，某些被告，在企图摆脱法律责任的错误心理的促使下，往往以攻为守，倒打一耙，这早已是司空见惯的现象，本律师对此现象深恶痛绝，相信这样的被告是不会得逞的。律师似乎还想多说几句激愤的话，被法官制止了。法官说，法庭提醒原告律师注意这样一点，此案只不过是一桩后果并不大的民事纠纷，所以反告即使不成立，性质也没有你说的那么严重、那么恶劣。对于民事纠纷案，我们的原则一向是能调解就不放过调解的机会……苏教授听出来，法官分明是在维护他作为教授的自尊，他内心里不禁暗暗感激法官，但同时也开始可怜自己，现在他恨不能一脚迈回他的书房，煮一壶醇厚的普洱，只有茶能体贴他抚慰他怜惜他……他幻想着在某个早晨，在黎明之前出发，他会选定一个方向，双脚能带他走多远就走多远，永远离开这里，假如有一天他在旷野中跋涉太久，被绝望俘获住，那么他会就此瞑目……最后法官宣布，原告要求赔偿的事实成立，理由正当，且金额不高，完全在被告的经济承受范围内，故被告应限期对原告进行赔偿……

# 五

这期间除了当事人，根本没人知道苏教授居然当了被告，居然还输掉一场官司。他也打算向中级人民法院上诉，考虑再三还是放弃了。那个叫刘井明的司机是唯一证人，而他无疑已经成为那无赖女人的同伙了，讨回公道的把握不大。再说女儿就要回来结婚，一面办喜事一面打官司怎么讲都不吉利。他支付了那笔赔偿费。这几天他脸色很不好，老友们都以为是给女儿张罗新房累的，都说让自家孩子过来帮忙，而新房基本布置好，也找不到什么活了。几个老友白天就到苏教授这里喝茶聊天，也顺便照顾他。苏教授拿出存放已久的景迈古茶，这茶一共两饼，放在一个锦盒里，平时闲了他就用手摸摸，放到鼻子下面闻闻，像把玩物件一样，始终也没舍得喝，现在为体己也为感谢老友。茶饼是用手工纸包的，上面盖了一个朱红的方形图章，并印有“云南景迈千年古茶”，旁边是一丛茶树。苏教授还拿出一套白瓷茶具，用白瓷茶具可以很好地观赏茶的迤逦汤色，观色已成为他们品茶过程中的一个重要环节，茶碗是厚壁大口的那种，很适宜景迈古茶醇厚香甜的特性。茶汤在公道杯里金黄的饱和度非常高，清澈透亮。茶汤入口颇有厚度，是人们常说的那种“米汤”感，含汤在口，感觉里面的花蜜香已经转为蜜果香，并交织着淡淡的药气，而冷嗅空杯底，花蜜香与兰香又浮现出来，这茶涩味还未全部消退，回甘很好。书房里流淌着《清凉歌》古琴曲。是弘一大师谱写的曲子，苏教授顶喜欢。小艾弹得一手好琴，这本事在美国也帮她解决了部分学费。她临出国前给老爸刻的光盘。“清凉月，月到天心，光明殊皎洁。……清凉风，凉风解愠，暑气已无踪。……清凉水，清水一渠，涤荡诸污秽。……”慢慢苏教授心底的疙瘩也就开了，他活到这把年纪，也知晓世间的无常与无奈。苏教授大脑里崇尚着根深蒂固的熊猫哲学，体现了他做人做事的态度，体现着道家“上善若水”的精髓，也暗含了他性格懦弱的悲凉。就当被贼偷了被毛毛虫蜇了，被水蛭吸去了一点血。闲着就把那个白水晶马放水盆里摸着玩，他们家就要办喜事了。

这天苏教授起得很早，他准备乘公交车去晚报社。还是乘公交心里踏实，司机一按电钮，吱，车门自动拉开……有几辆出租车在马路上晃，苏教授厌恶地瞥一眼，想想又觉得自己太小气，哪至于因为一件事就打翻一船人。苏教授、苏教授，一辆出租车停在他身边，从车窗里探出司机刘井明的脑袋。这么巧苏教授，去哪儿我拉您，还去晚报大楼？苏教授愤怒地看他一眼继续朝前走，出租车恋恋不舍地跟着。您老先上来，我知道您生我的气了，可我也是身不由己，您难道就不想知道怎么回事吗？苏教授气呼呼坐进去，倒要看看他们肚子里都装了哪些狼心狗肺。刘井明边开车边絮叨，我知道我很对不住您，可我有什么办法？如果我不那么说，那个无赖女人又如何能放过我？要是她把我告上法庭，让我赔偿她的工资，我这日子就甭过了，打我老婆那儿就过不去，非和我闹离婚不可。还是您老好，自己说了算，没人干扰。再说那女人的一个表弟是交通大队的头头，你问问哪个出租司机敢得罪交通大队的，那不等于砸了自己的饭碗？据我所知那个律师也是她家亲戚。我哪惹得起这些人？权衡再三，我只能牺牲您老。您是教授，工资肯定比我拉活挣得多，看您住的房子我就知道您活得蛮滋润。和您比起来我就一讨饭的，老妈已经瘫在床上两年了，还有个上中学的儿子。老妈躺在床上倒花不了几个钱，一天三顿饭再喝点白开水，刚开始还吃点药，现在也不吃了，吃不起，再说吃了也不见效。就是我那儿子花费太大，在学校里老师不给好好讲课，课后上他们家补课去，补课费死贵，一小时成百地要。谁敢不补？怕孩子功课荒废，怕老师给小鞋穿，家长们都一肚子怨气，可谁都不敢言语。现在这帮老师真黑，国家就该出一条法律，把这些老师统统……他咬牙切齿挥起拳头，忽然又意识到什么马上话锋一转，不过这个队伍里也有好样的，比如您，您的人品。您说我俩怎么这么倒霉？不过这点牺牲对您来说伤不到筋骨，对我就不一样了。我根本牺牲不起，我又要养老人又要供孩子，住着巴掌大的房子还是贷款。您是我这么多年并出租生涯中见过的最好一个人，现在哪儿还有您这样的，摊上这事，本来可以推得一干二净，您本来已经走掉了，却又回来送名片，还提出要承担责任。不过话又说回来，您如果不回来，不留那张名片，不当着那个无赖女人说那些话，我也许还偏要和那个女人置置气，就那么和她僵持着。豁出去工夫不拉活，她看从我这里找不到什么便宜，也许就不了了之了。是您那些话鼓舞了她纵容了她，给了她要无赖的机会，不是吗？也连累我去法庭上做恶人。其实我心里也很难受。你说有谁愿意做恶人？我上法庭又耽误拉活，害得被老婆骂，她还要去您家里讨说法，被我劝阻了。但不管怎样您都是个好人。苏教授默默听着他唠叨也不插话。您上次还邀请我去您家里喝茶，我也很喜欢喝茶，不过买不起好茶，哪天我去您那里……我最近很忙，不经常在家。好吧，可我还要劝您一句，千万别上诉，您想，我是唯一的证人，不可能改证词再为您做证，您就是上诉也是要输的。如果法院传唤我，我还会和上次一样，求您就别再费功夫了，别让我再做一回恶人……

## 六

刘井明开出租十几年了，碰上的奇人怪事也不少，至于这个苏教授嘛，真是天下难寻的一个好人。可现如今你能随随便便去做个好人吗？不能。那天他看见前面的车从苏教授身边划过去，就知道一定不是个好活。一问才知道去晚报大楼，那条路车多灯多，高峰时段没人愿意去。刘井明见老先生一把年纪，他还知道另外一条去晚报大楼的路，比正常能多几块钱，能看出来这老头不常打车，对多出的几块钱不会太敏感。哪知道碰上这么个倒霉事。和那女人一对眼珠，他就知道这是个能吃盐的主。多年经验，让他看人有一套，什么样的好对付，什么样的难缠，什么样的喜欢听软话，什么样的该硬着来。刘井明清楚用仨瓜俩枣甭想打发这女人，偏偏苏教授就回来送名片了，刘井明当时都想到了雪中送炭千里送暖衣。后来他被那个无赖娘们儿像狗一样牵着鼻子走，一会儿去医院，一会儿上法庭，好在没蒙受经济损失，还间接认识了那个娘们儿的表弟。

那天他在人民广场外围卸客，客人刚下车，就有两个外地人从后门上去，行里这叫流水一条龙，的哥们的幸福时刻。天天这么流水一条龙下去，的哥都能买上别墅。刘井明幸福地发动车子，正要幸福地起步，一抬眼仨大盖帽六只鹰眼朝他奔过来，说时迟那时快，刘井明飞速扫一眼后视镜，一个倒车退出去二十多米，没等车停稳就上了一挡，然后一脚油门一把轮，在轮胎的尖叫声中杀出一条血路，再看看后视镜，那几个家伙被他像尾巴那样甩在后面，刘井明简直爽歪歪了。奶奶的正赶上广场西侧的信号灯变灯，前方和左右都挤满了车，法网恢恢他被逮个正着。大盖帽说你非法营运地点营运还抗拒执法，罚款一千块。一千块啊！平时被罚个百八十已经习惯了，就像出租车必须交税一样那是固定费用。一千可不是个小数，他决定软硬兼施顽抗到底。刘井明被带到办公室，一个女大盖帽在桌子上趴了半天，终于填好一份《行政处罚通知书》，让他上二楼交款回来领证件。他小心地问，妹子你说我能不能复议？行政复议？对方很奇怪地看了他一眼，又看看旁边一个大盖帽说，可以，不过要先把罚款交了。刘井明想诉苦说家中上有80岁老母，下有学堂里的孩童，就在酝酿情绪时，忽然觉得这个办法不行，处罚办公室应该不相信他这一套。这里不比户外，一次他因占用公交车道被大盖帽叫停要罚款二百块，在他一顿痛诉家事后仅仅成了口头教育。刘井明定定神，不对吧，交了罚款就等于我承认了这个处罚，还复个什么议呢？要是死刑犯申请上诉，总不能枪毙后再受理吧？为了捍卫那一千块，他豁出去了。你们是执法人员，不会连这个也不懂吧？不懂怎么了？不懂也犯不上听你教训，你算个老几？旁边那个大盖帽愤怒地咆哮着。女大盖帽有些晕，看看刘井明又看看她同事，想帮忙却不知怎么接茬，只好也愤怒地瞪着刘井明，以此证明她的同仇敌忾。那个男大盖帽让他明天来，你不是要复议吗？明天来吧。为什么要明天？明天领导在家，你成心找别扭是不是？嘭，男大盖帽的拳头砸在桌子上。

当晚刘井明恶补了一通行政许可法，他心里的罚款价位是三百元封顶。第二天他被那个女大盖帽带到科长办公室，科长室里面打着空调，凉滋滋的，舒服死了。科长同志很和蔼，还给他倒了一杯茶。刘井明开始为自己辩护，说我在非法营运地点停车上客，还说我抗拒执法，属于严重扰乱治安秩序，这与事实不符。首先，我停车是因为客人要在那儿下车，并不是为了上客。客人上车时我正在找钱，等我发现时他们已经上车了，按照出租汽车管理条例，凡客人已上车却被司机强行撵下去，属于严重拒载行为。而且，这个条例并没说客人在非营运地点上车，司机就有权利将他们赶下去。其次，事实证明，综合执法人员对我进行处罚的依据，与出租车行业规定存在矛盾。除非综合治安管理处能提供证据，证明地区治安管理条例是出租汽车管理条例的上位法，否则，在该法规与行业法规发生抵触的情形下，我作为出租车司机，只能遵守行业法规的规定。还有，客人已经上车，我没有任何理由继续停在那里。前面有执法人员，我选择调转车头，主要是为他们的安全着想。至于车速问题，如果说我超速请出示测速单据，说我逃跑更缺乏说服力，而且就算逃跑也不能算抗拒啊！我又没涉嫌犯罪。刘井明白话的有理有据慷慨激昂，这时候他觉得自己完全具备当律师的潜质，开出租真是瞎了料了。科长仍在吱溜茶水，他喝得那么专注衷情，仿佛置身于一个幽静茶馆中，科长不紧不慢品茗，又不紧不慢接了个电话，然后不紧不慢地说他就要去开一个十分重要的会，有什么办法？科长耸耸肩。

那天晚上他接到吴树华电话，想让他出庭做证。刘井明当然不愿意，他说自己被罚款一千块正忙着复议，潜台词是我在挽回我那一千块的损失，哪有时间去替你证明那笔不义的外快。原来是这样！如果你能出庭的话……去找我表弟，他在交通一队……

曾经刘井明也暗暗发誓要做个好司机，他曾拾金不昧，还曾在一个冬天的晚上给素不相识的乘客一篮时令水果。那是他刚刚开出租没多久，一个寒冷的夜晚，外面几乎没有人，他拉一个年轻女子去蓝水湾。当时蓝水湾正在拆迁大改造，既荒僻又没有路灯，乘客要不是个女的他说什么也不能拉。按照乘客的指点，他很艰难地驶入一条小路，两边是砖砌的矮墙，墙里断壁残垣，在车灯的照射下凄凉而诡异。刘井明忽然意识到自己犯了一个严重的错误，这小女子深更半夜来这里干什么？真要是个女鬼倒也不是坏事，小时候聊斋看得不少，了解女鬼不仅漂亮心眼儿还都不错。怕就怕她不是鬼偏要搞鬼。看她文文弱弱，也不像身怀绝技的样，但，如果她有同伙埋伏的话，那可就是另外一回事了。刘井明的头发一根一根竖起来，全身的血液都朝天灵盖涌，他整个人都彪了。借着车灯微弱的光，他不时偷窥对方，企图在那张脸上发现一些蛛丝马迹。对方发现刘井明的举动不由得也警惕起来，她把身子往车门那边靠，还把右手放在拉手上。这让刘井明坚信，危险即将来临。看得出对方时刻准备跳车，以便让他的同伙钻进来，然后用细钢丝勒住他的脖子，像勒狗那样把他勒死，一个家伙怕他没死彻底，又用刀子开扎，应该不止一个同伙，三四个也说不上，大家受了启发似的，你一刀我一刀，我一刀你一刀，直到把他扎成个筛子。刘井明握着方向盘的手开始打战，他看见对方掏出电话，先按几下，然后放在耳朵上说，你出来接一下，我这就到了。刘井明把刹车一脚踩到底，趁着她一个前扑的工夫，迅速用左手在车门兜里摸出一把斧子，换右手接了过去。那文弱女子见此情景，周身一抖，右手使劲拉车门，可惜偏偏抓在摇玻璃手柄上，车门没打开，就听哇的一声，在漆黑的夜里，这哭声惊天地来泣鬼神。

一个误会，一个恐怖的误会，那是一个刚毕业不久的大学生，为便宜跟同学在这儿合租的房子，因为拆迁房主已经不收她们房租，可她们并没急着搬走，挺一天省一天钱。她说刚刚那个电话跟谁也没接通，是她自己在那里自说自话吓唬人。她说话的时候脸上的肌肉还在抖。这孩子被吓得实在不轻。当时计价器上显示为

35.20元，刘井明没收她钱，还把要送人的一篮水果拿给她……

这些都是曾经了，曾经。慢慢地，他还是忍不住坏掉了良心，谁又不是呢？刘井明在这个行当里混得还算不错，他通晓怎么去酒店跟踪，现在不仅是旅游景点，很多酒店、洗浴中心、KTV都有回扣。其中酒店的回扣最为诱人，他们许诺“跟踪”。所谓跟踪就是往酒店送客，除了现场提成，该客人在接下来的日子里每住一天，都会有数额与首次相等的回扣。他还懂得怎么去红灯区趴活，怎么在马路上和同行抢活，如何与警察周旋。必须铤而走险，遵纪守法那你喝西北风去吧。他一个人喝西北风不要紧，问题是他还有老妈、老婆和儿子，让他们一起跟着喝，他于心不忍，他们是无辜的。公路边上不许停车，繁华地段不许停车，都不许我这日子可怎么过？这叫明知山有虎偏向虎山行，刘井明不想打老虎，就想捡点柴火。反正勤瞭望着点，“老虎”过来赶紧跑就是了。由于经常涉险，刘井明基本具备了特种兵的素质，他在驾驶操作上，掌握着不同寻常的技术细节。例如停车，要把变速杆推到起步挡，不拉手刹，利用发动机静态牵阻防止溜车，遇有突发事件，踩下离合器一扭钥匙，然后抬脚就跑。他在火车站附近趴活，大盖帽就在步行街路口那儿站着，他不动，刘井明也不动，他只要朝这边一动，刘井明马上发动车子，那个地方单向四排车道，他开车上路，直接并到里线，拦都拦不住。有时候大盖帽们骑摩托车打着警灯往前开，一路上所向披靡，让他抱头鼠窜，可没几分钟，他刘井明又回来了。

不过再有经验的老油条也有落马的时候，这就是人们常说的生活里的必然。通常是这样，大盖帽走到汽车旁，两腿咔嚓一并，啪，一个敬礼。接着就给你下罚单。的哥们碰头总是这样问候，今儿个跑了多少活，没被人家敬礼吧！大盖帽们的一张单子，他们一天甚至几天的辛苦就算白玩。上次那件事多亏吴树华那个表弟，最后仅象征性罚了一百块。有了“表弟”这个内线，刘井明跑活时心里踏实多了。

他也知道这么做不应该，很对不住苏教授，可他有什么办法，这个世上不应该的事太多了，也用不着都拿良心说事，大家都讲良心的话就好了。晚上他又打电话给苏教授，还是劝阻他不要上诉，说那样的话他还要再一次在法庭上说谎，这对他来说是很遭罪的事。而苏教授还要再一次承受折磨。刘井明讲，虽然我不能在法庭上说公道话，但在道德的立场上我是站在您这边的……这个电话他是在路边一公共电话亭打的。

## 七

已经被茶汤驱散的疙瘩又被揪起来，苏教授开始怜悯那个叫刘井明的司机，相比自己被讹诈那几千块钱，他觉得司机被讹诈的东西似乎更致命。他开始回忆自己在法庭上的整个过程，明明自己有理，怎么就落了那样一个结果？他认为事实是一种只能被歪曲而不能从根本上被消除得不留痕迹的东西。自己当时在法庭上是怎么了，连事实这东西的一丁点痕迹都没抓住。现在，官司胜败对他来说都无所谓了，几千块钱更没什么大不了。苏教授就是想找到那个事实的根据，那个真正存在过的事实，就像一个人要找到确实晃了他眼睛的一束强光的折射点，即便找到了也没有什么特别意义，不找又那么不甘心。苏教授从脑子里摸出一根绳子，他要顺着绳子捋下去，他站在路边挥手打车，三辆车过后，有一辆车停下，他开车门上去，正要关门时，那个无赖女人冲过来。关键中的关键是他正要关车门，而并非已经关上。要关门是他的大脑意识心理活动，并没有用肢体去实施。法院的评判是将他头脑中的想法说成是已经实施的动作。这根绳子在苏教授的大脑里活蹦乱跳，白天跳晚上跳，与人说话时还跳，在接受电视台采访时他忽然说，我脑子想着，可手并没有行动啊！样子近似老年痴呆者。喝茶吃饭或走路时，苏教授都会无意识地冒出一句，我并没有行动啊！还好他的声音很小，小到只有他自己能听到。

就在小艾回来的前一天晚上，司机刘井明再一次光顾了苏教授家。那天在电视上看到您，原来您是教育方面的专家，您那么有学问，那么有深度，还那么善良。那么包容，那么……那么你到底有什么事？苏教授打断他。那天您在电视上别提多气派了，还有您这一屋子茶，不知道的还以为在茶馆里。茶馆也比不上您这里，又有书卷气又有茶香。像您这样有品质的人才喜欢喝茶，呵呵，我平时也喜欢喝两口，大都是那种劳保茶，很不上讲究的那种。哪有您这样的条件？是这样，我要送人点茶叶，也不知道什么样的拿得出手，现在茶叶市场很乱，出去买还怕让人蒙了。看看能不能在您这里选一点，我给您钱。苏教授说我只喝茶，从不卖茶。你这人心理素质还不错，在法庭上冤枉我，给我做伪证，现在又跑到我家里来要茶叶，我看你干出租这行是屈才了。您知道那是怎么回事，我也是被逼无奈，这事害得我几天几夜睡不安稳，您看看到现在还有黑眼圈呢！刘井明把脖子伸过去让苏教授看。他那里确实长着一圈黑。我一个人饿死没关系，可我那一家老小还要吃饭，我也和您说过，我的心是和您站在一起的。因为对您人品的敬佩，我才会说这样掏心窝子的话，才会到您这里来，否则，躲还躲不过来呢。您老以后有什么事用个车只管给我电话，无论怎么样，茫茫人海中咱们也算有缘分。刘井明从口袋里摸出四百块钱，想想又摸出一百，您随便拿个什么茶叶。苏教授呆愣在那儿，他想这林子大了真是什么鸟都有！刘井明又强调，您这些茶我怎么买得起！我是来求茶，恳求。他看见茶桌上有一个方盒，里面放着两个茶饼，有一个显然已经打开喝过。刘井明抓起另一个说，就它了……

以前身段苗条的小艾现在胖了一圈，胃口也好得不行。她用一个小钢盆给自己盛饭。苏教授想到就要当外公心里喜滋滋的。小艾却觉得老爸哪里不对头，究竟哪里不对头，自己一时也说不清。看见老爸为自己准备的新房，她高兴得流了眼泪。晚上父女俩聊天，小艾便讲了自己留学生活的艰难，老爸，你知道吗？咱们中国人，尤其从国内去美国的年轻人，大家彼此一点都不关心，更谈不上互相帮助，都是巧妙地利用别人，想办法占别人便宜。那你和他？苏教授问。我们嘛……

小艾是跟着当时的男朋友一起去美国的，她学的是经济，那男孩学的是工科。小艾出去没多久便拿到奖学金，后来又做TA，还给一个中国孩子上古琴课，这几项加起来足够她在美国的开销。这下不用再花老爸的钱了，他那些钱统统去买好茶喝吧！男朋友离小艾的住处不近，每逢周末男孩就会到她这边来。那时候天空很蓝，阳光也温柔，太阳透过草帽把一排亮晶晶的跳跃着的光点洒到小艾脸上，两个年轻人手拉手在路边等顺路车。美国这个地方没有车寸步难行。不过没关系，只要他们在路口一站，不用招手就会有车停下来问他们去哪里，要不要搭车。呵，而且统统免费。他们搭车去超市买东西，搭车去看电影，搭车去郊外游玩。后来男孩建议还是买台车。他说，现在全世界都知道咱中国富强了，可还总搭人家的车，往马路上一站自己都觉得不好意思，怪丢中国人脸的。让你老爸赞助一台吧。小艾说不如就在网上买台二手车，价钱也不贵，我们自己就能搞定。

一天男孩来电话说他的一个老乡要回国，走前想把车处理掉。在网上买车没什么把握，不如多花几个钱买他的，放心。小艾说你觉得好就可以。男孩说他现在手头紧，让小艾先把钱付了，等家里寄钱来，再还给她那半，算俩人合买的。

总算有自己的车了，那天他们高高兴兴跑出去，没多远车就趴窝了。修理员说这车根本没有修理的必要，是台报废车。男孩愤怒着要把这破车开到老乡床上去，可人家早就拜拜了。男孩又说要回国把那王八蛋撕成碎片，还说买车意义本来不大，就为拉小艾方便。小艾知道他很需要车，他的住所离学校远。男孩让小艾向家里要钱，告诉你老爸，就说你被人骗了，本来就是让人骗了嘛！你老爸有那么高的工资，都喝茶水还不是浪费。小艾没和老爸开口，那另一半钱男孩也没再提起。小艾觉得男朋友忽然对钱敏感起来，在国内时他可不这样。那时候日子过得很简单，什么房屋水电穿衣吃饭都不用他们操心。在美国一切费用都是自己买单，尤其男朋友还没拿到奖学金。渐渐那男孩周末过来的次数也少了，打电话过去只说功课忙，他几乎是长在实验室里，有时候小艾下半夜电话过去，他仍然在实验室里。一天小艾去实验室找他，看见一个师姐正往那男孩嘴里喂水果……你喜欢那个师姐？怎么说好呢？不喜欢，但也不讨厌。那你和她……？她有辆车，每天能载着我上学放学。你不知道对没车的人来说那有多重要……小艾不能理解人怎么会为台车就移情。难道她小艾还不如一台车？一向不和家里伸手的小艾终于破例，她买了一台甲壳虫。后来小艾也渐渐知道，这里的留学生都很现实，哪怕从一个侧面能够获得帮助，他们也会在所不惜。

小艾和小龙也是合租房子认识的，小艾听一个同学说她原来住的地方治安不好，她的那台甲壳虫很容易被施暴，小艾只能换个住处。房子是同学介绍的，其实这房子本来就是那同学家的，为了租给她才说她原来住处治安不好。后来她还是从小龙那里知道的真相。小龙动手能力很强，会修电脑冰箱洗衣机，连小艾的甲壳虫有了故障他都能摆弄几下，还做得一手好菜。小艾的甲壳虫被他洗刷得像个刚出生的婴儿。做饭做菜，帮忙查资料，小龙几乎成了小艾的生活助手。那天她从学校回来，看见屋子被小龙刷成她最喜欢的那种淡粉颜色。当时小龙戴着白手套白帽子，手里拿着小桶，脸上还沾着一块油漆，小艾就是从那一刻喜欢上小龙的，这跟爱似乎没多大关系。身在异国他乡，没有亲人没有朋友，留学生们差不多都在忙自己的事，而且他们好像也不太愿意和本国的人过多接触，小艾心里的孤苦没人知道，这时候有个小龙在身边嘘寒问暖着，她当然不会拒绝，她也清楚小龙在讨好她，不过那有什么关系？小艾问过他来美国的目的，小龙回答得很爱情，因为要遇见你呀！因为要给你刷车给你煮饭，因为要陪伴你。小艾知道这纯属扯淡，不过还是蛮爱听的。

小龙在英语强化班待了两年半，考了几次托福均告失败。英语强化班学费很贵，而且一个学分都拿不到。小龙说英语强化班里有不少他这样的学生，都是听了中介的误导。中介当初说到美国只需读三个月的语言就可以上专业课，后来因为英语水平低不得不进强化班。明明是在美国上学，但一起上课的几乎都是中国人，除了上课外，一天基本在说汉语。每天都学着同样的东西，看不到什么希望。小艾看出来他家境不大好，小龙之前住在黑人区，那地方很乱，不过房租极便宜。小龙除了功课上比较短板外，其他方面还凑合。如果一个人能让你不孤独寂寞，每天还能有一点点开心，总有一天你会喜欢上他的，不是吗？现实生活中哪有那么多刻骨铭心的爱？爱这东西太伟大，有点不食人间烟火。喜欢就不一样了，它是家常菜，体贴又可口。他们决定回国那天，小龙兴奋得哭起来，妈的，总算离开这个鬼地方了。其实小龙对出国很无奈，他本人对美国一点感觉都没有，都是他妈非逼他出来，为了她那可怜的虚荣心。

## 八

小龙可没有照片上那么端正，比小艾也高不到哪儿去，不过看着还算顺眼。苏教授觉得小艾嫁给他有点委屈，但小艾现在连孩子都有了，苏教授也愿意和女儿保持一致。小龙是个做菜好手，一招一式绝对不亚于厨子。这是小龙的强项，此时他要充分展露这份武艺，让苏教授知道他这个女婿还有两把刷子。听小艾说老爸爱吃豆腐，那就来个麻豆腐。小龙把羊腰肉切成丁，香油烹炒，放入青豆、雪里蕻、胡萝卜丝，单搁着，再炒黄豆酱，将蒸过的麻豆腐倒进去，炒至香味四溢再把备好的作料放入，充分融合后起锅，盛入盘中，中间打个窝，浇上辣椒油，四周撒上青丝。豆腐原来还可以这么做！小龙还做了凉拌猪头肉，里面放了黄瓜片蒜青椒片，之前猪头肉从没上过苏教授家餐桌，小艾和她妈妈在饮食上都比较细致。现在苏教授看见小艾把猪头肉吃得呼噜呼噜响。在美国时，小龙总能从屠宰场要到免费猪头，一次居然一个星期吃了仨猪头。小龙就有这个本事，把小艾从前摇头的东西变成离不开的美味。苏教授心里比刚刚好受多了，他觉得小艾这辈子嘴上都不会亏。

小龙酷爱厨艺，他原本是要学厨师的，父母非逼他出国。他们砸锅卖铁死要面子活受罪，把奶奶的老屋卖了供他出国。这下他们可把面子挣得足足的，若有人打听，你家小龙现在在哪儿？在美国留学。说话时他老妈的脸上是那么得意。没人深究他们的儿子在美国到底读的是哪门子大学，不过没关系，只要在美国就已经足够了。为此他们也做出极大的自我牺牲。老妈已经好几年没买过新衣服，老爸已经好几年没喝过像样的酒。小龙在电话里说要回来，老妈大喊大叫，拿不到美国文凭，你死也要死在美国。逢年过节，他那些同学都往国内飞，为了节省机票钱他从不回家探亲。没人知道他在美国这几年有多遭罪。把家里钱掏空了不说，连屁都没学会。如果按照他的想法，说不定现在已经当上老板，拥有了自己的饭店了。不过小艾嘛，倒成了他去美国的唯一收获。对于小艾，他是赚了，赚大了，都有种中彩票的感觉。这个家比他预想的还要好，看看这房子，这房子里的摆设，还有为他们准备好的新房，新房算不上奢华，可也应有尽有温馨有加。阳台上那些郁郁葱葱的花草，厨房里那些闪着光亮的不锈钢炊具，卫生间里那个洁白的浴盆，还有那个一按电钮就可以冲洗屁股的马桶，客厅里柔软的沙发以及墙面上 48 英寸的电视……要不了几天他小龙就会成为这个家庭的一员，名正言顺地住进来，幸福生活从此开始了，不光自己，还有自己的儿孙后代，也都将在这干净舒适的环境里慢慢成长，慢慢长大，然后很有尊严地步入社会，过着体面人的日子，前景一片康庄……这才叫一步登天。小龙做梦都没想到自己会有这样的福气。他老妈更没想到，前几天他老妈居然在梦里笑出声了。小龙暗暗佩服着自己的洞察力，当初看见小艾就知道这是个家境不错的妞，想想在美国他帮小艾洗衣做饭，以及不分昼夜地查找资料，真是天道酬勤！之前他也没想到会这么顺利，那个时候他很盲目，没有希望也没有目标，他不知道自己哪辈子才能从那所语言学校里毕业。他心里还在和父母置气，你们非让我出来，那我就把美国坐穿。你们这辈子也别想穿新衣喝好酒了。见到小艾，小龙决定在她身上投资一把，是感情投资，落到实处就是多出些力气。小龙没钱，可他有一身力气，力气是他的再生资源，用了吃碗泡面睡个觉就可以再长，并且浪费了也不会心痛。他每天换着花样给小艾做菜，也从中得到不少乐趣。怎么讲好呢？感情投资是一个方面，充实生活是又一个原因。小龙在语言学校里基本没什么朋友，那里的同学多数都阔绰，都是些富家子弟一类。他们的爹娘老子把他们送到美国可能因为眼不见心不烦，也可能有和他老妈一样的虚荣心，还可能想为孩子寻找一个光明前途，希望孩子在这里脱胎换骨重新做人。可他们也不认真想想，这些人在国内都不愿意读书，到了美国就顿悟了就觉悟了？美国的教育又不会施魔法。他们离开父母更是撒了欢地玩，反正家里有钱。他们要么在房间里上网打游戏打牌打麻将，要么开车去游览大好河山，还有人乘飞机去旅行。有不少人已经买下跑车。小龙的条件与他们不是一个路子，年纪还比他们大出一块，所以大家井水不犯河水了。小龙围着小艾忙忙活活，恰似找到生活价值。小艾不好看也不难看，个子不矮但很瘦。小龙愿意女孩子瘦弱一点，女人一胖就强势，比如他老妈，他们家大事小情都由她拍板，连周末吃面条还是吃稀饭都老妈说了算。他和老爸要做的就是执行和服从。对出国这事老爸和他的态度差不多，可老爸是根墙头草啊！小龙不愿做他老爸那样的男人，他要自己当家做主，开一家很有特色的餐馆，规模不大但要精致。老妈这几天总唠叨说能不能让小艾爸给他找个稳定工作，高校后勤也好。他才不稀罕什么稳定工作，他就想开餐馆。小艾爸愿意资助他最好，不过现在说这话还太早。一想到再不用接受和忍受老妈的命令小龙就兴奋。本来嘛，他就要过上和他们不一样的生活，不在一个层次上了。他们现在还住在火柴盒大的房子里，夏天没有空调冬天没有热水，和自己家比起来，小艾家简直是天上人间。他们也是辛辛苦苦一辈子，勤俭持家，天不黑下来决不开电灯。不能不说这是造化，他一个连本科文凭都没摸过的人，却找了个研究生老婆，这不是造化是什么？老妈再不会像从前那样骂他，都是你这个败家的，不然我们哪至于这么苦。谁谁家的儿子，大学毕业就考上公务员，没几天就给他妈买了这么大一个金戒指，老妈用手比画着，一副恨铁不成钢的样子。这次从美国回来，老妈看他的眼神都不一样了，那种温柔倒让小龙很不适应。他还是习惯那个整天拉着马脸一说话就怒吼一分钱能挤出血来的老妈。他发现老妈一下子大方起来。为什么呢？心情好呗。还不是他找了好媳妇回来！这媳妇有文凭有家境有房子，肚子里还有个孩子，完全顺应了他老妈的内心理想。赚了，绝对赚了。

吃过饭小艾和小龙在他们新房里亲亲爱爱地聊天，小龙在给小艾削苹果，长长的果皮从刀尖上吐出来，蜿蜒起伏，一跳一跳的，这场景让苏教授心里暖暖的，想着他们就要在他眼皮下双宿双栖柴米油盐，多好的天伦之乐。看看这是我妈给你买的戒指，喜欢吗？真好看！知道这戒指是怎么来的吗？买的呗。当然是买的，不过是我妈妈用智慧买的。你那个老婆婆可厉害了。小艾常听小龙讲他老妈特别有办法，总能用一百块钱买回二百块钱的东西。苏教授煮好茶喊他们过去，小龙看见书房里摆着好多大大小小的茶饼茶盒还有茶罐，桌角放着个南瓜模样的茶团，上面系着黄丝带。这东西挺好玩，小龙还是第一次见。他对茶不感兴趣，平时爱喝可乐。不过这间书房蛮好，里面的陈列古香古色，像电视画面那样。小龙显得有点慌张，这慌张完全是由外部环境引起的，苏教授慈眉善目的，并没给他带来压力。知道您、您爱喝茶，我、我妈妈还特意准备了让我带来，刚刚进门时一紧张给忘了。有什么好紧张的，我很可怕吗？不、不，您很慈祥。这个金瓜贡茶，等给你父母带回去。您太客气了。小龙把一个红绸布包拿过来，里面是一个茶饼，茶饼是用手工纸包的，上面盖了一个朱红的方形图章，上面印着“云南景迈千年古茶”，旁边是一丛茶树。苏教授手里的杯子咣当掉到地上，他马上意识到什么，你妈妈是……？她叫吴树华，搞财务工作的。听说您爱喝茶，就到处去张罗……他觉得周身的血液都在冷却凝固，思维一片空白，大脑仿佛石化了，仿佛只剩下最中央一个桃核那么大的部分仍有一点点知觉，他不知道自己已面色苍白，两眼直勾勾的，嘴唇和手正抖个不停。小艾和小龙把苏教授搀进卧室。小龙说别怕，你身子不方便别乱动，有我呢，一面还为苏教授抚胸口。苏教授喘了几口粗气，脸色渐渐红润起来。爸爸，你怎么了？小艾哭着问。没事，我没事，老毛病了。小龙揽着小艾的肩膀说，没事就好，我今晚留下陪你和老爸。

那饼景迈古茶他当然认得，家里的茶就像他的孩子一样，他怎么会认不出自家的孩子。苏教授这一夜在床上听着时钟嗒嗒往前走，第二天起来小龙已经把早餐摆在饭桌上，他看见小艾和小龙在阳台上聊天，小艾坐着小龙蹲在地上，他把头贴在小艾的腹部。小艾问，听到什么了？小东西在喊爸爸呢。哦，现在又喊妈妈了。小艾咯咯地笑起来，笑得那么甜蜜幸福。

为什么会是这个样子？苏教授给司机刘井明打电话，为什么你又要骗我？骗我的茶去孝敬那个无赖女人？你做伪证是无奈，你骗我的茶也是无奈？做人总要有点良心，没有多也有少，难道你一点都没有吗？你也为人父母，小艾妈身体不好，四十多岁才有了这么一个宝贝女儿……苏教授伤心地哭起来。

奶奶的，怎么会这么巧！其实刘井明才不想买茶叶，还不都是那个无赖女人！她也在电视上看到苏教授，也看到那满屋子的茶，她想让律师再跑一趟，理由是伤筋动骨一百天，苏教授只付了两个月的补偿，还差一个月的，她可以再去补个假条。不过这次不用付现金，可以拿茶叶顶账。刘井明主动把这事给揽过来。他心里骂，你可真是个贪得无厌的女人，连点茶叶都动心思。刚刚在电话里听见苏教授的声音不对，就急忙赶过来。小艾和小龙去他们家送那个金瓜贡茶了。刘井明不敢讲索茶的真正目的，那无疑是在老人伤口上撒了把盐。苏教授好像也没心思追究，只是反复唠叨自己就这么一个女儿，说小艾从小就懂事，功课又好，人也善良，为什么偏偏选中这么一家子。刘井明的心被说得一颤一颤。事情已经这样了，您也别太往心里去。凡事看开些，儿孙自有儿孙福，想那小龙应该不会是他妈那德行。再说结了婚是跟您一起过，您可以多调教那小子。您还是多注意休息，我看您脸色不太好。那天您在电视上说要去步云山上打泉水，等我陪您去。不过，要我看，婚礼您还是别去参加了，眼不见心不烦！刘井明本想找个什么由头为吴树华开脱开脱，好让苏教授心里的积怨小一点，他在脑子里搜寻半天还是那几个词，无赖、无耻、臭不要脸……

## 九

这是大水冲了龙王庙还是机缘巧合？唉，这个世界说大不大说小不小，你拿老天爷没办法，对这个世界更没办法。

这一阵吴树华心情糟糕透顶，公司又拖欠了几个月工资，说不定哪天就要关门大吉，吴树华又要再一次步入失业者的队伍里。多年来她就像那些刚刚毕业的大学生，经常处在寻寻觅觅的应聘状态中，哪能有什么好心情！那天早上她骑车上班，胡思乱想着那些让人来气的事，咣当就和对面一辆自行车撞上了，吴树华忙说对不起，可对方那个女人捂着膀子赖上她，非让带着上医院不可，要不就给一百块钱赔偿。吴树华知道上医院何止一百块钱，只好把身上口袋都掏干净凑了九十二块六。还差七块四，对方说看你穿戴整齐，原来兜里这么干净，说着把吴树华的车铃拧下来充值。其实那个女人膀子一点事没有，女人的肩膀撞女人的肩膀能有什么大事，讹人呗。吴树华心里这个气呀！早晨一出门就砸出去一百块钱，她一天才挣几个钱啊！

儿子小龙就要回来结婚，眼下正是用钱的时候。之前吴树华一直觉得小龙是个败家玩意。当初去美国中介费就花了两万多，后来每个学期的固定学费就是六万五。小龙这孩子脑袋就像木头疙瘩做的，一直在读英语强化班。吴树华好脸儿，别看她外表穿得利索，可里面的秘密没人知道，裤头都是小龙爸的衬裤剪掉裤腿。之前小龙爸和她商量干脆让小龙回来，孩子大人两边遭罪这是何苦的？吴树华坚决不同意，她在小龙身上的投资太大了，无论经济上还是精神上的。想想真没有哪个家长比她付出的更多，他回来能干什么？顶多一饭馆炒菜的。亲朋好友谁不知道她儿子去美国留学了，留了一回洋再去当厨子炒菜，还不让人笑掉门牙！不拿回文凭，让他死也要死在美国。

从小她就打算带领小龙朝着光明高贵的生活努力，小龙上幼儿园就开始学习英语，那时候吴树华把他带到单位，小龙一张嘴不是YES就是NO，把吴树华得意得什么似的。小龙上小学开始有家教，她和小龙爸勒紧裤腰带，不管怎样都要把小龙培养出来，他们家就指望在小龙身上打翻身仗了。而小龙并没有朝着吴树华设想的方向发展，越大越完蛋，中考复读两次，高考复读三次，无奈吴树华才把他送到美国。要知道他们家根本没这个条件，吴树华和小龙爸的工作都不稳定，小龙出国后，吴树华更是恨不能把一分钱砸碎花。日子那叫个苦！现在总算柳暗花明，小龙在美国虽然没有拿到学历，但却找了个免费媳妇，研究生学历，而且对方还给准备了房子。熊孩子这下把花出去的学费都给捞回来还有盈余。这让吴树华精神振奋，她对这个儿媳妇是满意到家了。吴树华细算一下，小龙即使没出国，娶个媳妇也是一大笔花销，单那房子就是一座大山。这下好了，不光儿子，连孙子都有人给养了，那家就一个宝贝女儿，老爹还是个教授。小龙何止找了个媳妇，他是开发了一个宝藏！吴树华在报纸上看到这样一个新闻，有个小伙子找了个富家女，连那小子的爹妈都去帮着媳妇家打理生意，还给了那爹妈一套别墅。别墅她不敢奢望，亲家能帮她和小龙爸找份稳定工作也不错，她要求不高，每月有两千块工资就好，别像现在这样今天散明天黄的。她想这事应该不是太难，大学教授有很大一块学生资源。自己还有会计师资格证书。当初让小龙去美国太英明了，高瞻远瞩啊！无论如何都要把婚礼办得红红火火的。她已经通知了不少人，就连前楼卖火烧的老太太都邀请了，她恨不能买上一个大喇叭，她吴树华的儿子从美国回来了，而且娶了个研究生媳妇，此媳妇学历高家境好，其父为大学教授。未来是光明的，道路却依旧曲折，眼下这婚礼的费用就让她头疼，这可不是个小数目，如果小门小户的倒也好打发，关键是她还要巴结讨好人家。看起来什么事都有正反两面，想开发就要先投资，吴树华愁呀愁白了头。

这下让人讹了钱，还抢走了车铃铛。吴树华怒发冲冠，肺都炸了。她原本就是个气篓子，平日那股气流在她胸腔里潜伏着，谁家买了新房添了汽车，谁家孩子考上重点大学找到理想工作，以及谁穿了时髦衣服换了新发型，她身体里的那股气流就像漏了气的轮胎，呼呼往外蹿。她单位里一女同事，午休时爱去超市买些鸡鸭鱼肉回来，然后研究着晚上如何烹制，吴树华看着她胸膛里的气流轰隆轰隆响，得瑟吧，你就得瑟吧。后来那女同事的爱人得了脑血栓，吴树华认为都是大鱼大肉给撑的，这下好了！吴树华心里好不舒服，当天晚上特意买了两瓶啤酒。她难得高兴一回，平时吴树华那张脸总是吊着，小龙说她长了一张马脸，她永远在忧愁和愤怒之间徘徊着，除了忧愁和愤怒生活里还有别的内容吗？谁知道。

她满腔愤怒头昏脑涨，一没留神，咣，正撞在一辆出租车开着的车门上。这下吴树华不干了，她的怒火像机关枪那样扫向出租车，一定要把损失的钱给找回来。司机当然不愿意，原本也就一百块钱的想法，可一个乘车的老头充阔，说一切赔偿都包在他身上，还给司机留下名片。那她还客气什么。她也是抱着试试看的态度，谁知道竟这么容易得手，一个绿豆大的初衷，却得到了西瓜般的结果。这钱对有钱人来讲屁都不是，他们吃顿馆子就动辄过万，谁会在乎这几个臭钱！吴树华从来都认为有钱人的那些钱都是从没钱人那里剥削来的，那老头的钱也不见得有多干净，这么一想吴树华也就不觉得自己的行为有多过分，甚至还有股打土豪分田地的感觉。

吴树华从小生长在机械厂的家属楼里，那是个筒子楼，七八家一个公用厨房，十几家一个公用厕所。那时候她就表现得与众不同，特别爱干净，每天早上都要洗一次头，这就很让人接受不了，想想看，一大早忙碌的女人们挤在厨房里把锅碗瓢盆碰得叮当响，你个小丫头片子却在这里洗头，碍不碍事！一天洗次头，千金小姐呀！费水费火的。吴树华认为人的头很重要，一个人利不利索，干不干净要往头上看，她就是要和周围那些丫头不一样，穿戴稀缺，水还是有的，况且这水是每户均摊，她每天洗头的一盆水，只其中的一瓢是她们家承担，剩下都是左邻右舍承担，这么想着就越洗越来劲，虽然有不少妇人对她白眼相向，那有什么关系呢？她这个头是洗定了，而且还偷偷往上抹点锅底油。中学毕业吴树华被分配到父亲所在的机械厂，她被安排去食堂做大锅饭，这下洗头方便了，近水楼台开水锅底油可劲用。吴树华可不满足这点油水，一个天天洗头还往头上抹油的人哪能如此平庸？她有自己的心智和理想。总有一天她要脱掉身上的围裙白帽，体面干净地坐在办公室里，干着写写记记的俏活。办公室多好，桌子上有热水瓶笔筒文件栏和笔记本，还有一个冒着热气的水杯，水杯可以套上各种漂亮的针织罩，墙上挂着大镜子，门边还有铁皮柜，铁皮柜像个卫士一样，放什么贵重东西都不会丢。这是她第一次去厂财务科对办公室的最初感觉。那时候她还在上学，爸生病她去领工资。从此办公室就算在吴树华脑子里安了家，原来还有这么一份工作，人还是可以这么活的。她看见那个女会计很优雅地脱下外套，然后很优雅地搭在椅背上，还很优雅地翻了翻毛衣领，把手里的钥匙碰得哗哗响，才从铁皮柜里取出个信封递给她。先前在吴树华眼里，去厂里上班就是每天穿着藏蓝色工作服对着轰轰隆隆的机器，两只手不停跟着机器转，整个人都罩在轰鸣和灰尘里。他父亲，还有筒子楼里的人几乎都是这样。办公室是吴树华心里的另一个世界，安静、优雅、高贵，似乎还暗含着某种特权。她这辈子说什么也要坐进办公室。知识是改变命运的途径之一，她在食堂里蒸完馒头就去上夜校，吭吭哧哧好几年总算拿到一张自考文凭，学的是财务管理。那个时候像吴树华这么有想法的人不多，有文凭的人更是凤毛麟角，自考文凭一样珍贵，爱洗头拥有自考财务大专文凭的吴树华从食堂调到财务科。人们开始赞叹，这姑娘心气儿足，从小就和别人不一样，天天把头弄得跟狗舔的似的。吴树华非常珍惜她的办公室，她把桌子擦得干干净净，她喜欢杯子里的热气扑到脸上的感觉。她勤恳工作，经手的账没差过一分钱，珠算还拿过全区企业第一名。想想她顶着风雪去夜校，想想她走夜路时的心惊胆战，吴树华一肚子感慨。开始她听见人们说她是知识分子是文化人还不好意思，慢慢也习惯了，本来就是嘛！她每天的工作就是写算，除了纸就是笔，你说这不是文化人是什么？人们对文化人的态度到底不一样，去食堂打饭去卫生院开药还没开口对方就先笑笑，吴树华结结实实尝到了知识的甜头。小龙爸最初在保卫科，干着和打更老头一样的活。打更要倒班，时间上很宽裕，吴树华让他读函授大学，小龙爸的优点是听话，吴树华指哪儿打哪儿。小龙爸考下文凭时小龙都上幼儿园了。当时吴树华兴奋地抱着小龙说，看看你多有福气，托生在知识分子家庭里，父母这下都成文化人了。在她心里，只要得到那张纸文凭，就算进军文化圈了。吴树华又找关系把他调到宣传科。这可是个质的飞跃，于是她更加信奉知识就是力量这一真理。

她把目光投向小龙，说大了这孩子是祖国的未来，说小了是他们家明天的希望。为了希望，她和小龙爸两股绳拧成一股劲，她要让小龙考上名牌大学，考研究生考博士，然后当大官挣大钱有大出息，这叫学而优则仕！小龙的一天被她安排得密不透风，背英文，背古诗，做数学题，磁带和参考书都是托人从外地买的。小龙像个小老头一样咿咿呀呀背诵，背得好每次奖励一块巧克力，小龙那口小白牙变成小黑牙时，几百首古诗让他背了个烂熟。“书中自有千钟粟，书中自有黄金屋，书中自有颜如玉……”吴树华信心十足，她们家小龙将来肯定是条龙。她这个当妈的也一定会母以子贵。周围人都很羡慕这一家子，一对能写会算的文化人，一个会说YES、NO，呱呱背诗的儿子。人们经常看到小龙爸前面驮着小龙后面载着吴树华，一家三口去小树林里背书。吴树华早就抹锅底油了，一进办公室她就开始抹发蜡，知识分子都用发蜡。

后来机械厂倒闭，吴树华和小龙爸两位知识分子双双下岗，经济上断了炊，他们的生活变成另一副模样。吴树华除了经常去参加应聘外还要掰着指头过日子，她的应聘依旧停留在知识分子范围内，会计员、出纳员、统计员……什么家政看老人带小孩，这些吴树华怎么能干？即便穷死也不能辱没知识分子的名分，那可是她多少个日日夜夜的汗水，哪能砸在自己手里。她也不愿意小龙爸干那些有悖知识分子的活，小龙爸去一家仓库当保管员，吴树华心里不舒服，想想那保管员也是往纸上记记写写，凑合着才同意了。不过知识分子的活实在难找，就是找到也干不了太久。不过吴树华望子成龙的想法始终没变，反而更加迫切，恨不能一拳把儿子打成一条龙。请家教上补课班，就差把书本直接塞进小龙嘴里了。小龙小时候倒也聪明，背英文背古诗张嘴就来，可人一大就不是那么回事了，理科不用说，那是个花岗岩脑袋，神仙也不能让他开窍，文科也不好。总之，小龙就不是念书的料，你就是把他用书埋起来，也是瞎子点灯。可小龙手巧，人们常说，上帝为你关上一扇门时还会为你打开一扇窗，小时候他就会用面团捏猪八戒，两个大耳朵晃荡晃荡，还会用破木头做枪，涂上黑色，乱真都没问题。再大点就会缝口袋织毛线，五个手指头的手套，五个脚指头的袜子，样样无师自通。尤其擅长做饭，白菜帮子也能炒出肉味儿来。可这些都不是吴树华想要的，跟知识分子相差太悬殊。小龙高考几次失败后吴树华终于放弃了铁杵磨成针的信念，都说一口吃不出个胖子，可小龙这么多年也没有一点胖的意思，吴树华彻底死心了。想想她之前耗费的时间和金钱，都统统他娘的打了水漂，那些钱摞起来也有小龙高了，这让她一度苦闷，还有她那没有保障的知识分子工作，吴树华的心情越来越差，身体却一圈圈往外扩张，喝口凉水都长膘。而她对人对事也越发尖锐挑剔。

她去参加婚宴，因为没在主要来宾里介绍她就愤然离去。她希望听到这样的声音：今天到场的还有吴树华女士，某公司财务主管……她确实是主管，办公室里有仨人，由她负责画签到。她愿意参加婚礼，把它当成一项投资，我给你一百块礼金，到时候你就要回我一百五甚至二百，比银行的利率高出好多，反正小龙还没结婚。不过她每次从婚礼上回来都能总结出相应的不足。新娘的着装、新郎的讲话，还有某个菜的味道……公司节日聚餐，她居然发现老板娘有一只鞋上的花歪了。知识分子嘛，就是要勇于发现问题，勇敢去担当。她在街上看到前面围着一圈人，听说是一个当官的车把人给撞了，吴树华没来由地一阵兴奋，无需认证核实，连上前看看都来不及，她马上拨打 110、电台、电视台、365 市民热线……凡是能想到的她就打过去，她站在那儿告诉路人，是个当官的把人给撞了，这些当官的，要是撞了我的话……吴树华一身正气，义正词严，仿佛要带领众人去闹革命，人越聚越多，越聚越多，看看时间不早，家里还有一堆衣服要洗，她闪了。

## 十

吴树华要给小艾她的儿媳妇买一枚戒指，要大的，好的，漂亮的，一看就像那么回事的，好让小艾知道她这个婆婆多么拿她为重，多么大气大方。从苏教授那儿得来的六千块钱完全可以摆平戒指这件事，腰杆硬一硬无赖一下儿媳妇的戒指这就来了。现在她心里踏实多了。吴树华有她应付社会的一套本事，如果这也算本事的话。她可以温文尔雅，也可以满口粗话，这要根据环境和人物来定，菜市场里谁敢给她缺斤少两，她便破口大骂决不嘴软。讲粗话是她的本质，她打小居住的那个家属楼，骂街打架是家常便饭，邻里打，两口子打，小孩子打，多难听的话没听过。所以，吴树华骂人张口就来，不用回家取。文雅是坐办公室后她对自己的要求，硬邦邦把一些文明用语塞进句子里。她能巧妙地遇穷显富，遇富装穷。对于这个新儿媳妇既不能显富又不能装穷，有难度了，不过吴树华自信她一定能摆平。

都说货比三家，吴树华把自行车的两个轮子蹬得呼呼响，腿都跑细了。以前她从不去金店，去干吗？买不起，看着还来气。金店里灯火通明，珠光宝气，服务小姐更是低声软语彬彬有礼，和菜市场里那些卖菜的大老娘们儿太不一样了。呵，这么多年，吴树华光顾最多的就是菜市场，那里边喧闹嘈杂一片叫卖，便宜了便宜了便宜了……闪着光芒的珠宝会把人带入另一个境界，怪不得人们花大价钱买上这么个小不点，一旦戴上珠宝就会接了它的气，人也会跟着闪光，高贵了，脾气好心情好气质更好。就是那些卖菜的老娘们儿进了珠宝店也会温柔起来，人和物原来还有这么美妙的关系。刚进去时她还有点怯，特意穿上体面衣服，服务员的热情让她放松，她开始从几千到几万依次试戴下来，戒指在她那粗糙的手背上发光，那因常年做家务而变大的骨节，都在钻戒的光芒下变得纤细温柔。吴树华想我这辈子是他娘的亏大了，跟了小龙爸这么个没用东西，连个戒指都买不起，于是就发了狠似的从大到小全过一遍瘾，然后拍拍屁股去下一家再过瘾。她骑着那个小轮自行车，从东到西从南到北。这个小轮车是她的好脚力，小但轻快，停放自如。之前她曾在一个玩具经销公司干财务，后来那公司老板欠人钱跑了，仓库里就剩下几件玩具，吴树华冲进去抢了这辆迷你自行车，开始准备去市场卖掉，后来骑了一圈还可以，就当了脚力。兜里揣着钱真好，要买东西的心情更好，吴树华觉得买东西也是一种享受，挑选比较思量，最后在密集的一堆中选择一个钟爱的带回家去，人和物件也是一种缘分，茫茫物海里，偏偏那一个就属于你了。

左挑右选吴树华总算在一家珠宝店买下一枚钻戒。六千块又添上几百。她一路哼着歌，小轮车被她骑得带了风声，手上的钻石戒指在阳光下散着六角菱形的光芒，先戴着过过瘾，晚上睡觉都没舍得摘，小龙爸说磨了儿媳妇还以为是旧的。当晚她梦见戒指丢了，起来发现依旧是那几根干树枝般手指头，那个闪着光芒的戒指没了，吴树华当时出了一身冷汗，她把家里几个隐秘地方都找一遍也没有，就把小龙爸拽起来一起找，原来在枕头下面，小龙爸说赶紧把戒指给小艾，看看这份折腾。报纸上讲报业大厦那里正在举办珠宝钻石展销会，介绍说本次展销的宝石有上千种，价格是珠宝店的三分之一，请市民勿失良机。还有这事？吴树华悔得不行，像无意间吃了个哑巴亏。她吴树华岂是吃亏的人？她要退货，人家说贵重物品不退不换，这是珠宝店的规定，吴树华可不管什么规定，她蹦她跳还闹，保安来了又如何？她撸胳膊挽袖子要和人家拼命，怎奈珠宝店还要做生意，那就退吧，不过要交三百块手续费。

这回吴树华买了一颗裸钻，足有小手指盖儿大。还有鉴定证书呢！赚大了，比之前的个头大一圈，去安了个 18K 金戒托还省下一千多块。她心里边都有捡钱包的感觉。吴树华不知道钻石也分等级，这颗裸钻和之前的那个根本没法比，哪个商家会做赔本买卖？她只知道比个头，菜市场的萝卜都论个卖，当然要挑大的。可惜此钻石不是彼萝卜。吴树华不管这些，她高兴还来不及。她定下上好的酒店，买了喜烟喜糖，连新娘手里的鲜花都是她到花店里一枝一枝挑选的，她像明天就不过日子了似的大手大脚起来，还给自己买了一身丝绒套装。她平时愿意穿运动装，为什么呢？划算，显得年轻，而且一年四季都能穿。

婚礼前一天小艾还在练习古琴，未来婆婆听说她会弹琴，非要她在婚礼上展示一下。苏教授这几天脸色很差，去医院输了几次液还没见好，再好的茶喝进去都泛着苦涩。他总是一个人坐在那儿发呆，嘴里嘀咕着自言自语，为什么会是这个样子？为什么会是这个样子？吃饭时小艾问，爸爸，你怎么总说为什么会是这个样子？哦，为什么会是这个样子？我，这阵子总梦见你妈妈，我都不知道该跟她怎么交代。原来你想妈妈了。妈妈要是知道我做了新娘也会很高兴，毕竟我长大了，她就彻底放心了。我最近身体不好，脸色又这么难看，明天的婚礼我就不去了。小艾哭起来，爸爸，你不高兴我结婚吗？不、不。那就一定要参加……苏教授何尝不想让小艾顺顺当当地嫁人生子，最后顺顺当当成为幸福的奶奶姥姥，穷也罢富也好，偏偏她就找了这么一户人家。窗外的星星点灯一样一颗颗亮起来，天尚未黑透，星星只是薄暮的点缀，仿佛有种说不出的哀伤。夜里苏教授真见到小艾妈了，阳光很好，他们背着茶壶茶盏和泥炉，沿着青石板路走入山林，天空蓝得好干净，林中树影斑驳。他们在一个老井旁盘膝而坐，红泥炉中是橄榄炭火，上面的铸铁小壶里用井水煮着龙凤团茶，小艾妈轻摇蒲扇。稍许松涛声蜂拥，乳白的水汽从壶嘴儿蓬勃而出，苏教授忍不住掀壶盖窥视，只见热水沸腾，珠浪般把茶叶卷得上下翻滚，他赶紧盖上，这茶香是要蕴在茶汤里的，哪能轻易让它跑掉！小艾妈把茶汤倒在青花白瓷小盏里，那茶汤色如玛瑙，甘如香蜜。他们就这样对饮着，把过去的日子一页页慢慢翻回来。看看曾经走过的沿途风光，或美的或残的，或感慨或欣慰，一笑置之……不知不觉夕阳西下，渐渐地有半个月亮爬上……

婚礼上吴树华见到苏教授是怎样的尴尬不说也罢。她烫了头发，脸上还化了妆，穿了件紫红的丝绒套装，显得更加粗鄙。苏教授不明白这女人为何会挂上知识分子的头衔，简直是对知识分子的辱没。偏偏这时候吴树华就打起嗝来，哏、哏、哏的，相当有气势。司仪介绍，这是新娘的父亲苏教授，哏、哏。这是新郎的母亲吴女士，哏、哏。声音很突兀，吴树华很歉意地站起来。怎么回事？她一喘气就打嗝，一喘气就打嗝，没办法她又必须喘气。苏教授看见小艾和小龙在拥抱亲吻，小龙为小艾戴上一枚戒指，小艾又走到那个女人面前和她贴了贴脸，一张清秀的脸和一张污秽的脸重叠在一起，小艾亲亲叫了一声妈妈，苏教授木偶一样呆坐着，手里攥着那只水晶小马，小马没有了之前的通透和光泽，生了病一样，苏教授用手摩挲着，你也不高兴吗？小艾走到古琴旁，苏教授听到一首熟悉的曲子，“清凉月，月到天心，光明殊皎洁。……清凉风，凉风解愠，暑气已无踪。……清凉水，清水一渠，涤荡诸污秽。今唱清凉歌，身心无垢乐如何。清凉，清凉……”苏教授看见小艾妈正一步步向他走来，他站起来张开双臂，忽然身子一歪倒在地上，那个小马也掉下来，碎了……

# 西瓜颂

## 一

陈九今年说什么也不走了。他下定决心要在自己那一亩三分地里种西瓜。

虽然还能听到稀稀拉拉的鞭炮声，那地上的红纸屑就像绽放在雪地里的梅花，空气里还残留着刺鼻的硫黄气味，那门上的大福字依旧耀眼灿烂，可这些常年在外务工人员，他们已经开始行动了。他们喜气洋洋拖着小轮车一样的拉杆箱，哗啦哗啦，哗啦哗啦，雪地上乱七八糟的脚印，一道道细痕，相互交错着，缠绕着，让雪地里的红梅一下子成了残花败柳。按乡下的说法，只要不出二月二就是年，可谁还能耐得住性子？他们那颗骚动的心哟，早就像小鸟那样落到了城里的电线杆子上。这些年都是来也匆匆去也匆匆，没啥依依不舍的，连挥手告别都嫌麻烦，媳妇婆娘们，在家里等汇款单吧，我们出去奔钱去了。

大家忙着赶路时，陈九正在他那荒了好几年的西瓜地里晃悠呢。之前他也随打工浪潮闹闹哄哄地行走于江湖，不过没走太远，不像他的那些乡亲们，又是火车又是轮船，还有坐飞机的，陈九自己骑个电动三轮，嘟嘟嘟，半个小时就到了。他在县城的物业公司当保安。他不愿意走太远，觉得没有意义也没有必要。陈九本人还处于一个人吃饱全家不饿的状态里，所以挣钱并不是他的人生目的，他想着如何才能让自己活得更舒服些，舒服是个很美好很有高度的境界，陈九的思想已经站到了一个高坡上。

当初他也没打算往外走，人生地不熟的，可渐渐村里连一副牌局都凑不齐了，再后来连一个对象棋的人都找不到了。保安这活挣钱少，但轻快。翻翻报纸聊聊闲嗑，歇班时还能凑个牌局，日子倒也顺风顺水。陈九无所谓，舒服就好。

赶路的人们看见陈九在瓜地里转就喊他，陈九，今年不去当保安了？不去了，不去了，一张嘴在哪儿不是吃饭。陈九见他们神色匆匆，都恨不能长出一对翅膀飞起来。但凡出去的人，对这把故土的感情也就那么回事，只碍于家小在此，年节不得不回来罢了。其实他们早已习惯了城市生活，并且还深深爱上了那份喧嚣和拥挤，他们裹挟在人流里东奔西撞，即便撞得头破血流也坚定不移，只要站在马路上看着街边的汽车楼房，看着酒店银行超市花坛……这些跟他们的生活基本无关紧要，可他们看着心里就舒坦，于是给自己暗暗定下目标，然后就要付出几个月几年甚至一辈子的疲于奔命。他们在一日日的追逐中干枯了面容，苍白了头发。冰箱彩电各种电器都已搞定，可依旧不快乐。不快乐源于他们的不满足，他们似乎总也没有满足的时候，一个目标实现了，下一个目标诞生了，下下一个目标又诞生了，不像从前那样，他们平和简单，也知足快乐。这是为什么？他们甚至没有时间停下来认真考虑一下。城里，那是未来生活的希望，至于家乡嘛，将来倒是可以考虑埋在那儿，落叶归根嘛！再有城里地皮太贵，一个坟头赶上乡下的房子价了，不过那都是很遥远的事，他们离坟头还有十万八千里呢，现在他们渴望把家乡的大树连根拔起，然后移栽到城市的某个角落里，这是他们的人生理想。陈九没啥理想，他只对眼巴前的事过心，活一天快活一天。

## 二

年前陈九回了一趟家，有人捎信说铁蛋儿的一条腿受伤了，走路一拐一拐的，看样子伤得不轻。铁蛋儿是陈九养的一条狗，养了好些年，算得上他一个亲人。最开始陈九去县城铁蛋儿也跟着一道去了，陈九想法简单，铁蛋儿完全可以成为一名现役保安，听个门望个风，分文不取，有口剩饭就成。可物业公司已经配有一条德国黑背，那条狗的骁勇不亚于一条恶狼。人比人得死，狗比狗……铁蛋儿虽是一般的看家草狗，外貌却有款有型，它骨架开朗，毛色油亮金黄松软蓬勃，昂首翘尾，四蹄粗壮有力，腹下那半截炮筒子雄赳赳气昂昂，是条倜傥英俊的汉子。两条雌雄各异的狗，尽管地位悬殊，也是可以闹闹爱情的，就像白马王子爱上了采蘑菇的小姑娘，高富帅爱上了端盘子的女服务生，两个同性的人还可以玩玩异样的恋情，这些都有可能，但两条同性狗在一起可坏了，就一个字——掐。铁蛋儿被那条骁勇的黑背掐得鲜血淋淋，一只耳朵掐下去一半，陈九只好把它送回村。铁蛋儿在村子里还是很有地位的，母狗们亲近它，公狗们惧怕它，对铁蛋儿来讲，乡下绝对是它的温柔富贵乡。

铁蛋儿没大事，后腿上蹭掉一块皮，陈九给它敷上些消炎药，简单包扎包扎。大半年没见，铁蛋儿还是那么健壮精神，铁蛋儿狗缘好，母狗们总是把好吃的从家里偷出来送给它，公狗们也不时地孝敬孝敬它。铁蛋儿偶尔会自己动手，搞点绿色食品。这地方耗子特别肥，耗子可是好东西，一身的有机绿色肉，不施化肥，不打农药，没有任何催长激素和添加剂，吃的都是纯天然食物，又喜欢打闹锻炼，肉质上乘优良。抓耗子这活本来应该归猫，不过，这一片现在由铁蛋儿接手了。铁蛋儿是条难得的看家狗，家里连一块砖一块瓦都没损失。陈九从县城买回不少火腿肠奖励它，陈九拿掌心在它脊背上一下一下地抚摸，铁蛋儿你好生看家，好生照顾自己，等会儿我就往回走了，今晚该我当班。过年回来给你带烧鸡。铁蛋儿认为什么火腿肠烧鸡腿，都未见得赶上它的绿色耗子香。铁蛋儿很想让主人品尝一下耗子的鲜美，它嗖一下跳出去，把陈九吓一跳，这狗东西又玩什么花样？有一年冬天，铁蛋儿给他叼回来一条大鱼，足有二斤多。陈九告诫它，人家的东西可不能随便拿，做狗也要有狗的操守。铁蛋儿的眼神很坚定，铁蛋儿表达感情的方式和别的狗不一样，别的狗用尾巴，它用眼神。它的眼神告诉陈九，我是那样的狗吗？我能干那样的事吗？这个铁蛋儿怎么还没回来？再晚就赶不上接班了，他还是希望和铁蛋儿告个别，多年养成的习惯，彼此心里都踏实。陈九着急，天已经黑下来，他不时看着手机上的钟点。铁蛋儿不知道野哪儿去了，再等五分钟，不回来我可真走了，正关门的工夫，生子媳妇踉踉跄跄跑进来。

## 三

生子媳妇急得直哭，孩子烧得跟个小锅炉似的，现在必须去县城医院。可村里只要能扛动几十斤的男人，都跑出去奔钱了，有人说看见陈九开着三轮回来了，这会儿好像还没走。陈九往三轮上放了两床厚被，让他们母子坐中间，然后用被一裹，拿麻绳前前后后捆几圈，这母子俩像粽子一样，被包了个严严实实。陈九是个细致人，腊月里，天冷得能冻掉下巴，何况还有个生病的孩子。出门时他往肚子里倒了两口酒，这可不算酒驾，山风刺骨，路上驱驱寒。

孩子是急性肺炎，多亏来得及时，不然就坏菜了。从挂号看急诊到办理住院手续，都是陈九一个人跑前跑后，生子媳妇只管紧紧搂住孩子，像怕谁给抢了去。这小媳妇被吓坏了，现在还没缓过神来。孩子安顿到床上打点滴，生子媳妇长出一口气。病房里是几个病病歪歪的孩子和他们神情倦怠的家长，这屋子里到处都是白色，白墙壁白窗帘白床单白被子白枕头白炽灯……虽然这些个白让时光和飞尘打磨得已近灰暗，但谁都能看清楚它们的底色曾经是白。白色在阳光下能表现出空灵的圣洁，但放在医院这个特定环境里就显得悲凉肃穆了。在这场景的烘托下，生子媳妇心里涩涩的，于是她开始哭，是那种无声的哽咽和抽泣，眼泪呼呼啦啦一浪高过一浪。陈九说孩子都稳定了你就别哭了，可生子媳妇偏要这么哭一哭，哭一哭心里亮堂。

陈九要回去接班，生子媳妇抽泣着说怕夜里孩子再烧。这是医院，有事马上喊大夫。生子媳妇说她记不住大夫在哪个屋了。陈九看她也不是个拿事的人，乡里乡亲的，有什么办法？他和保安队长请假，说家里有事赶不回来。保安队长乐了，你一个孤老棒子能有什么事，是不是看上哪家小媳妇了？陈九懒得理他。生子媳妇看陈九请好假，状态马上不一样了，她从包里摸出来一个苹果递给陈九，还说了些感激话。陈九觉得真难为这小媳妇了，今天他要是不回去，那后果还了得！现在算不上夜，但已经很晚了，所有的小病号们都进入了酣甜的梦乡，大人们被孩子折腾了一天，身体明显松垮下来，他们在以各种姿态缓解这一天里的疲劳。陈九去小卖店买了红烧牛肉泡面还有茶叶蛋，泡面的香气像一股暖流涌进病房，这味道浓烈而家常，让人心生温暖。人们不由吸吸鼻子。

泡面的热气蒸腾到生子媳妇脸上，她睫毛上挂着一颗颗水珠，生子媳妇想哭，又觉得刚刚已经哭过，她压抑着自己的情绪，把一团面塞进嘴里。

她们这些人被称为留守媳妇，生子媳妇觉得“留守”这个词用得好，解释开就是留在家里，守着房子孩子，守着鸡鸭猪狗和一个空空的院落。在她心里家庭的组合本来应该是这样，强壮的男人，温柔的女人，顽皮的孩子。可现在家家的男人都跑出去搞钱。没有男人的家就像一棵落了叶子的树，是光秃秃的萧索与空落，心里边也跟一口枯井一样，敲敲都能听到咚咚的回音。男人们认为他们几辈子在土地里刨食，现在可算来了机会，他们宁愿坐在尘土飞扬的工棚里哭，也不愿意在山清水秀的小溪旁笑，为了理想他们坚定不移地耗在城里。他们告诉女人，庄稼牲畜无所谓，只要看好孩子看好家门就成，男人说的家门是个潜台词。他们只是随口的戏谑，并不真担心，村里的男性均为80岁以上老头，70岁的都跑出去做更夫了。

今天真把生子媳妇吓傻了，孩子要是有个闪失，生子一准和她拼命，老子在外边辛苦赚钱，你在家连个孩子都带不好。前村一个孩子爬树把腿摔折了，那男人回来把老婆打得满地滚。男人们也说不计较收成，可这些留守媳妇哪个敢含糊，芒种撒种，小暑大暑锄草，仲秋打粮食晒粮食。真要一年到头颗粒无收，光脸面上就过不去。有了收成在男人面前也仗义，你在外边辛苦，我在家里也没白吃饱，这甜甜的玉米饼子，这嫩嫩的大豆腐，还有这香喷喷的鸡，肥嘟嘟的猪，还不都是我。这也是一种自我价值的体现吧。男人在外边奔波一年，回来家不像家屋不像屋，他心里能平衡？肯定不能。媳妇们挖空心思，她们要把这一年的精心储备和酝酿全盘呈献给男人，生怕哪里疏忽了怠慢了，这些男人是需要恭维甚至敬畏的，谁不知道城里的旮旯胡同有好些便宜女人，几十块钱就可以消费。现在人工费上涨，男人们去胡同里消费个女人很简单。所以女人们要尽全力让男人在家时大碗喝酒大块吃肉，夜里甩开膀子折腾……把这一年该解的馋都解了。男人们离家时个个嗷嗷地打着饱嗝，一只手拉着行李，一只手托着腰杆。

男人们回来恋吃，恋身子，却不恋这方土地，他们不大愿意去田间地头走走，可能是脚上穿了皮鞋的缘故。他们不喜欢家里的电视机总是飘雪花。不习惯家里的茅房，能憋就憋，直到忍无可忍。大老爷们儿的还那么娇贵，怕冻屁股。这些媳妇看在眼里，也不好说什么。说他们忘本，可人家毕竟还回来了。村里边有那么几个男人，一出去连人影都摸不着了。外面的世界精彩得让人恐怖，虽然电视机时常“下雪”，可里面的内容惊心动魄。女人们也焦躁彷徨，她们剁着鸡食骂声就从院子里呼啦啦飞到树梢上，在风里荡来荡去，村里的叫骂声一浪接一浪，刚刚张家接下来李家，此起彼伏瓢泼一般，淹没了整个村庄。她们的叫骂没有任何理由，有的话也是借题发挥，就是通过这种方式排解一下心中的愤懑与焦躁。男人在家里，就是木头疙瘩多口气歪在炕上，也有个诉苦的也有个唠家常的，可现在！能有什么办法，男人不是还往家寄汇款单了吗？不是每年还回来一次半次的吗？不是还计划着将来带你一起走他乡吗？过日子都是听天由命，紧紧牵着命运的手一步两回头。

## 四

陈九陪母子俩在医院住了三天，早晨他骑着三轮车穿梭在县城的大街小巷里，当保安这些年，对于县城，就像走在自家田间地头，哪里的小笼包好吃，哪里的豆腐脑嫩，哪家的油条又酥又脆，哪家水果摊既新鲜又便宜，统统轻车熟路。陈九把采购来的小笼包和鲜豆浆放在三轮车上，还在早市给孩子买顶绒线帽，他戴着帽子叮叮当当从胡同里穿过，那张平凡的脸上跳着一种动人的光芒。

这几天陈九忙个热闹，早晨出来置办一天的吃喝，他不愿意买医院里的饭菜，贵还不中吃。他白天看着孩子打点滴，口服药一天三次，中间还得去找大夫咨询。他包揽了所有的大事小情鸡毛零碎。晚上陈九和生子媳妇挤在一条长凳上过夜。这凳子也是来之不易，是陈九帮人家打开水换来的。陈九觉得这几天虽然忙碌，但要比他在保安室里充实生动，一个人值班时爱犯困，哈欠一个跟着一个，现在陈九两眼铮亮，瞳孔里闪着金光。虽然晚间在一条窄凳上和衣而眠，但陈九感觉非常美好。和个年轻小媳妇并肩而眠，看看这事闹的，像在梦里一样，隔着厚厚的衣服都能感觉到这小媳妇身体的绵软和香气，夜里他的手有意无意地搭在她肩上，这条窄凳似乎唤醒了陈九沉睡的心灵，理想呼之欲出。小家伙病来得快走得也快，这不，已经在床上翻跟头了。陈九建议继续观察，院方不同意，这又不是疗养院，别人还等床呢！

把母子俩送到家陈九说要赶回去值班，生子媳妇哪能让，没有陈九，她这会儿说不定在哪儿寻死觅活呢！生子媳妇从心里感激陈九，她要对陈九表达一下。这媳妇个头不高，干瘦，干起活来却手脚麻利。今晚她要请陈九舒舒服服吃一顿。就地取材，家里有什么做什么。酸菜外边的帮子不要，只取中间的酸菜心；五花肉也先用开水走一遍；汤里的粉条是土豆粉，没拿地瓜粉，她怕地瓜粉烧心。里边还放了几块冻豆腐。简单普通的家常菜，生子媳妇却颇费一番心思。没大会儿酸菜炖肉的碗端上来，这碗太大了，跟小锅差不多。还有一个炝土豆丝，刀功也好，土豆丝切得细长细长，里面拌着红椒末和绿葱末。菜虽不多，一凉一热，却最能勾人肠胃。尤其这地地道道的农家酸菜，它让陈九唤起了儿时的记忆。小时候娘炖的大锅酸菜，一家人围在一起，日子虽贫穷倒也不失温暖。陈九眼窝发热，这是干什么，他极力掩饰着突如其来的酸楚情绪，赶紧倒进嘴一口酒，浑身的血流立刻像野马一样奔腾起来。孩子已经睡下，生子媳妇还在灶上忙活，陈九有些恍惚，仿佛那灶上忙活的就是自己的女人，那熟睡的小家伙就是自己的孩子。

他闭上眼，呼吸着房间里暖洋洋的空气，享受着梦一样的天伦。这样的场景本来归于平凡，可对陈九不一样了，他幻想着如果他有这样一个家，有这样一个媳妇和孩子……如果……生子媳妇端来新贴的饼子，陈九从如果中回到现实，生子媳妇讲了好些掏心窝的话，碰到伤心处，鼻涕一把眼泪一把，日子艰难，多希望村里能有个把身强力壮的男人，关键时候替她们这些留守女人担一担，扛一扛。陈九问，怎么不一起进城？孩子小出去也不能找活干，还不是干赔钱，在家里好赖还能侍弄几亩地，多少能见点钱。再等几年，孩子大一点，说啥也不能这么过了。生子媳妇咬牙切齿地说。

陈九已经好久没回村子了，逢年过节也很少回，回来干什么呢？现在他人在哪里，哪里就是家。赶上年节他就在保安室值班，队长也习惯了，一有值班任务就把陈九的大名排在前边，给双份工资呢！这个没人和他抢，他倒也乐意。生子媳妇说，前一阵海权在工地上受伤，回村养了一阵。把这群媳妇婆子们高兴的呀，大事小情都去找人家拿主意，海权坐在炕头上给她们当参谋。海权嘛，有的主意还好，有的就那么回事儿。可这些女人们就像找到了主心骨一样。海权养好伤走了，把一群女人失落得不行。女人们都盼望哪天再回来个参谋呢！生子媳妇用眼睛在陈九脸上扫了扫，又把目光移到了那碗酸菜上，有一粒红椒落到酸菜碗里，明亮且耀眼。陈九那天晚上没有走，陈九喝了一点酒，生子媳妇怕孩子再烧起来，陈九决定将好人进行到底。

## 五

陈九去县城把工资结算完，他决定回归故里。这消息就像长了翅膀一样在女人堆儿里传播着，陈九回来了，陈九回来了，这回夏天可以吃到“冰糖罐”了，有女人带回来吗？哪儿来的女人？还是孤树一棵。女人们心里的某个地方都刺刺挠挠地痒了一下，她们压抑着胸口的兴奋说，孤树好，孤树省心，却都暗暗打着自己的算盘，通烟道拉柴火收地瓜……还有他那辆电动三轮车，一趟茅房的工夫就可以嘟嘟到县城去。总之，陈九在女人们心中是一朵花，一朵暗香游动的花。

眼下女人们暂且把这朵花放到一边，年关临近，家家户户的男人正大包小裹往回赶。女人们忙得团团转，她们先把自己从里到外捯饬干净，该拍粉的地方拍粉，该抹红的地方抹红，又把前前后后的房屋院落包括鸡窝猪圈都洒水除尘，接着杀鸡宰鸭，磨面蒸糕。男人们功臣一样盘腿坐在炕上，白天好酒好肉地供奉，晚上有香喷喷的身子暖着，几日下来那张疲惫的菜帮子脸也越发白里透红了。把男人伺候妥帖，女人们还有自己的事，她们把男人带回的东西一件一件摆在炕上，这可是男人一年的收成，掖在柜子里谁能看见。其实生活的意义不仅仅是一个人偷着乐，让大家跟着一块乐才是目的。羡慕的眼神，嫉妒的叹息，偷偷的关注，这些都是生活里很重要的部分。女人们三五成群蜂拥到人家炕上，眼珠四下转转，捏手上掂量掂量，货色成色心中便有了一二。如果比自家强胸中就有了愤慨，如果赶不上自家，那种快活和捡个钱包相差无几。这好像是个不成文的规矩，家家都陈列了一炕候着这帮女人。好马的腿女人的嘴。为了迎合她们，有人还把家里的箱底儿也摆出来凑数，老林头家的竟把印着《红灯记》的茶缸拿出来。唉，哪里逃得过女人们的火眼金睛。倒是有过年的模样了，老婆孩子热炕头。女人们招摇着此时的兴奋，一年就这么几天好日子。她们嘻嘻哈哈，笑声、叫声、骂声、咳嗽声，乱哄哄的，村子里一派热闹纷繁，孩子们吃着男人带回来的零食，女人们则变成了花蝴蝶，她们头上别着耳朵上挂着脖子上套着……都是男人从城里带回来的便宜货。

生子媳妇从头到脚没见啥稀罕物，女人们议论这生子也太不是东西了，出去一年到头，连双新袜子都没给媳妇添。女人们替生子媳妇抱不平，眼神里却有了些许内容。出去一年啊，这说明什么？说明什么？说明，第一，生子这小子没玩活，在城里游手好闲混日子。第二，苦力没少下，倒霉遇见黑心老板，连回家的路费都是借的。

第三，钱倒是挣了，只是在城里找个狐狸精，钱都填进别人坑里了。女人们总结的不无道理，都是从现实生活中归纳出来的经验。生子媳妇急了，她把衣服一掀说你们看这里，一个红色蕾丝文胸，上边镶着水晶，星星似的一闪一闪！她又往裤腰里拽，再看这里，这里。女人们忙说，大冷天的，知道了知道了。这时的女人白天忙着伺候男人吃伺候男人喝，忙着东家走西家串。晚上急忙钻进被窝，和男人结结实实抱在一起，过年真好！

“人家的闺女有花戴，我爹没钱不能买”，看着一户户和美团圆，陈九内心未免有些寂落，不是有些，是非常。他想，我这是何苦的，在县城的保安室，想吃就吃，想喝就喝，屋子里暖着，电视响着，人也就不觉得孤苦。陈九这房子好多年没住人，哆哆嗦嗦的，快要站不稳了，陈九拿了一根大木头让房子拄着，又点起炉灶，才算有了一点人间烟火。铁蛋儿到底是一条狗，喜怒哀乐都表现得非常直接，它靠在陈九身上，眼睛里一派温情脉脉，主人回来了，铁蛋儿从今往后不再是流浪狗了，流浪狗跟个孤儿似的，整天满大街溜达，连结交的哥们朋友都是流浪者。现在铁蛋儿依偎着陈九，如一对手足相连的兄弟。

## 六

闹哄了几天男人们又出去辛苦赚钱了，都走吧，赶快走，这阵子陈九被他们闹得头都大了，现在总算安静下来。陈九他爹就是个种西瓜的好手，那是个老实厚道的庄稼汉，就因为老实，让村长当了软柿子捏，把一块猪不啃狗不闻的沙土地分派给他。陈九爹清楚，即便撒上种施上肥，汗珠子掉地摔八瓣，最后也是瞎子点灯，有人说就那地，忙活一年怕是连个蛋都没得收。陈九爹靠在墙根那儿抽烟，一颗接一颗，把一张枯黄的老脸抽成了酱菜疙瘩色，一家老小还得往下过活啊！妈的，俗语讲狗急了跳墙，人急了就会萌生智慧。陈九爹虽说老实厚道，可他善于琢磨，谁说连个蛋都没得收，老子就要把这沙田变成瓜蛋窝，他决定在这块地上种西瓜。种西瓜可是高于种庄稼的技术活。庄稼的性情温和，脾气又好，似乎稍用些心思就可以种好，不碰上太大的自然灾害，十有八九会有收成。但西瓜就不一样了，这玩意刁钻古怪，你赔了十分小心，用了二十分辛苦，结果呢，完全可能竹篮子打水一场空。头一年，虽然种出的瓜绿油油地肥大，可咬上一口，却是连黄瓜都不如。究其原因水大了，雨水加人工浇灌，把这一地的西瓜害惨了。原来西瓜喜欢毒辣辣的太阳和紫外线，贱皮子东西越晒越甜。第二年因为下种太早，种子还没发芽，让忽然来的倒春寒全给冻死了，再补又晚了。第三年给西瓜上了一点化肥，可坏了，这西瓜一股敌敌畏味儿。陈九爹意志坚定，不坚定有什么办法？无论如何他也要把这块硬骨头给啃下去。陈九爹把所有的失败教训都总结成宝贵的经验，这么一来二去才有了“冰糖罐”，你说容易吗？陈九打小就在瓜田里摸爬滚打，都说龙生龙凤生凤，老鼠它儿子会打洞，种西瓜那点事他早已烂熟于心。

陈九开始燎荒翻地，现在还不是春耕时候，陈九一个人在屋里无聊，他拿了把铁锹，主要是活动活动筋骨。正值春寒料峭，阳光很淡，薄薄地敷在地上，媳妇们脚上穿着棉鞋头上包着三角巾，跑到陈九的地头上看热闹，她们袖了手，缩着肩膀，不时地抽一抽鼻子，一张嘴，一团团白哈气冒出来。一个翻地有啥好看的，可她们偏要看。陈九动作很慢，一来是地还硬着，二来毕竟好几年不摆弄土疙瘩了。媳妇们站在地头鸡嘴鸭舌，说你早该回来种西瓜了，你那个“冰糖罐”甜得能齁死人，上秋肯定卖个好价钱，不比在县城当保安强？有人说上回吃你“冰糖罐”是多年前的事了，都是那“冰糖罐”害的，我现在吃什么西瓜都不甜。有人说怎么忽然回来种西瓜了，想攒钱娶媳妇啊？陈九嘻嘻哈哈支应着，说今天太冷就到这儿吧。陈九扛着铁锹往回走，媳妇们前前后后相跟着。陈九走小路，媳妇们走小路。陈九拐弯，媳妇们也拐弯。陈九进院，媳妇们呼啦啦跟进来。炕还是热的，媳妇们脱鞋上炕，把脚插进被子里。乡里乡亲，谁还把自己当外人。农活还没开始，在哪儿不是待着？屋子里暖融融的，为了育种陈九还在屋子里支上个铁皮炉子。生子媳妇坐在炉子对面，她穿了件大红色羽绒服，像背了一个暄腾腾的大面包，炉火很旺，火苗欢快地跳跃着，阳光透过窗子照进来，细细的灰尘在光线里轻歌曼舞，生子媳妇觉得就这么傻坐着没意思，起码应该干点什么，为陈九。她和别的女人不一样，他们已经亲密过了，到现在心坎上还甜着呢！她号召媳妇们把这屋子清理一下。这还不简单，大家纷纷动手，扫地抹灰擦玻璃，屋子暖和，手脚施展起来也方便，屋子不大，地中间还支着一根木头和一个铁皮炉子，生子媳妇还找出一副对联贴在木头上，屋子里有一个女人就变得温馨了，屋子里有了一群女人就变成了鸡笼子，唧唧唧，嘎嘎嘎……

陈九的嘴巴耳朵与女人们掺和着，手却在忙他的“冰糖罐”，这可是他的看家本事，他要给种子消毒。种子消毒通常有两种办法，一种是用福尔马林泡，一种是高温消毒。陈九采用后一种，他先把种子放进盆里，把水烧到七八成开，边倒水边用筷子搅动。搅拌一会儿又加了一瓢凉水。媳妇们围过来看仔细，问他，这是干什么？给种子消毒。种子也要消毒呀？那是。陈九说女人剖腹产还用酒精棉球蹭蹭，都是一个道理。哈，你又没生过孩子，怎么知道这么详细？屋子里马上开了锅，媳妇们对这样麻辣的话题最热衷，她们像吹气球那样，将个小小皮囊吹大，再吹大，最后嘭一声，爆炸了。陈九好不兴奋，多少年没这么过瘾了。陈九虽说心里乐开了花，脸上却是淡淡的。陈九处事老练，他非常懂得如何拿捏这个尺度。陈九现在需要一些纱布，明友媳妇马上回去找来。陈九把泡好的种子擦干净用纱布包好，外边又包上塑料布，之后解开衣扣，将一包种子塞在怀里。媳妇们大眼瞪小眼，你这是……？陈九一字一顿，这叫催芽。三刚媳妇知道，小时候她奶奶就把几个鸡蛋放怀里搂着，搂几天就能孵出小鸡来，你这是孵西瓜。陈九说差不多差不多。他说从现在开始每天都要这么搂上几小时，半个月后出怀。明友媳妇问，晚上搂着这东西睡硌不硌人？哈，媳妇们笑得人仰马翻。这些媳妇们与陈九，辈分和岁数差着一大截呢，光棍在村里没地位，没谁拿着当回事儿，老老少少都直呼其名。陈九觉得这也没什么不好，就像现在和媳妇们开开荤荤素素的玩笑，一点障碍都没有。

## 七

陈九爹要活着非骂死他不可，“冰糖罐”，那是他爹历经多少失败才总结出来的经验，相当于军事机密。

他爹都是在半夜里人不知鬼不觉时悄悄操作，现在陈九让一群妇女围着又是演示又是展示，重要的地方还要加以说明和讲解。这男人一遇到女人就蒙圈了，该讲的不该讲的统统讲，该给的不该给的统统给，难怪兵法里有美人计这一说。陈九无所谓，村里能扶墙走的男人基本没了，几个妇女成不了大器。

三刚媳妇坐在窗台上，忽然朝明友媳妇挤挤眼，看，你婆婆来了，门口站着呢。屋子里马上安静下来，明友媳妇气呼呼跑出去，和婆婆嚷了几句就跟着回了。媳妇们说明友妈就爱干这事，一把老骨头了还爱盯梢听墙根。

这明友妈瘦小干枯，比饭桌高不到哪儿去，却装着一肚子鬼精。不精也得行，还不是让日子给逼出来的。明友是个瘸子，走路时一条腿往前迈，另一条腿在后边画圈。即便这样，他也不甘心在家里务农，早就让亲戚带着，在城里工地上看库房，好赖能挣几个活分钱，比在家里种地强。明友媳妇也想去，明友和他妈都不愿意。城里是何等花花世界，明友和他妈没敢正面阻拦，拦也拦不住，那人高马大的，一只手就能把明友妈拎起来。瘸子明友更没用，见了媳妇就跟耗子看见猫差不多。明友和他妈加一起也无法对抗媳妇，但有些事情也不能光凭力气。人制约不了，不是还有物件吗？对，就是身份证。明友媳妇一个大活人，连个身份证都看不住，丢了去补，补完再丢，反反复复折腾几回，最后明友媳妇学聪明了，她把身份证缝在了裤衩兜里，这回我让你丢！让你丢！她准备第二天去买火车票，然而，还然而什么，那身份证就像长了翅膀一样，飞了。最后连派出所的民警都烦了，说我们派出所事多着呢，也不能只为你一个人服务。没有身份证谅你插翅难飞。一个小小的硬塑料片，就把明友媳妇牢牢按在了乡下。每次明友寄钱回来都是婆婆去取，明友媳妇没身份证。夕阳已经把天边的云彩染红，远处明友妈正从霞光里走出来，脚步又轻又稳，她怀里揣着钱，手上拎着刚从集市买来的瓜果梨桃，路上她和人们亲热地打招呼，都是买给明友媳妇吃的，这里里外外还不全靠她，我这把老骨头还能活几年，只要她把身体保养好，就是家里的福分了。明友妈声音不大，像是说给自己，又像在传播某种信息。这时候夕阳把绯红的霞光泼下来，明友妈慢慢融化在乡村的黄昏里。

## 八

媳妇们没事就往陈九屋里跑，春耕还没开始，眼下陈九家成了她们的娱乐中心。她们倒要看看这“冰糖罐”是怎么问世的。陈九忙着催芽，细心得像对待刚出生的婴儿。他每天都把西瓜种子在怀里焐上几个小时，然后用温水洗一遍，再擦干净包严实，媳妇们笑他，一个西瓜你都这么上心，要是生个孩子还不给供起来。有人说不下功夫就能种出“冰糖罐”来？“冰糖罐”是村里人赋予陈家西瓜的美名，这显然是一种比喻，说这西瓜甜得和冰糖差不多，跟李白的“白发三千丈”雷同，可人家李白是何等人物，何等气度，那是理直气壮胸有成竹的夸张，“冰糖罐”是村里人认为西瓜能达到的甜度。夏天的傍晚，天热得知了都缄了口，从井里拉上来一个镇好的大西瓜，又冰凉又绵甜，故得此名。人家也没说是“蜜糖罐”、“白糖罐”，觉得“冰糖罐”最贴切恰当，乡下人连比喻都缩手缩脚，不敢僭越。媳妇们不光看热闹，她们拿了针线活，拿了花生红薯。大家喜欢陈九的铁皮炉子，这东西现在是个稀罕物，灰大还占地方，人们多少年都不用了。陈九为了提高温度，不在乎这些。人们把花生放在炉口的铁板上烤，不一会儿香味就出来了，扒了壳，一粒粒肥嘟嘟的红豆豆，放在掌心里上下一搓，轻轻吹口仙气，满手的象牙白珍珠。还有烤红薯，将红薯放在铁板上，上面盖上一个铁盆，这样烤出来的红薯绵软香甜，别具风味。女人们也知趣，东西好了一定让屋子的主人先尝，陈九一面忙着他的“冰糖罐”，一面享用着媳妇们递上的美味。陈九手里有活，女人们就像喂鸟那样，把吃食送到他嘴里。陈九美得鼻涕泡都出来了，吧唧吧唧，真是一只可爱的老鸟。人们嘎嘣嘎嘣地嚼着，地上一层花生皮子，脚踩上去咔咔直响。

看看，回村种西瓜就对了，陈九为自己的英明决策暗暗欢喜，他要让这些留守媳妇统统甜上一甜。看我们的陈九是个多么好的同志！好同志啊！

他们张家长李家短，现实生活和电视节目，城里的高楼与乡下院子，这些都像美食一样，快活着嘴巴，他们想到哪儿就说到哪儿，如脱缰的野马，不知不觉中十万八千里了。炉子在欢快地燃烧着，火苗蹦蹦跳跳，有金色有蓝色有红色，把炉边女人的脸映得像秋天里熟透的苹果。屋子里乱哄哄的，女人们越聚越多，不去陈九家属于脱离群众。

明友妈也来，一声不响站在窗外边，媳妇们看见就开门把她拉进来，进屋，进屋，屋里暖和。有人递给她一块红薯，明友妈把皮一块块扒掉用嘴吹了递给儿媳妇，又将花生皮扒掉，将一个饱满的豆粒递过去。明友媳妇只管接过去吃，看都不看她一眼。媳妇们只管说笑没人理她，陈九倒是想和老太太扯几句家常，可屋子里乱哄哄的，根本插不进去话。明友妈坐了一会儿便悻悻地走了。有人说，你这婆婆，怕人给你吃了不成。哪是怕我们，是怕陈九给她吃了。哈哈……

陈九做了一个木槽子，里面放上松软的菜园土，把那些宝贝西瓜种子一个个按进去。媳妇们说这和生孩子有什么区别，从怀里生出来放到炕上，用不上几天再跑到大地里。白天屋子里很暖和，太阳光，炉子，还有这群媳妇们散发的热能和欢声笑语，西瓜种子在槽子里躺得很是舒服。问题出现在后半夜，太阳光没了，炉子里的火渐渐熄了，室内温度低下来，温暖是种子的生命线，虽埋在泥土下面冻不坏，但一冷，种子就瑟缩地藏在泥土下面，不敢动。这可不行，得让它们动起来，让它们把眼睛睁开，把胳膊腿伸出来，不然那一个个小生命就要被困住，最后窒息在木槽里。陈九怎么可能让他的孩子还没出世就夭了折？他将木槽子搬到了炕头上，陈九家里一共有两条被子，一条是自己的，另一条是他死去老婆的，他把老婆的被子盖到木槽子上，现在陈九的炕上，就不再是一个被窝，而是两个。在寒凉寂静的夜晚，那一个个小“冰糖罐”在陈九的炕头上蠢蠢欲动。半个月后，一排排绿色的小苗盖住了泥土，陈九的炕头上春意盎然。陈九看着满眼的嫩绿，就像看到了自己心爱的女人。

## 九

陈九要去县城一趟，生子媳妇也要跟着去买点东西。其他媳妇不干了，都嚷嚷着要去，又不花车钱，就是不买东西溜达溜达望望景也好。媳妇们不管三七二十一就往车上爬，把三轮车压得直哆嗦，陈九说还没等进城这车就得给压零碎了。三刚媳妇有主意，她说好事大家轮着来，这回你下回她，大家依次排号来。这个办法媳妇们都认可，她们报上几样生活日用品，让陈九给捎回来。

陈九去县城就是想理个发洗个澡，他不好意思说实话，怕女人们骂他矫情。在县城里好几年，尤其当保安要特别注意形象，身上不能有汗味，头发不能长过耳朵，这都是保安公司的规定。刚开始陈九也不适应，保安是什么，不就看大门的吗？哪来那么多讲究，怎奈人在屋檐下，逢休班，陈九必须洗澡理发，这洗来洗去可惯出毛病了，只要隔一段时间不洗，他就浑身痒得不行，吃不好，睡不安稳。

有过曾经的亲密，陈九和生子媳妇就很坦然了。他们先在一个面馆吃了大肉面，又在商场里买了点零碎东西。然后陈九拉着生子媳妇在一个僻静的街巷里找了个钟点房，地方不大，倒也干净。卫生间里还有莲蓬头。价钱也不贵。俩人澡也洗了事也办了，两样活干完才花了一份钱，付款时生子媳妇还一门抢着结账。这话怎么说的，陈九坚决不答应。

说实话，陈九回村子的起因就是生子媳妇，陈九活到这把年纪还不明白女人是怎么回事吗？别看她衣食无忧，表面上活得还不赖，可这女人的内心就像一面鼓似的空洞，常年没有男人给暖被窝，那身子从头到脚凉得近乎一块冰。陈九没有非分之想，这么多年都是一个人耍单蹦，而且也一把年纪了，再讨个女人过日子，这事不大靠谱，也太麻烦。陈九怜惜这女人，心疼她，他愿意用自己微薄的热量去替她暖暖身子，在她那一片苍白的日子里涂上一点点颜色。回来的路上月光洒了满满一地，被陈九的三轮车轧得一条一条的，被凉风一吹，像飘舞的丝带。街巷里的灯都亮了，小门小户的，唯一值得庆幸的是，该亮灯的时候都亮了，该吃饭的时候都吃饭了。生子媳妇脸贴在陈九后背上，两只手紧紧搂住陈九的细腰，就如抱着一棵粗壮的大树。

春天说来就来了，这个时候的村庄和女人们才从慵懒昏沉的冬闲里慢慢回过神来。阳光当空照下来，柔软明亮，小草从地里一棵棵探出头来。这样，那迎春花保不齐明天就能开放。开始农忙的媳妇们心里还是放不下陈九的“冰糖罐”，那像是她们心里一个雾蒙蒙的希望。媳妇们催促陈九把槽子里的小苗搬到地里，也改善一下“孩子们”的居住条件，看一个个挤挤挨挨的。生子媳妇也催，四月份该下苗了，忙不过来我帮你。陈九在种西瓜上可是个老江湖，四月是个拿不准的月份，今天还艳阳高照，没准明天就雪花飘飘，他可不敢把宝贝嫩苗插到大地里去，从他爹那辈子开始，就对诡计多端的四月了如指掌，就算再热，人们换上单衣单裤，他也不会上这个当，四月的天小孩的脸，说翻就翻。

当然陈九不会傻等，他找来好些干柴，不分昼夜地往灶里添，他用火苗把那个摇摇欲坠的小房打造出了类似五月的天气。小苗们在人造五月的气候里长得生机勃勃，其间的浇水松土等环节一个不落。用不了多久这些小苗就将长出长长的腰身，开出芬芳的黄花……陈九眼前出现了一片丰硕的“冰糖罐”。

## 十

再一次去县城轮到三刚媳妇，这女人到底不一样，她先让陈九带她去花鱼市场逛了一圈，买了一盆文竹，又去音像店选了两张光盘，还在街边买了条鲤鱼和蔬菜。陈九说你先逛着，我去浴室洗个澡，咱们回头会合。三刚媳妇笑了，跟我走吧。三刚媳妇指挥着陈九来到一个小区，她轻车熟路地用钥匙打开一扇房门。这是我同学家，两口子去了南方，钥匙放在我这儿，进城时顺便照看一眼。三刚媳妇一指卫生间，那里可以洗澡。被带到这样的环境陈九有些意外，不过也没什么不好，连澡票都省了。难道接下来还有更好的事在等着？陈九在卫生间里哗啦哗啦地洗着，他的节奏很慢，他要利用这个空当整理一下思路。三刚媳妇不同他人，读过书，脑子灵光，脸蛋也颇有姿色，连穿衣戴帽也是城里人的派头。陈九可以去温暖村里的任何一个女人，单单三刚媳妇他是想也不敢想的。陈九一时摸不到头绪，他把种种可能都在脑子里过了一遍，欺诈拐卖诱骗？他一个老光棍，还有什么油水可以榨取的？偷肝？卖肾？自己这些零件都已经老化，估计需求者也不会买他这样的劣质产品。陈九把心一横，肥肉送到嘴边，管他三七二十一，先吃了再说。陈九把脚丫缝都搓了好几遍。一股糖醋鲤鱼的香味从门缝里钻进来，桌子上花花绿绿摆了个满，中间还有瓶酒。三刚媳妇穿了件紧身红毛衣坐在那儿，就像那万绿丛中的一点红。陈九稍稍有点忐忑。他按住自己的胸口，今天就是毒药也喝了它，死在花裙下，做鬼也风流。

事后陈九兴奋之余把两个女人做了简要比较，三刚媳妇和生子媳妇。前者就像一条泥鳅鱼，黏黏的滑滑的，你扑过去她哧溜一下跑开，你拿她没办法她又狗皮膏药似的粘过来，顽皮得像个孩子，极其鼓舞人的斗志。后者属于被动型，一招一式都要陈九去引领。三刚媳妇一直都是让人眼馋心痒的小媳妇，陈九没想到活到这把年纪还能享受到这小娘们儿，真是有福不用忙。夜里陈九睡不着开始琢磨，陈九是个善于思考的人，天上咔嚓砸下来个金元宝，到底是怎么回事儿呢？按说他陈九也没啥出奇冒泡的，既没钱又没权，就会种个西瓜。这三刚媳妇她图个啥？莫不是她本身有文化，就对有高超农业技术的人另眼相看？想来想去陈九认为还是“冰糖罐”高超的技术使然。现在国家都重视科技人才，何况一个女人乎？陈九下决心，要在他爹的“冰糖罐”上更上一层楼，争取打造出个“蜜糖罐”来。这样的女人都来主动他，这让陈九越发自信了，他仿佛成了一个二十啷当岁的小伙，对未来抱有金子般的希望。

三刚媳妇可不是被农业技术打动的，那天她眼睁睁看着生子媳妇跟着陈九从县城回来，把女人们捎的东西一样样从车里拿出来，俨然就是一副女主人的派头了。这事就是再掖着藏着也捂不住，都在脸上挂着呢，就像你被人胳肢了痒痒肉，即便再绷着脸上还会有痕迹。三刚媳妇知道这俩人是有情况了。再说陈九这个老光棍，以前她是看都不会多看一眼的，那时村里人还很多，谁会在乎一个光棍，倒是常有人拿他说笑话。后来他去了县城，具体什么时候走的也没人留意。然而这次回来，怎么说呢？三刚媳妇发现，这个陈九和一般的乡下人不太一样，那雪白的牙齿和指甲干净的手交替出现在三刚媳妇的梦里，把她的睡梦搞得支离破碎，三刚媳妇忽然想到两个字——气质，对，是气质不一样。能够想到“气质”这个词，她对自己很满意，到底是喝过墨水的人。陈九干净，身上没有乡下人的那股烟味和汗臭，做事有条理很耐烦，种个西瓜都像呵护小孩子似的。说话又风趣，知道天南地北好多稀罕事。三刚媳妇还发现，村里的好些女人看陈九的眼神都有了亲昵和暧昧，这就好比路边有一堆石头，天天路过谁也没当回事。忽然有一天就剩一块石头了，于是大家纷纷跑过去，都觉得是个宝贝了。陈九倒不是什么宝贝，他是个鳏夫，而且也不再年轻，怎么也得五十开外，但他的“冰糖罐”有口皆碑，那个时候的夏天，谁家不来个“冰糖罐”，这个夏天就算白过。

这块石头什么时候攥到了生子媳妇手里？这群媳妇中，生子媳妇很不起眼，干干瘪瘪像根腌黄瓜。她和生子媳妇，一个是水蜜桃一个充其量算山梨蛋子。三刚媳妇把村里的女人从上到下扒拉一遍，怎么摆布都觉得自己算头牌菜。连村长老婆红娟都不行。红娟全靠衣服架子撑着，听说红娟的一双皮靴顶得上一头猪钱。村长和他儿子在外边包工程，红娟在家里把自己打扮得像个花公鸡，头发红眉毛黄眼圈紫，冷眼看像从戏台上刚下来。红娟再怎么披红挂绿也是老菜帮子一棵。现在她完全一副贵妇人的派头，有村长的地位和钱撑腰，什么农活家务活的统统滚蛋去。她每天守着一个小二楼，一个大院子。这个院落在周围平房的簇拥下，显得相当霸气。红娟基本不与村里的媳妇们接触，唯一的伙伴就是一条长得跟熊一样的狗，这狗是村长从城里带回来的。村里的媳妇对红娟又谄媚又巴结，像丫鬟们见了贵小姐。三刚媳妇自诩是村子里的文化人，有品位。怎么？农村人就不应该有品位吗？她喜欢克莱德曼的钢琴曲，光磁带就好几本。她喜欢养君子兰，家里那棵已经有小树高了。腹有品位气自华。所以她有资格对那些没品位的比如红娟之流的女人不屑。你怀里有钱撑着，我肚子里有墨水流着，你走阳关道，我走独木桥。

## 十一

当初三刚媳妇还不是三刚媳妇时，她留着一根粗粗的大辫子，辫梢上系着白手帕，正在县城上高中。她的学名叫洪巧。洪巧一入学就看好了她的班主任，一个语文老师。这老师从师范一毕业就被分配到县城，他可是地地道道的省城人，这事从他娘肚子里就已经决定了。不知道得罪了谁，把他弄到了这个鬼地方，而且学校还让他带班，在一个人生地不熟的地方，他还不敢怎么样。你让我带我就带，带不好还带不坏吗？他手上总是掐着个篮球，不知道的还以为他是体育老师。没课时，他就把篮球砸得咚咚响，下手又重又狠，每砸一次心里就舒服一点。到底是年轻人，这么砸来砸去心里就有了依托，他给自己设定了一个数目，投篮到了这个数目上，他就会离开这鬼地方。投篮于他已经有了某种神秘意义，那是未来的理想和希望。他在操场上拍运传投，一个人煞有介事地干着一个队伍的活。慢慢他的动作就很漂亮了，他弯着腰，篮球在他的手下前后左右不停地拍着，突然加快脚步，一个虎跳转身投篮，篮球在空中划了一条美丽的弧线，不偏不倚地落在筐内。洪巧的眼睛掉到了篮球上。

洪巧的怀春代表着所有乡下女孩子的梦，她们一出生满眼都是手拿锄头的乡下人，他们的父辈，他们的兄弟，包括左亲右邻。后来她们进了学堂，见到了老师，老师和她们之前所见到的男人不一样，他们干净，头发和指甲都修剪得很整齐，他们说话的声音像电视上那些人，嘴角动动，雪白的牙齿上闪着光泽。老师是这些女孩子的梦里情人，见了男老师，她们的心先就怦怦跳起来。她们在心底刻下了老师的音容笑貌，夜深人静时一个人愣愣地抱着肩，心儿飞了，脸儿红了。这是她们青春岁月里多么奢侈的一件事，她们把梦搂在怀里，捂得严严实实，轻易不敢造次。

洪巧现在是鲤鱼跳过了龙门，她和语文老师接上火了。这老师球打得已经很漂亮了，还把自己打出了一身疙瘩肉块儿。这时候他特别需要一个姑娘来装点他那枯燥乏味的县城生活。学校四周还残留着一块块苞米地。老师打完球就拉着洪巧钻苞米地，苞米地让老师很幸福，地肥人美的！老师还喜欢听克莱德曼钢琴曲，走路时听，打球时听，在苞米地里也听。有一天学校放假，老师把洪巧拉进校广播室看克莱德曼的演奏录像。洪巧还是第一次见到这位举世瞩目的钢琴家，当时他演奏的是《温柔》，画面里钢琴摆在优美的葡萄园中，葡萄园中的葡萄个个胖嘟嘟的，含着清晨的露珠，转眼间钢琴又被放到了巴黎街头，一个铺满白地毯的广场上，接着钢琴又飞到了空中，摆在飞机的翅膀上。在克莱德曼的身边，还有一个吹长笛的姑娘在伴奏，是个黄头发蓝眼睛的姑娘，穿着拖地长裙，在夕阳的一边，蓦然回首，神采奕奕，令人心旌飞扬，他们在琴声和笛声中，轻松地走在熙熙攘攘的大街上，带着自信和富足，太阳从他们的背后升起来，从姑娘修长的头发旁落下，音乐笼罩了整个世界。老师把那个吹笛子的姑娘定格在屏幕上，他喉咙里发出轻轻的叹息，天上人间，令人神往。他目光笔直，疑似要与那位蓝眼睛姑娘进行思想交流。怎奈人家仰望天空，你谁呀你？老师忽然侧转身子，他把广播室当成了苞米地。从那时起，洪巧就知道即便是钻了苞米地，她和老师也不可能一条道走到黑。老师是大城市里的鸟，现在只是在县城的树上落一落，总有一天会飞走的。不过洪巧依然很快乐，她听着克莱德曼的曲子，吃着老师提供的零食，穿着老师挑选的上衣，不用写作业不用背课文不用出早操，连考试题都能事先拿到。难道这不是每个做学生的梦想吗？即便那天在广播室被教导主任撞上，洪巧也没有过分惊恐，她理了理头发，拉了拉衣服，像那位蓝眼睛的姑娘那样高昂着头颅推门离去。

音乐、零食和那苞米地里的疑似爱情，还有他们共同养育的一棵已经结了骨朵的君子兰，最有分量的是那本红红的打着钢印的毕业证书，不少人没拿到呢！这是洪巧高中三年的全部收获。一段美丽的青春乐章。有人活到 80 岁还不知道美丽是怎么回事！至少洪巧曾经美丽过。洪巧灵透，能看得开。老师返城时给她留下了克莱德曼，留下了那棵快要绽放的君子兰。洪巧精心收藏起来。她没有和老师反目，她认为自己算不上吃亏，充其量是等价交换。那只落在树上的鸟都飞走了，你再往那棵树上撞得头破血流，有意义吗？老师对她还是有几分愧疚的，而更多的是感激。洪巧清楚，在心里老师是欠了她的，漫长的一生，山不转水还转，保不齐哪一天就会在某个路口相遇。她的青春岁月有了老师才会如此美丽，这个她是要来保护的。后来是那个教导主任把事情宣扬出去，他曾求老师回城帮他办个什么事，应该是没办成。这就导致洪巧以最快的速度变成了三刚媳妇。

三刚没什么本事，开始在工地上干活，后来工地上总出事，工钱给得也不积极。三刚媳妇说，你爹已经瘫在床上了，你要是再出什么事还了得？不如你去清洗排油烟机吧，洗一个挣一个。三刚听话，媳妇指哪儿他打哪儿。

三刚和他弟弟四刚一起干，三刚骑个自行车，前边驮着清洗工具，后边驮着四刚，四刚手里拎着个喇叭，边走边喊，清洗排油烟机，清洗排油烟机。洗一个五十块钱，收入还可以。三刚说如果每天可以洗上四个，就把她和孩子接过去。不知道什么时候，三刚才能清洗到那个理想的数目。

## 十二

已经进了五月，不管陈九的瓜苗在屋子里长得多么好，但终究是个短期培训班，是纸上蓝图，只有把它们插到大地上，置身于真正的风雨和阳光下，成长才算正式起步。陈九有将近一百亩瓜田，在把秧苗植入之前，还有一个重要的工程有待他去完成。瓜田必须施鸡粪，只有鸡粪才能让西瓜又沙又甜，别的肥力太大，往往把西瓜催得傻乎乎的肥胖，但一丝甜味都没有。这个也是他爹的宝贵经验。陈九没养鸡，哪儿来的鸡粪？这个不难。现在家家的媳妇都在清理鸡窝呢，大家比赛似的往瓜田里拉鸡粪。一百亩的瓜地被粪丘包了个严严实实。够了够了，哪用得了这么多。媳妇们不管那些，你要了张家的，就一定要收我李家的，难道我家的不是鸡粪是鸟屎？媳妇们也精怪，鸡粪一般庄稼用不上，与其白白扔掉，不如拿给陈九，待瓜熟落地讨几个“冰糖罐”回来也好。离瓜地不远就是一条河，陈九在河的上游挖了个蓄粪池，把多余的鸡粪都储藏在那儿。估计能用几年。

鸡粪还需要进一步加工，陈九筛了一些细土和鸡粪搅拌在一起，细土遮住了鸡粪黄绿的清贫颜色，庄重高贵的黑色篡改了鸡粪的平民状态，堆在地头上，松软得像刚出炉的俄罗斯列巴。如果把这些肥料均匀地撒在地上，风无疑会把它们刮走三分之一，这就是不必要的浪费。再说，只有瓜的根部需要，沟垄里不需要。所以，这肥要像滴药那样施下去。这可是个不小的劳动，陈九先用犁将泥土犁成线垄，荒废了这么多年，到底要下些功夫的。他按 0.5 米的株距挖了好多小坑，然后把肥料往小坑里填。填太多也不行，要恰到好处。什么是恰到好处呢？那就要靠陈九的经验了。把槽子里的幼瓜苗一棵棵安放到小坑里，浇上水，最后把土填平。从现在起，瓜苗来到了广阔天地，开始了它们的少年时代生活。这期间媳妇们在忙完自家活计的空当也来瓜地里帮忙。遇土挖坑，见粪施肥，她们和陈九开些没头没脑的玩笑，心里边好不快活！

移栽惊吓了这些稚嫩的瓜苗，它们都昏迷过去了，几天后才醒过来，怎么不是那个拄着棍子的茅屋了，连那个铁皮炉子也不见了。它们见到了那么高的天空，这样的广阔天地，还等什么？快点长快点爬吧，下面的鸡粪在用力往上推它们，瓜秧们不管不顾地占领地盘，盘出一个属于自己的国土。瓜苗们开辟的是道路是线路，却不是面积，它们从每片叶子下面都长出一个小头来，这样一株瓜秧就长出了无数个小头，它们朝着东南西北不同的方向无所畏惧地疯长。照这样下去，一株瓜秧完全可以占领地球，这还了得！简直是胡闹嘛！陈九把准备开花结果的小枝杈从根部掐断，这些小枝杈可真嫩，两个指头轻轻一掐就断了。陈九用了两天时间，对瓜秧进行了血腥的镇压，他只为每株瓜秧留下了两个新枝，只允许它们结出六个瓜蛋，并且只能小于等于六个。经过掐尖的瓜秧，已经步入了中年，中年是个稳重心平气和的阶段，它们不再有任何野心，专心养育着小于等于六的那几个瓜蛋。这时候陈九才松了口气，虽然后面还有些琐碎，但最艰难的路程已经迈过去了，陈九也该放松放松了。

## 十三

陈九放松的方式就是带小媳妇们去县城。媳妇们按照先后次序来，模式上大同小异。三刚媳妇不守规矩，只要手边没活，她就会拖上陈九去县城。当然是隐蔽性的，这事还能敲锣打鼓吗？他们顶着星星走，伴着月亮归，这不，夜深人静时他们回了。天凉下来，带着庄稼的汁水青涩气息。村子里很安静，女人孩子和狗正在发出不同节奏的鼾声，弯弯的下弦月淡淡地印在暗青色的天空中，三轮车，还有车上的人都衬了月色，在地上画出参差的影子。他们面如满月，一脸清辉，好似从月亮里走出来的仙人。他们不知仙人的后面还藏着一个老妖，这个老妖就像夜空中的猫头鹰，把这一对男女看了个仔仔细细——明友妈。她上茅房，听见动静赶紧跑出来，这老女人虽然背驮了，腰弯了，但眼睛和耳朵都特别机敏，三刚媳妇和陈九拦腰勾背的，明友妈愤愤不平地自言自语，这两只野鸟又是进城了！老天不长眼啊！我快十几年没进城了。

一早起来婆婆就对明友媳妇念叨，她慢吞吞的，像在讲述昨晚一个平淡无奇的梦，她说看见陈九和三刚媳妇从外边回来，估计是进城去了，说三刚媳妇会算计，这来回能省十几块的车钱。吃过早饭明友妈出去转悠，这个小村子是守不住任何秘密的，一个人知道了这件事，不到一天的工夫大家都知道陈九和三刚媳妇进城的事了。最后明友妈转到陈九那里，昨晚有人看见你和三刚媳妇了，看看这些人，进个城有啥大惊小怪的，不就坐个顺风车吗？我叫她们不要乱讲，我刚才就看见军子媳妇在和老王太太讲，老王太太那张嘴，她肯定还会去告诉别人。陈九说三刚媳妇突然头疼，拉她去县城看看大夫。明友妈说，就是，我猜也是看大夫去了，我猜得准吧？

明友媳妇是个炮筒子，她说，陈九，你不公平，讲好的大家轮班来，三刚媳妇，我上午还见她在地里活蹦乱跳的，她这个头疼来得也真快。媳妇们说你再偏袒她就把鸡都赶到你瓜田里。陈九知道这帮乡下女人疯起来不管天不管地，大白天都敢把男人裤子扒掉。他也明白村里的女人几乎都是孤苦的，她们都太需要温暖与润色了。陈九一个半大孤老头，他能有多大的热能和光亮来点燃这么多孤苦，唉，做做善事，一只羊也是赶，一群羊也是放，力尽所能吧。他那辆三轮车就像高铁一样，拉近了媳妇们和县城之间的距离，也营造了和陈九之间一份隐秘的亲昵。陈九在城里当保安时有一点积蓄，他一个光棍没有大花销，打个麻将玩个牌也只有几块钱输赢，所以和媳妇们进城应付个小吃开个钟点房什么的还吃得消。媳妇们从县城回来，平凡的脸上都挂着一种动人的光芒。淡淡的春色，不可言说的喜悦。这事怎么说的？种豆得瓜，他这是得了一车瓜啊！有哪个女人不需要怜惜和体贴呢？久旱逢甘霖。媳妇们在他怀里如鱼得水，这简直是一种救赎。陈九认为自己很伟大，说功德无量都不过分。乡下女人对这种事又拘谨又放荡，又鄙视又热爱，又苛刻又包容。现在男人不在身边，没有任何绳索能阻拦她们心中的野马，其放荡妙不可言，村里到处游动着一种湿漉漉的暧昧气息。陈九这个好人做得更是超值划算。

从前，用世俗的眼光，这事往往像女人吃了什么亏似的，还有哭爹喊娘上吊自杀的。但用时髦的眼光从人性的角度来看，根本不是他娘的那么回事。先前他还以为是“冰糖罐”的先进技术打动了三刚媳妇，悲催啊！

陈九从她老婆去世，当了二十几年光棍，没想到短短几个月就把从前的亏欠一网给捞回来了。真是三十年河东三十年河西。人这东西，谁知道什么时候一脚跌到红运里，对，他跌的是桃花运。就算村长也没有他这福气，都知道村长和他儿子在外边包工程，在女人方面村长也没亏待自己。城里女人胃口大，他为此没少败家。村长那都属于低级趣味的骚情，他陈九和这些媳妇们那是脉脉温情，是暗香浮动月黄昏下的温情。

陈九尽力做到公平，表面上轻易不会薄了你厚了她，暗地里那就不好说了，像生子媳妇和三刚媳妇陈九要时常为她们下点小灶。明友媳妇有她婆婆盯梢，但他们还是可以千方百计甩掉那个尾巴，见缝插针亲密一把。当然陈九也没少给媳妇们帮忙，掏烟筒去猪圈拉化肥夹障子……陈九觉得自己快成活雷锋了。

## 十四

这期间瓜苗长势很好，瓜蔓上冒出的青瓜蛋，刚露头还没有指甲盖大，没几天就成了鸡蛋成了拳头。浇水施肥，暴晒几天，热风呼呼一吹，那拳头大的西瓜就像喝足了奶水的娃娃，猛劲地长。

现在瓜田里一天一个样，瓜心里像藏了个吹气的小人，个把月就长成了个篮球，比篮球还瓷实。到了八月西瓜开始成熟，陈九几乎离不开他的瓜田了。他在地头上搭个草棚子，草棚子好搭，砍几棵粗一点的树枝，再割些河边的蒿草，拿绳子一捆，往土里稍扎一下，就搭成了。有了草棚子，陈九不再回家去住，西瓜熟了，放到地里，就是没人偷也会有牲畜来糟蹋。辛苦这么久，就靠这两个月，这将是一笔不小的收入。陈九每天顺着沟垄边走边看，一是看西瓜藤蔓的长势，要不要浇水，要不要锄草；二是看那些已经长大的西瓜是不是熟了，快要熟的会让它们再长几天，已经熟的就摘下来，放到沟垄里。一块地转完了，他拿起生子媳妇给编的柳条背篓，把沟垄里的西瓜运到瓜棚里，一天要背上好多趟。瓜棚不大，西瓜堆进去差不多也就满了。他还割了些蒿草盖在上面。西瓜的清甜气和蒿草的芳香气在瓜田的上空随风飘移。人们使劲吸吸鼻子，陈九的“冰糖罐”熟了。

现在陈九的“冰糖罐”一刻也离不开人。陈九的瓜棚前呼啦啦热闹起来，三轮车四轮车，还有两个轮的自行车，好多年没见这“冰糖罐”了，瓜贩子们兴奋，周边的村民也兴奋，“冰糖罐”成了他们平淡生活里的一股清泉，再热的天，想着那“冰糖罐”，身上已经开始凉快了。

媳妇们也常来瓜田转转，一般都是晚上来，白天家里也是一堆活。瓜田边上是一片苞米地，密实繁茂，文人们跟这叫青纱帐，这里什么都能遮挡得住，它成了陈九和媳妇们的天堂。陈九挑那些裂了口的破了皮的西瓜，把里边的瓜瓤掏出来，放到不锈钢饭盒里，在河水里浸着，这些西瓜已经熟透心了，再让河水一浸，冰甜得沁人心脾。媳妇们撑饱了肚子了，临走筐里再装个回去。

三刚媳妇不管，她白天也过来，来给陈九当帮手。这女人机灵，还念过书。陈九在地里忙，她应付着瓜棚里的买卖，挑瓜上秤讨价还价付款，对瓜贩子嘛，临走还给切个瓜路上吃，这是友情赠送，留下对方的电话号码，以便联系。她有一个蓝皮的笔记本，一样样写得详详细细。陈九也经营了好多年西瓜，一堆一块大体上能值多少钱，看一眼便心中有数，三刚媳妇没做手脚。陈九给她工钱，三刚媳妇开始不要，可架不住陈九坚定的态度，只得收下。赶上哪天卖了好价钱，陈九还会再嘉奖点，抽个空当两人就去旁边的苞米地快活一把。生子媳妇也来，她给陈九送饭，生子媳妇把饭送到瓜棚。饭做得很精细，干稀煎炒换样来。生子媳妇自知没有三刚媳妇那个本事，卖那么多西瓜，怕是连账都算不清楚，可各人有各人的强项，她的本事就是做一手好菜。她知道三刚媳妇有帮工钱，也知道她和陈九有一腿。可那事和自己有关系吗？生子媳妇心眼儿实诚，她觉得陈九对自己已经够好了，晚上常过去给她送西瓜，还把一天积攒的西瓜皮也拿来喂猪，被窝里的温存更是不用讲。帮她起猪粪，送她运动鞋，给孩子买皮球，关键生子不在家，大事小情那是个主心骨。有陈九在，她的心就很踏实。生子媳妇很知足。至于他和张三李四如何，她不大介意。但说到底生子媳妇也是个女人，她给陈九送饭，就单单送一份的量，比如她知道陈九一次能吃二十个饺子，她就送二十个，多一个也没有。西瓜地里有好多西瓜，就让三刚媳妇吃西瓜吧。一个不够就来俩，撑出她个大肚皮。这也是个傻媳妇，那二十个饺子陈九把皮吃了，把里边的馅都掏给三刚媳妇了。一次三刚媳妇故意问她，你那饺子可真棒，现在嘴里还香着呢！这就没劲了，本来是井水不犯河水的事，这不是想泛滥吗？再到饭口，生子媳妇就打电话让陈九来家里吃。这时候三刚媳妇的脸就不好看，说你去吧，等会来大份买卖我可应付不了。然后就躺到瓜棚里消极怠工。那边生子媳妇一个劲催，说再不来饭都凉了。这女人多了也好也麻烦。

这时候天很蓝，明友媳妇挎着篮子来到瓜田里。她穿了一件紧身桃红色上衣，在绿色瓜田的背景下很是醒目。她把篮子紧紧卡在腰间，每走一步，篮子就跟着扭动一下，胸前的两个大奶喷薄欲出，像两只活蹦乱跳的兔子，脸膛在阳光的照射下，光润而饱满。风把她的头发吹乱了，她抬起一只手，把它们轻轻抿到耳后。明友媳妇在这样背景衬托下就显出了几分姿色，茁壮的腰板似乎变细了，三刚媳妇擦擦眼睛还以为看错了人，这就是那个平时肥嘟嘟的明友媳妇吗？今天的明友媳妇让她看着很不习惯，很不舒服。来买瓜呀？三刚媳妇用纸巾擦着嘴角上的红汁问。这事今天有点拧了，平时媳妇们过来，陈九都会给挑些裂口破皮皮相不好的西瓜拿回去，买瓜的人都挑瓜的样子，样子不好他们不会买，地里破皮裂口的瓜也不少，不吃也是白白扔掉。今天三刚媳妇看她就是别扭，又想到那次进城的事，俩事凑合到一块儿，这女人的心里就有了愤恨。她说，陈九在还好说，拿一个半个瓜小事一桩，问题他现在不在，我一个帮工的不好做主，弄不好还以为我给私吞了。三刚媳妇一面说着一面点着手里的钱，还往那个蓝皮本上记两笔。

明友媳妇觉得她跟陈九的关系也好着呢，在她婆婆那么严格的监控下还钻了好几次苞米地。有回还送了她一条丝巾！都是自己人，拿几个瓜怎么了？可惜这会儿陈九不在，这娘们儿开始当家做主了。

明友媳妇挎着空篮子回来，她愤愤地把刚刚的事和婆婆唠叨一遍。婆婆个头小，智商却比她要高出一大截子，别看她老掉牙了，肚子里的鬼精像葡萄一样一嘟噜一嘟噜的。婆婆说早看出他俩不正常了，半夜里进城还说头疼，糊弄鬼呢啊？明友媳妇说刚才看见她数了厚厚一摞钱，足有一千多块。婆婆说那些个“冰糖罐”不会少赚钱，那女人可不是省油的灯，陈九那些钱得被她刮去一大块。婆婆说明天你也去给他当帮工。儿媳妇觉得这事不妥，再说她自知不是三刚媳妇的对手。这婆婆开始就怕儿媳妇和陈九发展点啥事，每天跟看贼似的。她去宣扬免费乘车的事，就是要制造舆论，这其中还有一层潜意识，她要告诫儿媳妇，陈九现在有人了，你消停点吧。这群看家媳妇平时都慌慌的，来了个陈九，都想咬一口唐僧肉。现在这个老女人想到了那一大片“冰糖罐”，想到了那一沓沓钞票，想到自己儿子拖着残腿在城里受苦，想到那个三刚媳妇的不劳而获，她决定让儿媳妇参与进去，就是围着瓜地转也能捞回来几个大西瓜。

婆婆说家里不是还有些农药吗，我看那瓜田也该打打农药了，陈九这阵忙得顾不上，你明天就去打农药。其实能挣到钱比什么都重要，舍不得孩子套不到狼，她更清楚自家这媳妇不是三刚家的对手，不过，人家吃肉她喝点汤应该没问题。

## 十五

第二天明友媳妇背着个满满的喷雾器来到瓜田，给西瓜喷药都是赶在正午最热的时候，据说这样的效果最好。太阳很毒，明友媳妇弯着腰，汗水把她额前的头发打湿了，有水从喷雾器的缝隙里溢出来，嘀嗒嘀嗒，瓜田里立刻腾起一股淡淡的烟雾。劳动是件多么光荣的事！明友媳妇打小生得粗壮，她勤快，爱干活。后来在课本里学到了“劳动”这个词，她觉得这个词简直太好了，比那些诗呀词呀的都经典。这里边包含了很多很多，有温暖有欢乐，有一种说不出的喜悦和欢腾，她想如果“劳动”这个词是有颜色的，那一定是金色的明亮的。她此刻的劳动就像现在当空的太阳，炙热兴奋，金钱的光芒，男女的热情，不信插不进去针，泼不进去水，瓜田被一种刺鼻的农药笼罩着。陈九于心不忍，这大热天的，这样吧，打一次农药给你三十，不，给你五十块钱。

儿媳妇去瓜田打药，明友妈的眼珠钟摆一样摇晃，如果能让儿媳妇从打农药发展到数钱那就好了，最好自己也跟着一块儿去数。明友妈琢磨着该去三刚家走一趟了。三刚的瘫爹正在院子里的草垫上晒太阳，他双目微合，一副悠闲得意的样子，草垫子边上放着一半大西瓜，里边的瓜瓤基本没了，仅有些汤汤水水和黑瓜子装在里边。两只麻雀在里边蹦蹦跳跳地喝西瓜汁，听见有脚步声，忽然受了惊，扑棱一下飞走了。唉，这老爷子，明友妈在三刚爹面前倍感优越，她想你躺在这里就是木头疙瘩多了口气，你那儿媳妇在外边什么德行你知道吗？最起码我还能走能颠能盯梢，能为我儿子维护脸面和尊严。这老女人很自负，她以为把自家篱笆扎得紧紧的，其实人家那边该干的活都干了。

明友妈进屋拿了个枕头拍一拍松，给三刚爹垫在头下面。她先是嘘寒问暖说了一大车话，后来又从三刚爹的少年时代一直说到现在陈九的西瓜地。明友妈拐弯抹角东扯葫芦西扯瓢顾左右而言他。三刚爹身子瘫了，可脑子没瘫。他大致听明白了，就是说三刚媳妇现在已经跟陈九钻一个被窝了，得赶快想办法让她回来，不能让那个老光棍占便宜。不然就让三刚回来一趟。三刚爹都是土埋脖颈的人了，明友妈这时候略显稚嫩。他说陈九的西瓜今年收成好，不找个帮手哪能忙过来？三刚媳妇有学历有文化，村里哪个媳妇能比上她。老妹子你还不知道，为那几个帮工钱，好些人都犯了红眼病，我清楚老妹子你和那些人不一样，年轻时我就瞧着你好，可惜啊！就让儿媳妇劳苦劳苦多挣几个钱，把我补养得能从炕上爬起来，我马上和你搭伙过。明友妈脸上笑心里骂，滚你个老不死的。三刚爹还讲，都眼红个球！有本事也娶个有文化儿媳妇回来。一个土埋脖颈的人就应该活得开通，最近儿媳妇又给他买膏药又给他买桃酥，天气好还把他背出来晒太阳。之前可不是这样，过日子嘛，睁一只眼闭一只眼最舒服。

明友妈一面走一面继续愤怒，三刚媳妇不是好东西，三刚爹更不是好东西，统统不是他娘的好东西。这时候夕阳渐渐在天边隐去，暮色四合，一群飞鸟从空中掠过，仿佛一群流星，微风吹拂，带着乡间的青草气，生子媳妇正靠着院门发呆，她的心有点像浮萍那样漂泊。一只鸡在门口踱来踱去，满腹心事的样子，脖子上一圈翎毛一抖一抖的。今天她特意为陈九捏了三鲜馅水饺，可那个吃饭的人却迟迟不到，电话里她听见三刚媳妇在嚷着什么。生子媳妇可没奢望什么瓜呀钱的，她就是想对陈九表达一份感情，现在三刚媳妇把她表达的权利都给剥夺了，这女人也太不是玩意了。明友妈正在气头上，碰见生子媳妇难免要发泄几句。

她说陈九那个“冰糖罐”一嘟噜一嘟噜满地滚，钞票哗哗往里进，那陈九就是个傻狍子，自己累个半死，钱和瓜都让三刚媳妇控制着，陈九被灌了迷魂汤了，刚刚我看陈九推着瓜往这边来，硬是让三刚媳妇给追回去了。生子媳妇想，难怪刚刚说来又不来了。明友妈索性把三刚爹的话学给了生子媳妇。明友妈有一句没一句地说，生子媳妇听得认真又不耐烦。天渐渐黑下来，到处雾蒙蒙湿漉漉的，明友妈的车轱辘话也讲累了，周围一片安静，刚刚那只鸡很诧异地看了她们一眼，便去鸡窝里休息了，细细的泥土里留下了几朵好看的爪子印，生子媳妇从嘴里吐出两个字——红娟。

## 十六

院子里花香正浓，黄昏的天光从树叶深处漏下来，四下里寂寂的，红娟坐在院子里的藤椅上，她手里拿着一个小碎花瓷碗，里边盛着圆溜溜的葡萄粒，晶莹的玛瑙一样。满满的一碗葡萄，熊熊吃了一多半，说来熊熊也是个怪物，它不喜欢肉食，却对水果偏爱，熊熊每天需要好多水果，所以现在红娟也随着熊熊拿水果当主食。村长把这条狗带回来时说这是贵妇，难怪呢，甜蜜的水果是女性最好的食物，甚至诱惑。熊熊是女性里的女性。熊熊和红娟好得像一对姐妹，同食同宿同欢乐。村长说这狗很名贵，像陈九家那样的破房子能换十几套。不，村长觉得把贵妇和陈九家的破房子比，那是辱没了贵妇，贵妇能抵上个小洋楼呢！现在熊熊困了，它每天都是洗了澡吹干毛再睡，今天红娟懒得动弹。她把一颗葡萄粒放进嘴里，残阳照在她身上，把她的影子拉得很虚很长，屋子里的猫头鹰挂钟当当敲着，在这静默的院子里有了一种古庙般的荒凉。

明友妈进来时怯怯地紧绷着，她把鞋底儿在地上一下一下蹭，很专心的样子，地上瞬间被她刮出了一条浅沟，一股细土飞扬起来，在她和红娟之间竖起了一道尘障。明友妈说，有件事她要向领导反映反映，村长不在，红娟你就是领导。红娟一般不大和这些女人们走动，一是地位上的悬殊，还有她最了解这些人，当面能把你捧到玉皇大帝那里去，一转身恨不能把你踩阴沟里。

红娟当初可是村里一道亮丽的风景，是男人心里的一朵花，女人眼中的一根刺。红娟容貌说不上好看，但她有两处勾人魂魄的地方，一个圆润的大屁股，一个辫子粗又长。她的辫子长到刚好垂到那圆润屁股中央。这就是说，她身上最吸引人的两样东西都集中到了一个点上，她走路时，绑着红头绳的辫梢在那两瓣屁股上扫来扫去，小扫帚一样。她的屁股就像一个勤于打扫的院子，干净，洁白，没有灰尘，让男人神往。男人们从红娟身边经过，都要在她的屁股上占点便宜，拍拍蹭蹭揪一把，这都是很粗俗的做法。陈九当然也爱慕红娟的屁股，但他并没有直接对那两瓣屁股下手，陈九的做法高明灵通，他要从红娟最薄弱的环节展开攻击。红娟嘴馋，见到好吃的就像花猫见了小鱼一样。陈九家的资源就是那片“冰糖罐”，陈九挑选最好最大的西瓜，把它骨碌到河边浸着，夜幕降临，又把西瓜转移到苞米地里，红娟已经在那里候着，两个人坐在地里咔咔啃，像两只地老鼠。陈九爹权当没看见，能用西瓜换来个儿媳妇，那不是天上掉馅饼，是掉金疙瘩。“冰糖罐”让红娟更滋润了，现在不光屁股动人，脸蛋也红扑扑水灵灵的，陈九不光让红娟吃得舒服，连她的爹娘哥姐弟妹都吃得肚子浑圆，一天跑八趟茅房。

陈九爹都开始给儿子筹备新房了，他托人买木料。村里最有路子的当然是村长，陈九爹和陈九抬着一筐大西瓜来找村长，说明来意后，村长觉得不可思议，一朵鲜花怎么就忽然被这爷俩给掐了去，他对这事没有一点心理准备，村里好的东西都应该是他家的，好的女人也应该是他的，不，起码是他儿子的。村长问怎么没听说定亲的事？哪个给提的媒？陈九爹含蓄而骄傲地回答，俩人自己定的，都钻过苞米地了。村长答应了搞木料的事，不过得等。等就等吧，早晚是自家锅里的饭。

# 十七

中秋节到了，村长让人买来几箱月饼，又让他儿子把红娟喊到家里，村长指着那些月饼和一沓包装纸说，你俩一起把月饼分了，一斤一包，一包五块，一家二斤。村长说完扬长而去。一屋子都是好闻的月饼味，油油的，甜甜的。红娟的瞳孔里映着圆圆的月饼，喉咙里发出鸽子般的咕噜声，村长儿子说咱先吃他两块。红娟问吃完不够数怎么办？村长儿子很自负地说，多吃两块月饼怕个球！这一箱都是我家的。红娟那天不是吃两块而是吃了五块。村长家无意间也撞上了她的那个薄弱地方。这女人是个大胃口，把自己家那份吃掉一半，红娟吃的时候管不住她的嘴，吃过后又开始害怕，她爹要是知道她私吞了一半的话，非扇她脸蛋不成。村长儿子说你家可以再分五包，红娟感激得都要哭了，她把那五包月饼紧紧搂在怀里，西瓜和月饼那完全不在一个层面上，西瓜再甜也是两泡尿就出去了，月饼大不一样了。估计她吃完这五块月饼，三天不吃饭都没问题。分完月饼，村长儿子就坐在那个包了一块红绸布的麦克风前，他先呼呼吹了几口，然后大声喊道，中秋节分月饼了，每家两包，一包五块，明天一早就可以到村长家来领。这儿子和他爹的声音一模一样，不看脸还以为是他爹在喊话，他梗着脖的姿态也和他爹如出一辙。

红娟还是头一次近距离看见麦克这东西，嘴对着它一说话，全村的人都听到了，这声音从村长家发射出去，威慑力覆盖了整个村庄，村人听了都屁颠屁颠往村长家赶。红娟她爹就被这个东西喊来几次，有一回还在半路摔了个跟头。村长儿子又对着麦克喊道，王小二马上到村长家来一趟，没大工夫王小二就满头大汗地跑来，村长儿子说了几句无关紧要的话就让他回了。接着他还用麦克喊来了张大路、赵三驴……红娟当时就喜欢上了这个麦克，它比电话要好得多，电话里有问有答，还有反驳的条件和机会，麦克就像一个说一不二的天王老子，废什么话，照着执行就是了。红娟觉得村长的儿子将来肯定会成长为村长的，那个陈九充其量接他爹的班种西瓜。红娟的高瞻远瞩言中了。红娟办喜事那天陈九爹还从准备买木料的钱里抽出一些随了份子。陈九也在同年娶了一个外乡女人，第二年那女人就难产死了，没给陈家留下个一男半女的。陈九和红娟在村里碰面，陈九就像做贼似的低着头躲她。

现在明友妈来向红娟反映情况，说陈九今年西瓜收成好，陈九人心眼儿也好，晚上总是挨家地给媳妇们送西瓜。明友妈说这话时语速缓慢，眼神里含着暧昧的诠释。她说现在瓜田被三刚媳妇霸占了，不知道三刚媳妇给他灌了什么迷魂汤，自己劳累了一顿，却白白便宜了那女人。她是担心陈九吃亏，才来找领导汇报的。村里人都知道三刚媳妇因为有点墨水，平日里不是太摆红娟。俩人暗里拧着一股劲儿呢！红娟看出这老太太在搅和水，就说自己困了，把她给打发走人。

红娟根本没把三刚媳妇放在眼里，认为她们不是一个级别的，她现在贵为村长夫人，住着小楼，养着名犬，和三刚媳妇计较有失身份。她也知道村长在外边不老实，可村长往家里拿钱还算老实，一捆一捆的，红娟对自己的选择到目前为止还是满意的。

当初跟了陈九的话现在也就是在瓜地里蓬头垢面地忙西瓜，还有打猪草剁鸡食喂鸭子，脸被风吹得如刀锉，手骨节粗得像胡萝卜，最后就像她的老娘一样累死在田间地头上。

现在红娟的金链子有小手指头粗，大脖子脚脖子手腕子上都套着。什么叫穿金戴银？请看这边，红娟。这样的女人怎么会和村里的一群媳妇婆子搅在一起，她不再做农活，每天看看电视，养点花，种点草，喂喂狗，她觉得自己和熊熊才是一个级别的，同为贵妇。晚上红娟躺在床上翻来覆去，就觉得嗓子眼儿发紧口干燥。有时人的某根神经最怕被提溜，你不理它，它不理你，哪一天你用手指头轻轻一挑，坏了，它精神焕发了。红娟现在就想吃“冰糖罐”，她用手紧紧抓着喉咙上那块皮，仿佛那“冰糖罐”就是一支润喉剂，西瓜霜，今晚没有这服药她就活不成了，就要跟她的熊熊永别了。她在电话里告诉陈九，她要买两个西瓜。

陈九没太记恨这个女人，癞蛤蟆要吃天鹅肉，吃不上是因为你是癞蛤蟆，怪不得人家天鹅。虽然他浪费了家里的一批西瓜，但俩人毕竟还钻过苞米地，这么想想也就不觉着吃亏了。这“冰糖罐”比当初的还要甜，两个人都不由想起了瓜田旁边的那块苞米地。当晚陈九住在了小楼里，此小楼非彼苞米地，曾经的良辰美景，昔日的玉人蛮腰今天已发展成水桶，但彼此曾经拥有过，就算蛮腰发展成水缸，陈九也责无旁贷。异性之间只要两个对上眼，地位那道鸿沟自然烟消云散，比如陈九与红娟，比如熊熊和铁蛋儿。陈九和红娟重温旧梦时，铁蛋儿也随主人混进来，还很卖力气地和熊熊搞了一次爱情。

## 十八

铁蛋儿是真的爱上了熊熊，铁蛋儿从来没有见过这么漂亮的狗，干净，纯粹，没有一丝一毫的异味，毛色光滑得近乎飘逸，一双含情脉脉的眼睛流淌着对铁蛋儿的迷恋。有了熊熊，铁蛋儿再也瞧不上村里的那些母狗了，看它们一个个脏兮兮的样，毛发上打着疙瘩球，一身的骚臭。为了能够稍稍跟熊熊匹配一些，铁蛋儿还跑到瓜田边上的河里洗了澡。

晚饭后，红娟把自己打扮得生机勃勃，空气里好像飘来一股晚饭花的香气，这是谁家的晚饭花？不管谁家的，香气是公共的，谁都没办法独占。这样的良辰美景，正适于一段才子佳人的好戏，可惜这里没有才子佳人，只有一个种西瓜的和一个半老徐娘。谁说只有才子佳人才能制造出浪漫的感情，斯情斯景任何人都能滋生出情调来。敲门了，红娟跃身而起，急走几步便缓慢下来，作为贵妇还是要矜持些，待她矜持着把门打开，铁蛋儿一个箭步钻进来。铁蛋儿是率真的，从来不搞矜持那套，它很快就和熊熊厮缠在一起，这顿亲密，就好比久别重逢的恋人。红娟一般不放熊熊出去和那些土狗疯，熊熊当然也需要感情，当铁蛋儿进门那一刻，熊熊就知道有爱情降临了。红娟不讨厌铁蛋儿，关键是她不讨厌陈九，红娟内心的火焰在燃烧，她都能听到噼噼啪啪的干柴在断裂。有了陈九和铁蛋儿，她和熊熊的生活就会更加灿烂。

铁蛋儿后面并没有陈九跟上来，红娟推门朝远处看了看，连个人影都没有。红娟给陈九打电话，还说铁蛋儿已经在她家了，话外音是问你怎么还不来呢。陈九从心里不太愿意去红娟那里，他不喜欢红娟家的小楼，不喜欢她家的软床，更不喜欢红娟身上散发出来的那股刺鼻的香气，最受不了的是红娟那种贵妇人的架势。在小楼里在红娟面前陈九是卑微的压抑的，没有任何底气，尾巴夹得紧紧的，连几句玩笑都不敢开。他喜欢媳妇们身上那股微微的汗酸味，那味道让他痴迷并踏实。见陈九迟迟不来，红娟就说她要买西瓜。人家要买，你就没有不卖的道理，陈九推来一小车西瓜，就算你红娟水米不进也足够吃一个星期的。既然来了只好留下，陈九不好意思也没有道理拒绝。下一天晚饭后红娟又找借口让陈九过来，这回他推说瓜地里有活拒绝了。对于红娟这个老相好，偶尔客串一下没问题，但经常性的那不可能，村里有那么多水灵灵的小媳妇，陈九怎么会对一只老苞米棒子恋恋不舍？那个充满霸气的小红楼让陈九几乎窒息，哪有他的瓜棚和苞米地好，皓月当空，男欢女爱。在那里他有男人的尊严，他就是皇帝。

遭到几次拒绝，红娟就坐不住凳了，她悄悄在陈九的瓜地周围巡视，发现常驻西瓜棚子的正是三刚媳妇，俩人亲亲密密的像刚结婚的小两口。红娟还发现夜深人静时陈九会捧着一个大西瓜去敲门，生子家、良子家、满谷家……里边的女人欢天喜地把西瓜和人一块儿接过去，然后把门从里边锁上。这使红娟的自尊心遭到了重创，伤了别人的自尊心是不道德的行为，在红娟心里陈九已经是个无德的人了，愤怒和愤恨在红娟心头盘旋。你一个种西瓜的牛大发了！村里这些媳妇们也是贱，一个西瓜就和人家搞上床，不是贱是什么？

红娟压抑着怒火给陈九打电话，她还要买西瓜。陈九想这娘们儿胃口也太大了，那么一车西瓜都吃完了？怕是醉翁之意不在酒吧！陈九脑子活泛，他把一个大西瓜装在袋子里套在铁蛋儿脖子上，铁蛋儿连骨碌带滚真把西瓜送到了。好你个陈九，派狗来打发我，红娟对准那西瓜咣一脚，瓜是熟透的瓜，加上红娟脚力猛烈，西瓜被她踢得四分五裂，有红色的汁液从里边淌出来，像一股股血流喷薄而出。铁蛋儿再来叫门，红娟坚决不开，铁蛋儿和熊熊门里门外相互嘶叫着，这大门好比王母娘娘划的那条天河，活生生阻挡了它们的爱情。熊熊不吃不喝在家里发脾气，红娟不管。不吃，死。红娟这边怒火中烧着，那边的媳妇们倒是心平气和，村子里没有了往昔打孩子、骂公婆、追猪撵鸡的喊叫。村子里一种暖老温贫的味道在空气里飘，岁月静好，现实安稳，说天荒地老都不为过。一切因陈九使然，媳妇们的心里好不踏实。

## 十九

瓜田已经在秋风里出现了末世的景象，连续卖了几车瓜后，田里已经没有什么像样的瓜了，除了末梢上的青瓜蛋，就是破了皮面的裂瓜，陈九号召媳妇们统统拿回去喂猪。明友媳妇和妈，一人推个小轮车往回运，挑选稍微好一点的把瓜瓤掏出来腌咸菜，不好的都扔进猪圈。在这件事上三刚媳妇表现得很是大度，她没和媳妇们去争抢瓜蛋子，这个女人胸怀大志，怎么会为一点婆婆妈妈的事去劳神。一场早霜后，西瓜罢园了。陈九也长出一口气，总算可以歇歇了。今年陈九收获大大的，他用西瓜换回了大把的钞票，还有，还有大把的女人。陈九本不贪婪，可一个老光棍怎么能架得住这帮媳妇们的主动热情，陈九体力严重透支，得想个什么办法调养一下。

这世上什么多了都不是好事，钱多了怕贼想着贼惦着，女人多了身体又吃不消，过去人家皇帝有山珍海味供养着，还有什么十全大补汤跟着，陈九有什么？顶多多吃两个西瓜，几块红烧肘子，这和他付出的劳动远远不成正比。陈九知道照这样下去迟早要完蛋。为了细水长流，在一个风高星稀的日子里陈九悄悄溜到县城，他要在这里静养几日，好好调养一下。他在原来保安室附近租了个小旅馆，闲着没事就和保安们打打扑克下下棋，保安们都劝他，过了年还是回来吧，在乡下有啥意思？谁知道陈九在这一年里有多潇洒，给个乡长都不换。先不说陈九在县城里休养，单说村子里的媳妇们忽然发现陈九人间蒸发了，连个人影都找不到，她们从村东头找到村西头，连地窖和耗子洞都翻了，也没发现陈九的任何踪迹。生子媳妇认为，自己和陈九到底比其他媳妇要近一层，陈九离开起码应该和她打个招呼。媳妇们在寻找陈九的同时，发现三刚媳妇也不见了。大家一致认为这俩人私奔了。陈九本来应该是大家共享的，现在偏偏让三刚媳妇窃为己有，你霸占了他的钱不说，现在还独吞他这个人，大家把所有的愤怒都集中到三刚媳妇身上，把所有的脏水都泼到她身上。

这事三刚媳妇窦娥冤了，这女人和村里的那些媳妇不一样，她有思想有头脑。眼下她正为自己下一步的人生着手准备呢！她很清楚三刚和四刚在城里清洗排油烟机挣不了几个钱，指望那俩人脱贫致富是白日梦。她更清楚，男人们一旦离开女人的视线，鼠胆都能变成虎胆，他们嫖妓、滥赌、偷盗，尤其偷盗最盛行，他们偷自行车摩托车马葫芦盖子，他们偷东西有点业余爱好的意思，有点调剂生活的意思。常在河边走，哪有不湿鞋。村里好几个男人都被抓进了局子。跟陈九干了这么久，种西瓜那点事她已经烂熟于心，还有那些西瓜贩子，她也掌握了他们的联络方式，她和三刚、四刚经营一块西瓜田，收成肯定没问题。

原来那个语文老师，现在成了邻乡的乡长，找他帮忙，在什么地方包一块沙土地，她要种西瓜。她自信，如果有相同的土壤，她一定能种出“冰糖罐”来，甚至比“冰糖罐”还可口。那语文老师，现在的乡长，正陪着她寻找宝地呢。山不转水转，无论欠了情还是欠了钱，慢慢地，一生早晚都能还上的。乡下的沙土地一般都没人稀罕，如果能包出去换两个钱，也是乡长给大家办了件好事。他们在花村看好一块沙土地，方位大致和陈九的差不多，边上也是一条小河，只是面积要比陈九的大。三刚媳妇马上签下三年合同，连定金都交了。这女人办事干净利索。在回村的路上正巧碰上了从县城回来的陈九。在村口人们看见三轮车上精神饱满的陈九和喜气洋洋的三刚媳妇。人们朝他俩投去愤怒的目光，这二位一点感觉都没有，还喜不滋儿地和大家招手致意呢。

已经农闲，陈九的身子骨调养得差不多了。他去找三刚媳妇，三刚媳妇手绢里包着从陈九的“冰糖罐”里掏出来的西瓜子，正忙于在各种子站奔波遴选，哪有工夫搭理陈九。陈九去找生子媳妇明友媳妇，人家也对他爱搭不理的。陈九搞不明白，离开区区数日，媳妇们没来由就变了嘴脸。是没有西瓜吃了的缘故？总不会现实到这个份上吧？陈九躺在炕上进行深入思考，忽然茅塞顿开，眼看快年根了，家家的男人就要返乡，媳妇们都准备迎接男人呢，谁还能顾上他陈九？归根结底也是人家的媳妇，反正今年他是够本了。铁蛋儿和陈九一起分享着他从县城带回来的年货。他的心情还是愉快的，他知道这些男人待不了太久，剩下的好日子又归他了。陈九想，生活真是美好的，你不知道在什么地方什么时候就得到想要的东西，当然会有一点点代价，对于陈九来讲，几个西瓜根本算不上代价。

# 二十

男人们开始大包小裹往家赶，今年村长回来得最早。村长开着一辆丰田吉普，他没直接回家，而是三转两转到了陈九的瓜田上。他得到了一个可靠消息，明年春天政府要在他们村里架高铁，必经之路就是陈九那块沙土地。那可是一笔不菲的赔偿金，村长认真研究了一下政策，还找几个高人讨论过，应该比他这几年在城里奔钱的总数还多。奶奶的，想当初那可是一块猫不闻狗不啃的烂地，谁想到这山水轮流转，红运转到这块烂地上。让那个老光棍陈九就这么发达了？这个打击村长实在承受不了。

红娟正在院子里喂麻雀，好多麻雀都愿意在红娟的院子里蹦蹦跳跳，红娟在地上撒了好多小米供养它们，这些麻雀一年四季都胖得像乒乓球，一群快乐的乒乓球。它们是那么肥胖那么快乐。村长问，陈九怎么放着县城的保安不当，偏偏回村里种西瓜，这个老光棍搞什么名堂？红娟心里一紧，难道村长听见什么口风了？红娟告诫自己一定要镇定，机会来了，于是她把陈九的滔滔罪行罗列了一大车出来，掘人家坟，敲寡妇门，把村里女人统统睡了一遍，坏得拉出去枪毙都算便宜他。红娟心里愤愤的，谁让你个老光棍单拣鲜桃啃，不敬我这朵昨日的红花。村长知道红娟和陈九年轻时好过，但现在看红娟这态度，村长也就明白了，这娘们儿是个老陈醋坛子。村长说统统都睡了？红娟这才意识到自己的口误，腮帮子立刻冒出一朵红，马上把脸挤出一丝皮笑肉不笑，说，他敢，我们家熊熊咬死他。村长是个多老的江湖，他心里暗骂，他奶奶的，老子不在家，你小子上房揭瓦了。

村长又跑到陈九家里问寒问暖的，把陈九弄得有点丈二和尚摸不着头脑，村长从来没对他这样温和过，村长越是温和，陈九越是紧张。村长看见板柜上放着个玻璃瓶子，玻璃瓶是透明的，里边装的应该是酒，酒里边还泡着一根像木棍一样的东西。村长什么没见过，是根鹿鞭。村长骂道，你他奶奶的都喝上这东西了啊？啊！此时陈九的脸已经红成了大灯笼。陈九磕磕巴巴，喝、喝了一点。

村长联系了几个乡上派出所的哥们儿，一起去走访那些“受害”的媳妇们。媳妇们被“大盖帽”吓得直哆嗦，有人号啕大哭，有人捶胸顿足，有人把脑袋朝墙上撞。她们在用这种简单的方式来表达此时的复杂心情，媳妇们自虐自残，但心底始终坚持着自己的底线——在任何情况下都要保护自己维护家庭。这也是人之常情，哪个女人会在这个时候承认是自己投怀送抱。古人说什么来着？人之初，哼，性本恶。到什么时候自我保护都是硬道理，于是警察的本子上就有了陈九施暴的各种模式，有跳窗而入的，有利用卖西瓜强行拉进苞米地的，有下半夜躲在茅房里的……明友媳妇说，陈九没占到她便宜，因为有婆婆保护着呢。明友妈很自豪，她拍着儿子的肩膀，有老妈在陈九连根头发丝都不敢动咱。咱还在他瓜地里挣了钱了，打农药。问到生子媳妇时，这女人只是哭，眼泪像瀑布一样哗哗往下流。警察说这是受了太多的委屈，连话都说不成句了，看看这陈九已经把妇女们欺压到什么程度了，比恶霸地主还恶霸。问三刚媳妇，人家说我就是替他打工卖西瓜，别的一概不知道。因为有乡长的后台，也就没谁再多问。现在罪状足足的，不差她一个了。陈九被带走那天，他正和铁蛋儿啃一只烧鸡，警察把逮捕令拿给他时，陈九当时就蒙圈了，流氓罪？陈九辩解，我流的什么氓？我那是救苦救难，警察上去一脚，这简直是恬不知耻的谬论。陈九要求和媳妇们当面对质，警察拿出了有媳妇们证言证词的签字。这帮狗娘们儿，当时怎么没日死你们。女人这东西实在太可怕了！

陈九疯子一样跑到仓房，警察还以为他要畏罪潜逃，就见他用手铐把一个留着年三十儿分给大家吃的特大号西瓜砸了个脑浆迸裂。天上飘起了鹅毛大雪，几个受害者家属把陈九打成了血葫芦。警察在一边抽烟没理这份胡子，是铁蛋儿拼了命地在保护它的主人，凡是对陈九有暴力行为的，铁蛋儿就会扑上去和他们厮咬，如果没有铁蛋儿，陈九的脑袋说不准要搬家了。铁蛋儿跟着警车跑出去老远老远，陈九眼含泪水扬起手铐朝铁蛋儿摆了摆，意思在说，回吧，回家去吧！

后面的事情就简单了，人们依然过着和从前一样的日子，吃饭劳动睡觉。没有谁因为陈九的离开而改变了日子的原生态。转眼夏天到了，工人们在陈九的那块沙土地上打起了地基，两年后媳妇们的头顶上就会有高铁的轰鸣了。三刚媳妇在花村的瓜田里忙碌着，明友媳妇负责给打农药，一天给五十块钱。一次生子媳妇刚好路过陈九的破房子，拄着房子的那根木头倒了，房子也跟着木头一起坍塌了，铁蛋儿在一堆碎砖烂瓦里趴着。生子媳妇掏出一个热乎乎的肉包子扔过去，铁蛋儿叼起包子朝生子媳妇甩回去，然后合上双眼。一片树叶飘飘摇摇落到生子媳妇脚面上，叶子上有一颗黄豆粒大的水珠，不是露水，是一滴愧疚的泪。

# 幸福的咸鱼

## 一

都说一条臭鱼搅得一锅腥，可马姐姐的鱼却新鲜得不得了，鱼是马姐夫从码头那儿的渔船上批发的，足足几大筐，黄鱼、鲅鱼、偏口、白漂子、红娘娘……

早年海滨城市有晒咸鱼的习俗。那时候吃食匮乏，一入冬家家户户上顿大白菜下顿还是大白菜，咸鱼算是冬月里最美的荤腥。一入秋各家老婆孩子齐上阵，老爷们儿负责去码头抢鱼，女人、孩子在家里晾晒。秋天里的老爷们儿都特别勤快，睡懒觉的也不睡了，敲扑克的也不敲了，下象棋的也停盘了，他们挤挤挨挨聚集在码头，一水儿的轻便裤劳动鞋白棉线手套，看着个个漫不经心，实则两眼机警两耳顺风，知道的是在候鱼，不知道的还以为要暴动呢。

这时候男人块儿头大明显占优势，看见船进码头立刻两腿生风，身子朝前倾两个巴掌往前一按，啪，这两筐我的了，然后再谈上秤给钱的事。鱼到手就用二八加重自行车驮回来，老婆孩子都在门口迎着呢，看见男人回来赶紧小鸟似的扑过去，孩子们兴高采烈，女人眼里明显多了温柔，他爸，你真行。那是。男人用拳头砸砸后脖颈子道，炒俩鸡蛋，让老大打酒去。没抢到鱼的就在码头继续耗着，弄不上这拨弄下拨，弄不上下拨等大下拨，弄不着偏口弄白漂子。于是家家户户院子里房顶上窗台上统统全是鱼，腥剌剌臭烘烘的气味在空气中打转儿，随之而来的是成群结队的苍蝇，苍蝇们撒欢儿往有鱼的地方扑，快呀兄弟们，今儿个过年了。讲究一点的人家就派孩子轰轰苍蝇，马虎点的苍蝇咬咬蚊子叮叮猫偷一个狗啃一口没所谓了，反像加了佐料似的吃着更来劲。最简便的方法就是把咸鱼煎煎或是放些干辣椒上锅蒸，精致些的有咸鱼炒饭、咸鱼炖豆腐、咸鱼麻辣火锅……冬日的傍晚，女人站在院子里冲着大街拉开嗓门儿："宝儿，来家吃饭啦，有咸鱼……"声音宏远悠长，笛子一样在街巷里飘，回应着一个母亲温柔的心。

热热的炕头，香腥的咸鱼，一家人围着桌子，男人吱溜一口酒，搛一块鱼放嘴里，舌头由上至下一骨碌，鱼肉和刺自动分离开，啐，刺被弹出口，肉则留在牙齿间打转，吧唧吧唧越嚼越香。想想在码头抢鱼那会儿，大脚指头都让人给踩扁了。看着桌前的老婆孩子个个满面红光，男人拿起酒盅咕咚干一个，这感觉真好，市井小民的知足成就还有眼巴前的这份安居乐业全在酒里了。

孩子们从来都不管不顾，吃东西都拣大个的，牙缝里嘴唇边下巴颏都粘着星星点点的鱼肉。女人在翻检孩子丢下的鱼刺，这败家玩意，看看还粘着不少肉呢，于是用手指甲把鱼刺边缘的肉一点点刮出来，然后把手指头放嘴里嘬。过日子嘛，不小心洒了一滴水丢了一颗芝麻那都是女主人的罪过。那年月的女人不会精打细算还了得，准被扣上败家老娘们儿的帽子！

## 二

话扯远了，这都是老早年的事，是大萝卜都能充当鲜美水果的年代。现在的冬天，蔬菜大棚里红的白的蓝的绿的什么没有，你可以想不到，人家农民伯伯没有种不到的。他们神通广大，背着个小喷枪，对着蔬果哧哧两下，绿的就红了，生的就熟了，矮的就高了，弯的就直了。呵呵，变戏法都没这么快。现在的农民伯伯真是太了不起了，太有智慧了，种的西红柿比小孩子脑袋都大，种的胡萝卜能赶上大腿粗。有这些排山倒海庞然大物的蔬菜，谁还稀罕晒咸鱼，想吃，买去。

不过马姐姐一家还是准备大干一场，他们满肚子按捺不住的兴奋，像一锅咕嘟咕嘟冒泡的沸水，晒咸鱼喽！最先动起来的是女儿小菲，这孩子沉不住气，都上大三了还这样。她来电话催问好几次，问爸爸什么时候去码头买鱼，她希望多晒黄鱼和鲵鱼，这两样刺少肉厚，她需要 50 斤黄鱼、40 斤鲵鱼，可能的话，多点更好，除了书记、副书记、辅导员、学生会主席、学生会女生部部长，外加一个管后勤的老师，小菲有想法换一个阳光充足的寝室。马姐夫唠叨，屁大个人礼这么多，张口就百十来斤鱼。马姐姐自有主张，给，要多少给多少。

小菲在学校要求进步团结同学，能混得人五人六又是班干部又是积极分子的，你说凭什么？还不都是这咸鱼！就他们这样的家庭，妈是保姆爸是司机，既不能像有权人家那样去打通关系，也不能像有钱人家那样出资金搞赞助，孩子想进取要进步，家里能给予的也只有这点咸鱼。咸鱼多好，既温情又乡情，它避开贿赂和巴结，完全是一份师生之情一份同窗友谊，一个土特产还避什么嫌。小菲是这样讲的，她家就住海边，一网下去爸妈俩人拉都拉不动，这鱼不计任何成本，就是打鱼晒鱼出了些力气。哦，原来是自家的劳动果实，得到鱼的人便心安理得了，吃起来也更加土特产了。

马姐姐今年准备多晒些鱼，小菲学校里是一大块，这孩子懂事，从来不会大手大脚糟蹋钱。现在的大学生隔三岔五请客，肯德基、麦当劳那都小意思，酒楼饭店不在话下。家境不好的学生在学校基本被边缘化了，小菲能混成现在这副模样，马姐姐当然欣慰，她心气儿高，属于即便吃大葱也要吃出个气节来的那种。另外婉婉家那边也是一份大人情，当然也需用咸鱼来摆平。其实马姐姐、马姐夫也盼望着晒鱼，这是他们家一路上一点一滴建立起来的自家的节日，收获、果实、自信、满足、通往外界的出口、与人交际的敲门砖、生活的希望与梦想……只因着他们的年岁与阅历，他们不会像小菲那样直白，但有谁会拒绝希望与企盼呢。

目前马姐姐的工作是照顾一个叫婉婉的小女孩儿，她算个好阿姨，把婉婉照顾得特别到位，不光婉婉，就是先前经手那几个孩子，她也尽职尽责对得起良心。你拿着人家的钱，有什么理由对人家孩子不好？她见识过电视上那些无德的保姆，打骂的喂安眠药的啥缺德事都干。她不能理解，一个响当当的大人怎么能对一个屎尿孩子下得去手，她们不是爹生娘养的吗？她们不为人父母吗？

马姐姐打印刷厂下来后一直从事着这个行业，她最开始在印刷厂是排字工，后来又给厂里跑业务，钱是挣了点儿，可也疲惫了身心，从厂里买断工龄回来，就踏踏实实给人看小孩。她喜欢孩子那颗让人敬畏的干净的心，喜欢孩子那无比清澈没有被浸染的眼睛，那里边流淌着一条纯净的小溪，连小溪里的水草和涟漪都那么清晰可人。她喜欢孩子身上那股温暖的奶香气息，愿意把孩子放在背上拿自己当马骑，那小屁股压在身上软软的肉乎乎的，一股热浪由后背流到心窝，像一只温柔的小手在心坎上抚摸。她在业内混出小名气，不少准妈妈挺着大肚子预约，下一个给我们看吧。孩子也因为她这份爱心和责任心而拥有了一个快乐的童年。至于孩子的父母嘛，谁的心不是肉长的？

婉婉爸就替马姐夫找了份在外企开车的活，他之前替人家开夜班出租，熬人不说，还不太安全，被抢劫过一次呢。马姐夫在外企也就送送货，每周还能休息一天。马姐姐比马姐夫还高兴，现在她每天夜里可以睡个踏实觉了。

马姐姐趁婉婉睡觉的空做了一道咸鱼，她把咸鱼码在锅里，上边放上干辣椒下边铺上肥肉片，肥肉烧化，咸鱼浸在油汁里，香味从锅盖缝里钻出来弥漫了整个房间。婉婉爸妈被撑得肚子长出了西瓜，婉婉妈直喊着得减肥了。马姐姐又向他们描述了麻辣咸鱼、咸鱼锅仔、咸鱼炖豆腐……这些是去年剩的，等上秋吧，刚晒过的咸鱼就一个字——香。

## 三

马姐夫批回五大筐杂拌鱼，足有好几百斤。他觉得有点多，又不干批发哪至于？但也就嘟囔几句，大主意还是马姐姐拿。

马姐夫颇怀念从前的光景，那场面太壮观了，成百上千的人候在码头，没有个好腿脚壮身板边都靠不上去。马姐夫腿脚快眼珠亮，船还没靠稳就一个箭步跳上去，他扫一眼就能看出哪筐鱼又大又好，然后扑通一屁股坐上去，屁股下边那筐就归他了，左腿右腿啪啪一伸，腿下那筐也归他了。他总能在最短的时间里抢到最好的鱼。几乎每一个秋天马姐夫都能耀武扬威一把，要是谁家还没抢到鱼，那家女人在骂男人时总会顺道把他夸夸，看看人家马姐夫，看看你，完蛋货。女人们心情迫切，再拖拖变天这鱼怕就晒不成了，苦了一家老小的嘴不说，这面子上也过不去呀，这充分证明了你家老爷们儿是个彻彻底底的屌蛋。那阵子马姐夫走在街巷里，随处都会看到女人们投在身上那种湿漉漉的眼神。现在没有抢鱼的事了，手里攥着钱你只管横挑鼻子竖挑眼，卖家为了讨好你，还能给上根烟。

鱼晒过半干，马姐姐熬花椒桂皮水用喷壶先喷一遍，再用白酒喷一遍，这样所有的腥气都给赶跑了。她还想到了一个别致的驱蝇办法，让马姐夫把两个钢丝床搬到院子里摆鱼，钢丝床上架着蚊帐，苍蝇蚊子围着床嗡嗡着愤怒着，妈的，撞破头也钻不进去！左邻右舍跑过来看热闹。他们也晒鱼，不过动作可没有这么大，看看人家，钢丝床洗衣盆大水桶，气势不亚于早年农村人娶媳妇。

看着满满当当的院子，看着马姐姐走马灯似的忙碌，马姐夫心头平添了一份感慨，这精明能干的女人，因为她，他和女儿的日子才这么热气腾腾的有奔头。他们在市中心有一套楼房，七十多平方米的两居室。打小菲上高中住校，马姐姐就给租出去了，他们搬进小菲奶奶留下的老屋。这房子建于上个世纪70年代，木制门窗灰瓦顶，红砖墙壁已经被风雨侵蚀得发黄变黑，看上去悠久而苍凉，时间在这里是一股缓慢的回溯之流，安宁得仿佛带着看不见的重量，空气中飘动着似有还无的炊烟，召唤着人们身上某种来自深远的记忆。几年前墙上就画了“拆”字，可不知道什么原因到现在也没拆成。因为远离市区，这地方眼下成了“三不管”，物业费水费统统不要，没有社区没有居委会，买个酱油醋都要走出去一段路。两排参差不齐的矮房，几十户人家。年轻人走差不多了，留下的大都是头发花白的大叔大婶大爷大妈，外加一个哑巴、一个弱智。几个老得不像样的就在炕上躺着，几个硬实点的就到院里晒晒太阳，剩几个好腿脚的就在房前院后种点小葱白菜什么的。这里还残留着早年间的邻里风尚，缺盐少醋的可以问别人家要，李老头腰疼可以跟张老太太讨块膏药，哑巴饿了可以去王婆婆家吃个馒头，弱智凑到人堆儿里也不招人厌。这里没有防盗门没有铁艺护栏，哑巴家的门和门框中间有拳头宽一个缝，哑巴拿石头砸了好几回也没给砸回去，哑巴最后心平气和不理它了。弱智的房顶上老往下掉土坷垃，土坷垃人不知鬼不觉掉在当屋地上，然后被风和鞋底儿带出去，三日九九日三，那老往下掉坷垃的地方就给掉出一个窟窿，碗口那么大，再掉下去迟早要露出老天爷的。弱智不管，他认为那么大的屋顶有一个半个窟窿没什么，顶多冬天灌点雪夏天漏点雨，塌不了。

这地方不防贼不怕小偷，是孔圣人的理想境界，完全可以夜不闭户。马姐姐的咸鱼一天天晒在外边，俩人白天上班，邻居就帮忙轰猫撵狗，看天不好还给收收。他们家在这地方算最殷实的。刚搬来那阵还不适应，仿佛一脚迈回了上个世纪，这里没人上网没有私家车，老人们按照旧有的套路打发着所剩无几的日子。他们为人朴实，心思简单。慢慢他们也习惯了，再说不就是个睡觉地方，经俩人一番收拾，屋是屋院是院的，倒也有一番景象。傍晚站在院子里眺望远方的落日，两边的天空上不断变换着颜色，从橘红到橘黄是一个长长芬芳的叹息，从橘黄到玫瑰红到紫色到蓝灰像一系列转瞬即逝的烟波，炊烟慢慢升起来，表达着生活里简单的愿望。

晒好的鱼一条条用红线穿上，五条一小捆十条一大捆，装进透明塑料袋。咸鱼一打理一包装，已没有通常的干瘪与狰狞，倒像是艺术品浑身上下都饱饱满满辛辛香香，看一眼，馋虫由胃口直爬到喉咙。小菲的积极分子，马姐夫的工作，将来小菲的工作，将来……马姐姐家的咸鱼已经超越了简单的果腹，要不了多久它们就会一个个翩翩长出翅膀来……

## 四

婉婉家冰箱冷藏室里码满了整整齐齐的咸鱼，马姐姐每天花样翻新，力争用这温情的美味来感激打动收买这小两口的胃肠，直到被齁得嗓子冒烟。也不是他们属猪的吃啥啥没够，还不就是想偷个小懒。家政公司有合同，马姐姐分内工作就是照看婉婉，闲了帮忙打扫打扫卫生也是友情客串。之前婉婉爸妈分单双号轮着做饭，马姐姐因为咸鱼端起饭锅，他们求之不得。

婉婉爸在区文化馆里从事歌词创作。这个工作如今有点尴尬，对外他有作家的名分，可他自己还不清楚怎么回事吗？他的歌词基本没有用武之地，顶多重阳节贡献给街道老大妈两首。对作家这个称谓却颇有感觉，呵，他见天坐在单位里，将一把木制椅子活活坐出一个大坑来。虽说工作苍白闲散，婉婉爸并没有因此消极而坐吃等死。他还年轻，生活多么需要拼搏和努力，他坐在那把椅子上，端着两个肩膀双手插在腋下，眼睛直勾勾盯着电脑屏幕上的红蓝绿曲线和细如蚂蚁的数字，忽而热血奔腾，忽而心如刀割。那些看得见却摸不着的数字和曲线并不是虚拟的，它的周遭布满了带有硫黄气味的硝烟，这是个听不见炮声的战场，是个无须躲避警察的赌场。他在这个战场上厮杀得难解难分，什么工作和狗屁的歌词，他早将它们置之度外，每天门锁死坐下来，打开电脑——炒股票。

婉婉爸感谢上苍让他和股票在某一个时间段里不期而遇，无法想象如果没有股票，他每天傻坐在那把椅子上耗日子，非坐成个僵尸不可。有了股票他的人生才开始有意义，他喜欢股票里散发出来的那股刺鼻的硝烟，乘着硝烟他腾云驾雾深海潜游，这样的生命过程才像那么回事，才是大老爷们儿的状态。真正的男人骨子里都有端着刺刀上战场的欲望，他们渴望搏击渴望拼杀，血流成河刺刀见红，多少人遗憾没出生在打击日寇的年代。不过现在也不错嘛，他内心呐喊，渴望浴血奋战的兄弟姐妹们，幻想黄金万两发横财的老少爷们儿，来吧，进入股市吧，就是一夜暴富也不会触犯法律，咱还有行业保护法呢。要的就是这份感觉，手指头轻轻那么一点，完全有可能高楼大厦坐吃天下，但是也可能赔个老本精光仅剩下一条裤衩。这都没什么大不了，战场上哪有不死人的？好在我们的生命一息尚存，老话讲得好，留得青山在不愁没柴烧。婉婉爸是一跤跌进股市里拔不出来了，你问他到底挣了多少钱，这个，有时候过程比结果更重要！

婉婉爸总结，在股市里有一个字，让人窒息的一个字，它让战场上的战士们痛不欲生，知道是哪个字吗？套。这个字生动而血腥。知道被套住是什么感觉吗？他感觉像温水煮鸭子，开始并不觉得有什么不妥，股票仅仅跌了一点点嘛，第二天再看，又跌了一点点，不多，没关系……再看，又往上涨了一点点，门缝里透进来一道曙光。再看，跌得多涨得少，接着，一天天往下跌，嗖嗖嗖……跌着跌着，二十变十五了变十块了又变八块了……到了这个时候你说怎么办？卖吧，赔了一多半，不卖吧，有可能继续往下出溜。水是慢慢地一点一点热起来，感觉到烫的时候，肉开始疼了，你也就出不去了。就这么一天天疼着，由表及里，由肉疼转化为心疼，钝刀割肉一般。这种时候婉婉爸一般就不考虑挣钱了，他最渴望“解套”保本，但这个套就像长进肉里的女人婷美内衣，把它割下来扯着皮连着筋能疼到骨头缝里。这时候他就会在保本和割肉之间反复徘徊，想保本却无回天之力，割肉吧，太疼下不去手。这时候他又觉得股票已经见底了，或者就快见底了，不如再等等，他把后槽牙咬得咯咯响，等。可“底”在哪里呢？股票还在跌，跌回他姥姥家去了，熊市不言底啊！

他也曾忍痛割肉，嘴都咧到耳根子了。把股票赔钱卖了一半，可这时候股票又红了，反弹了。红了一天，他不敢进，怕再跌。到了第二天依然红着，他开始蠢蠢欲动，赔这么多，补点仓吧，损失这么多，捞回一点是一点。可心里还是不踏实，怕万一再跌……到了第三天还是红的，妈的，舍不得孩子套不住狼，补仓。紧接着，又跌了，这回是狂跌。孩子舍了，自己却成了掉在陷阱里的狼。他拼命挣扎，牙都咬出血了，他不甘心，频频操作，买了又卖卖了又买，一次次补仓，希望把成本降下来……可眼看着屏幕上的绿线一天天往下掉，他喘不过气来，心肝肺被纠结成一团，他被牢牢套住，心灰意冷已经没有力气挣扎了。他闭上眼睛，想着那钱就这么打水漂了，连当啷一声都没听见，他懒洋洋睁开眼，妈的，你玩我。屏幕上的数字又红了，这时候的他很淡定，几乎要放下屠刀立地成佛了，可那耀眼的红字像黑暗中的灯塔一样在召唤他，小哥们儿，别泄气啊！他就这么神情呆滞大脑涣散地听天由命，居然还“解套”了，居然还多多少少赚了一点。

婉婉爸踩着发财梦想的基石，游走在自己的精神脉络里，不参与同事间吃吃喝喝，不跟领导拉关系，现在单位里头个个鬼心眼儿，谋算合计，趋利务实工于心计，看都看得眼花。关上门，咱玩自己的吧。他稳如泰山地坐在那把木椅子上，一坐好几年。好在同屋的老赵长年病休，门一关那就是自己的世界，精选股票耐心持久，重仓持有波段操作。他坚信，财富是有的，只不过它现在飘在空气里，还没有被牢牢抓在手心。因为想要的财富它是存在的，所以就不要悲伤不要泄气，让等待和坚持变成信仰。婉婉爸想得明白，团结同事巴结领导目的是什么？当官。当官的目的那还用说吗？所以婉婉爸省略了许多在他看来不必要的麻烦。偏偏马姐姐就喜欢这份麻烦。

## 五

马姐姐建议他把咸鱼送领导一些，不是信口开河，谁心里还不都装着个小九九。女儿小菲明年就大学毕业了。她亲眼看见婉婉妈拿着咸鱼逗野猫，这两口子直吃得嗓子眼儿冒火，现在开始糟蹋东西了。她看着心疼又不好说什么，总不能把剩下的咸鱼再拿回去。

不能便宜了外边的野猫，怎么也得体现一下价值才好。婉婉爸的领导是谁她不知道，但她知道那人管着婉婉爸，是他们单位里说了算的人。她还知道婉婉爸那个文化馆清闲得要命，不用费多大力气就给发工资，事业单位，财政拨款，是个吃皇粮的好地方。就拿给你们领导吧，说是家里阿姨晒的，保证干净卫生，马姐姐说得大方自然。

马姐姐认为送礼是生活里的必需，它和生存状态相扶相依。这跟有没有钱完全是两回事，没有多就送少，没有大就送小，瓜子不饱还能暖人心。这是她对生活的感悟。从前在厂里，开始她是排字工，就因为送了两扇排骨几条咸鱼，去厂外跑业务了，跑外那几年她还真挣了些钱，市中心的房子就是那时候置办的，现在一个月出租三千多块，即便她和马姐夫没活干，一家人的生活照样可以支撑。

这个建议婉婉爸妈必须要应付一下，他们很认可马姐姐这个人，觉得她善良，干起活来利手利脚，是个有状态有生活质量的人。她头发总是服服帖帖在脑后绾成一个鬏，鬏上别着一朵淡蓝色的小花，喜欢穿浅色运动装，永远一尘不染的白棉线袜。幼儿食谱幼儿保健样样能讲出个所以然来，并能落实在行动上，婉婉有个头疼脑热，各个时间段饮食结构，什么时间去打预防针，这些都由她来操心。他们对她已经达到了依赖的程度。马姐姐自己分寸拿捏得也很好，不像有些保姆那样自轻自贱一副下人样。这于她就是一份职业，而且很高尚，她的宗旨是，尽心尽力好好干活稳当拿钱。

婉婉妈的一个好姐妹要买房子跟她借钱，家里钱都让婉婉爸押到股票上，他们无能为力。马姐姐下一天就把一张三十万元的定期存款单拿出来，你朋友那边还没着落的话，就把这钱取出来。她居然有三十万存款！夫妻俩大眼瞪小眼不知道说什么好，他们不可能离谱到跟一个保姆借钱然后再转借给朋友，这话说出去叫人笑话死了，根本不成立。婉婉妈便在心里边左右计算，最后得出的结论是，这家的经济条件绝不在她家之下。婉婉爸觉得这么多钱白白存定期岂不瞎了，如果放在自己手里一定让它发扬光大，鸡生蛋来蛋又生鸡。人们对金钱总会不自觉怀有一颗敬畏的心，这玩意都能让鱼上树，何况人乎！

上班路上，婉婉妈拿眼睛瞄了一下车后座上的咸鱼问婉婉爸，你打算把这些送给谁？什么？啊！还真把它当回事儿了，怎么可能？这个马姐姐，一会儿下车拿给你同事吧，省得车里一股味儿。

## 六

婉婉妈的心早就像鸟一样飞到了单位，一共才二十几分钟的路，她还是嫌车开得慢。这阵她疯狂爱上了网络购物，刚刚接到快递员信息，她的包裹已经安全到达门卫。

早晨她在熟睡中听到由京东商城买来的闹钟欢快地唱歌，赶紧爬起来打开团购网站同城快递来的酸奶，然后换上购自凡客诚品的职业套装，蹬上淘宝商城打折的瓢鞋……小到手机链圆珠笔，大到洗衣机电冰箱，婉婉妈在网络商城里如鱼得水。

在门卫那儿拿到包裹，一种收到神秘礼物般的兴奋让她顿时身轻如燕。在办公室她把两只手伸进挎包里，用手指头一点一点把包裹剥开，这会儿的她并不迫切反而特别有耐心了，几根指头又细密又多情，控制着把兴奋压到脚后跟儿，把动作缩小到幽灵一般，毕竟是工作时间，还是要有所顾忌的。其实就是一对儿水晶耳环，价值人民币二十五块。可那种等待，那种盼头，那种在等待过程中大脑产生的本能的美好幻想和神经兴奋，已远远超越了东西的自身价值。

她抽屉里有一沓包裹单，五湖四海天南海北。眼下她无须出门，几根手指头在键盘上敲敲，衣服、护肤品、家居用品、孩子的各种东西……很短时间内就可以浏览到大量信息，拥有更多的选择，享受更诱人的价位，感觉既时尚还占了便宜。加上网购支付无须从包包里往外掏现金，居然让她产生了一种不花钱就给东西的错觉。她几乎每天都在网上多多少少购点儿东西，接着是刷新物流信息跟踪包裹位置，随着包裹的移动，她的心也跟着包裹一起在途中了，她仿佛看见包裹一路奔波，先是乘上大巴，再是坐上飞机，然后登上轮船，终于风尘仆仆来到她的城市。接着是派件扫描，她手机里保存了十几位快递员的号码，她能迅速判断出同一家公司的两名快递员哪个是小张哪个是小王，清楚地知道周末谁在岗，谁又在周一串休，很准确地把电话打给拿着她包裹骑摩托车派送的那个人。婉婉妈看似安静地坐在那里，耳朵却已高高挂在玻璃窗上，嘟嘟嘟，摩托车到门口了，哗哗，锁车钥匙响，咚咚，那小子上台阶呢，吱，旋转门开了……

她的最高纪录是 13 个包裹同时跑在路上，然后逐个监控逐个跟踪，顺利收到包裹她心花怒放喜笑颜开，稍被耽搁就眉头紧锁郁闷纠结。婉婉妈对于这种坐享其成的购物方式日久生情，她自己的喜怒哀乐也跟着奔驰的包裹同进同退。不管挨领导批还是跟婉婉爸打架了，只要在电脑上稍加浏览买些东西，她就能一下子重新找回生活的勇气和良好的状态。其实有些东西一点实用价值都没有，就为了一个买的过程，然后束之高阁，一来二去零零散散攒了一堆，她又在网上变卖这些东西。也不叫穷折腾，没事闲着找点意思呗，偶尔也卖卖孩子的旧玩具和二手衣服。

夫妻俩沆瀣一气，一个痴迷炒股一个沉醉网购。生活里最为不能容忍的就是停电。一次她在网上逛游了大半天终于选定一款内衣，咣，黑屏了，停电了。婉婉妈愤怒地拨打了市民投诉电话市长公开电话电视台广播电台热线……

午休门卫来电话，原来早上取了快件竟把咸鱼忘在了那里。纯粹是无聊中的一个无意识的小动作，她拿手机对着咸鱼咔咔取了几个镜头，屏幕里的咸鱼比实物要漂亮些，因为玻璃纸包装的折射，咸鱼似乎更优美沉静了，像一幅阳光下的静态油画。一张感官不错的照片，本来是要发到微博上，又一想咸鱼嘛，硬邦邦的，它和咸菜窝头同类，咸鱼饼子，大葱蘸酱，就是再好吃也是狗肉上不了大席。她向众人展示的照片应该是旅游时装比萨饼意大利炒面……她随手把照片放在自己的网上小店里，顺便标注，味道鲜美，二十五一条。玩呗。

完全是一次没有预谋和预料的无心插柳，然而这柳树竟然发芽长叶扑扑啦啦绿了一片。好评如潮，全部五分。亲，是你自己晒的吗？和干货市场里的就是不一样，味道好极了。亲，你的咸鱼把我老爸都吃咳嗽了，可他还要，不给就翻脸，赞一个。我按照卖家提供的菜谱操练了几条，卖家当过厨师吗？超级好评，还会再来……

## 七

火了，赚钱了。张贴菜谱查看留言，与对方讨价还价确定邮购地址，在包不包邮的问题上决不让步，如果对方态度温婉，是可以有两三块钱的尺度的。给快递员打电话，让他去离单位不远的一个面包店拿鱼，然后用手机短信告诉他地址和联系人，查看银行卡里的钱到没到账。虽然赚得不多，可那是无本生意，就好比天上掉馅饼，每天有小进项小收成，一百二百三百，春雨润物细无声一般……

欣喜兴奋挣小钱，一切都在办公室里悄悄进行着，激动之余还有一点点诡秘。办公室嘛，看似紧张实则宽松，你只管准点儿来到点儿走，完成分内活，剩下的，只要坐在那里守着电脑，玩游戏聊QQ逛商城，无人关注。

领导们把握大方向关注大问题，比如贪污腐败，比如中饱私囊。那些大作为与她们这些小人物贴不上边，至于电脑前，那都是婆婆妈妈的琐碎。婉婉妈悄悄走小私发小财，大脑膨胀欲罢不能。其实每个人的意识里都有对外财的想象和神往，这跟穷富没关系，即便大富翁面对从天而降的小财也会兴奋，人之本性。

婉婉妈告诉老公，咸鱼统统送同事了，他们个个吃得兴致勃勃，现在要是评个先进什么的，准能得满票。婉婉爸才不管这些，这几天他发现有两只股票很有来头，而且还探听到一些内幕消息，这是个机会，他已经看到了水里那群活蹦乱跳的鱼，现在他只需把一张网下到水里，然后将网拉上来。不过他手头没网，他得想办法弄个网来。

马姐姐不断把家里的咸鱼拿过来，听婉婉妈讲那领导一家大大小小吃得不亦乐乎。你的那些菜谱我也用邮箱传给他家嫂子，嫂子让我谢谢你，还张罗请你吃饭呢。吃饭嘛就不用了，咸鱼还有好多。马姐姐认为这样很好，咸鱼就由婉婉妈和那家的嫂子一来二去，两个女人因为家常吃喝很容易快速亲密起来。老爷们儿之间这样倒显得俗气了。婉婉爸也不错，还给马姐夫找了一份安稳活，可最近他眼神老是飘飘忽忽像在琢磨什么事儿，半天没一句话。他是作家，这就好理解一点儿，搞艺术的嘛，就像那些画画的拉琴的写戏的演电影的，只要跟艺术沾边，那就大不一样了。他们憨厚天真，执着而不做作，架子大又没架子，爱搭理人又酷似冷漠，爱发火又很宽厚，爱笑又似笑非笑……婉婉妈能参与这事儿真是太好了，看看她，总笑呵呵的，像碰到了什么喜事儿。跟老公领导老婆拉上关系当然算喜事一桩，这比老公直接巴结领导更体面更无声息，两个女人在一起叽叽喳喳嘀嘀咕咕，大事小情的，鬼子进村一样悄悄搞定了。就让她拿着咸鱼去投石问路，她决定把小菲需要的咸鱼减半，必要时再少点儿也行，得把火力集中到一起，孰轻孰重用不着掂量。马姐姐向窗外望去，她仿佛看见女儿小菲正背着包包拥挤在上班族的体制里。

## 八

婉婉爸这几天正发愁，眼看着鱼在水里嬉戏游荡，可惜无网而不能得鱼，他都急死了。狗急了能跳墙，人急了也就顾不得许多了。他跟马姐姐借了五万块钱。马姐姐不是太情愿，可又不好拒绝，上次把存单晒出来就是虚荣心，在社会上混了那么久，一点点小智慧而已，主要还是想在这户人家确立自己的地位，别门缝里瞧人。先前那几家她也用过类似的办法，好用得很呢！一百八十度转弯，拉脸的顺眉顺眼了，抿嘴噘嘴的露牙花了。她万没想到婉婉爸杀个回马枪，正常人都不会张这个口，不好意思，跟保姆借钱，有脸面卡着，一般人心里过不去这个坎儿，所以她才敢把存单拿出来晃晃，却忽略了婉婉爸是个作家，不按常规出牌。我会高出银行利息的一倍给你，借款时间半年，欠条里的明细都写着，这事先别跟孩子妈妈说，我不是特意隐瞒什么，只是现在别说。婉婉爸说得很诚恳，样子特别作家。马姐姐也是箭在弦上，再说还有大事相求呢。婉婉妈那边只是小打小闹的铺垫，关键时刻还需这男人冲上去。他那意思多点才好，马姐姐不松口，这已经史无前例了。这事都没告诉马姐夫，那人更小心眼儿，开出租车那会儿，别人借了他二百块钱，三天后整个人瘦了一圈，三宿没睡。也不能说吝啬，那都是辛辛苦苦的血汗钱，有钱人无所谓，没钱人当然在乎！再说眼下谁敢往外借钱，看看一个个黄世仁那个惨样。不过还有借条在手里。她觉得算得上家的都不会太差劲，她很敬佩有文化的这个家那个家的，都已经成家了，那品行也应该是优质的。她提到小菲的事，小菲要是能在你们那儿工作，可是她这辈子的造化，文化馆一听就有文化，让你们这些文化人调教着进步会更快，她也学的文科。你说这事有门儿吗？当然。你们领导爱吃咸鱼家里还有。好的。婉婉爸迎合着，他那颗心已经飞到了河边，他要以最快的速度把网扔下去。马姐姐也撒出去一张网，大家都在等待着起网和收获。婉婉妈都已经咔咔数钱了。

三个人热情高涨，为了各自的心事。他们还不知道有个人此时此刻也在暗箱来情绪，他是马姐夫。

去制衣厂没几天，马姐姐就安排马姐夫给领导送鱼。初来乍到就算个小小的见面礼，这跟行贿受贿搭不上边，就是想热络一下感情，今后也好有个照应。这么多年下来，家里和咸鱼勾肩搭背密不可分，有什么想法有什么心愿，咸鱼会在第一时间冲上去，然后以不同形式摆放在某个餐桌上，它那特有的腥香蛊惑着人们的鼻孔，筷子从各个角落伸过来，大快朵颐，推杯换盏。鱼送出去心里才会踏实，就像有个希望在某个角落里等候。可马姐夫揣着咸鱼，他几乎成了那个提着猪头找不到庙门的人。

## 九

马姐夫觉得自己在这方面比家里老娘们儿薄弱得多，那老娘们儿隔三岔五往外拎一兜子，隔三岔五一兜子，看她那副外交官似的得意样，就像建交后的友谊已经开出了花朵，下一步就等着攫取胜利果实了。

这个厂大大小小的经理就有四个，原则上送大不送小，可又听说分管他们运输的是三经理，县官不如现管，他决定就送老三。马姐夫在确定人选后发现一个问题，经理们不是总在厂里，通常都跟走马灯似的，老大来了老二走了老三老四出差开会了，再说厂房和经理办公室也不在一个楼。进办公楼还需在门卫登记，他不可能去登那个记，另外想辙吧。经过几天周密观察，马姐夫已经能够准确辨认出，大经理的车是黑色吉普，二经理是灰色轿车，三经理是棕色轿车，四经理……马姐夫的眼珠跟着领导们的车轮在厂里转呀转，现在他已经掌握了领导们的基本动态，在厂里或不在厂里。看见有人没头没脑地去找经理签字，他不禁心里暗笑，签个六，人家根本不在，车都没了。看见那人无功而返，马姐夫又在心里为他的判断无误着实兴奋。“在与不在”的判断让马姐夫开心了好几天，他闲了就用这个芝麻粒大的事娱乐娱乐，送鱼嘛，基本没戏。不是不想送，是他连经理的影都摸不着。

马姐夫想起从前开夜班车的日子，虽说辛苦，可用不着费这份心思，送礼是门技术活，不是谁想送就能送。这么看还是开出租车省心，他不太擅长和有头有脸的人打交道，太压抑，说话都不自然。所以他选择开夜班车，交警和稽查正常情况下都白天出动，这让他放松不少，况且夜里有夜里的风景，黑漆漆的，好多东西都会在这时生机勃勃。

开始一晚上拉不到几个活，他开着车在马路上溜线。这就是经验不足，晚间最不适于溜线，得有固定候车点儿。洗浴中心、夜总会、练歌房、大酒楼，这些地方的出租车队伍像游行一样浩荡，僧多粥少啊！马姐夫的强项是善于观察，一番观察下来，他总算发现了来钱的地方。北三街那里云集着做皮肉生意的小姐，职业不分贵贱，人家也是劳动致富嘛。来这里找小姐的都不是什么有钱人，两边讨价还价唾沫星子满天飞，生意敲定，这时候男方大都不愿意去小姐的出租屋，他们怕被放鸽子，又怕仙人跳，去旅馆嫌贵还怕警察抓。这时候出租车相当于活动板房，为这他还在车窗上安了帘儿，天黑也挡上点儿好。

马姐夫生意着实好过一阵子，后来小姐们被警察驱散。说实话，在特定的时间段里，正是由于小姐们，出租车才会有生意，这两者在行业间互为依存着，好比地产业与装修行业。

夜班里他遇到过不少五花八门的趣事，闲着无聊还会把那些事在脑子里过过，再娱乐娱乐。一次晚上十点多他拉了位女客，上车就催“快快快”，油门要踩漏了还嫌慢，那女的边催边骂。过来人一听就明白了，这女人是赶着去捉奸。五六分钟来到一栋楼下，女人扔给他一百块钱，让在这儿等着，一会儿还回刚刚上车的地方，然后噔噔噔跑上楼去。这个女人啊，另打一辆车来回花十六块钱，叫他等连候时费加上也就十二块，里里外外省四块钱。看看，男人都睡别人被窝了还这么算计，傻妹子替谁省呢？一支烟不到，女的气冲冲回来，后面跟着个衣冠不整的男人。她上车后大声说，走。那男的见车子发动，连忙紧跑几步打开车门。女的大骂，跟着我干什么，滚你妈的，跟那个骚娘们儿过去吧。男的也不回嘴，硬往车里挤，勉强坐进来。到地方女的狠狠一甩车门，男的重新开门要跟出去，没想到刚探出半个身子，就被那女的回身一脚，正踹在肩膀上，把那男的又给踹进来，身手之利落，下脚之凶狠，直让马姐夫目瞪口呆。他忽然想起来还没找钱，就喊。那女人怒吼，不用找了！把他给我拉走，就照那些钱拉，越远越好……

有这些乐子事调剂着开夜班车也算不闷，要不是那次被抢了一百多块钱，马姐夫才懒得换工作。一个新环境里，一切都那么生疏，马姐姐又安排他送鱼，让他很是为难。正常情况是马姐姐指哪儿他打哪儿，他属于听指挥型的。

## 十

看这几条破鱼把马姐夫搞成什么样了，整天鬼鬼祟祟眼神四处乱飘，那几个保安都盯上他了，再这么下去鱼没送出去还得让人当坏分子给开了。他觉得自己真是个超级笨蛋，马姐姐又没给他派什么硬性任务，至于联络感情，怎么个联络法她能知道？鱼还得送，不然那女人会把他瞧扁了，看，连个东西你都送不出去！

制衣厂多数是女工，车间里女工们在机器上忙碌一上午，身子骨明显软塌下来，肩膀耷拉着嘴角缩缩着，连眼神都是涣散的，像被剔去了骨头。餐车来了，屋子里飘荡着萝卜茄子土豆这些廉价蔬菜被煮熟之后的气味。大炖菜一摊烂泥巴样黄乎乎趴在盆子里，上面飘着厚厚一层油，中间散着几片肥肉。这样的粥饭烂菜让她们一下子没了胃口，舌头蔫了，眉毛拧成大疙瘩。吱嘎，马姐夫夹个饭盒推门进来了。

午饭干部们都在办公大楼里吃，给领导开小车的司机同样享受干部待遇，听说他们的伙食里有鸡腿和红烧带鱼之类的荤菜。马姐夫是货车司机，和女工们的饭菜一样。货车司机没有固定地点吃饭，那两个开货车的在门卫和保安混一起吃，他们好像对马姐夫有些看法，不太乐意搭理他。还不是之前一门心思送鱼脱离了群众。

车间里靠墙角那儿，冬梅正和几个姐妹围坐着吃饭。送货时马姐夫和这几位打过交道，尤其冬梅，白白净净细眉细眼儿的，即便穿工装戴帽子，也会像一颗星星那样在人群里闪动。他去冬梅的机器上收成衣，还帮她把摊放的成衣摞起来捆扎好。

咸鱼一条条被油煎得黄里透红，还粘着星星点点的辣椒。女工们眨眨发涩的眼睛，嘴巴鼓起来，舌根那儿就有汩汩涎水淌出来。都多大个人了，瞧这份出息。你看看，来就来吧还带什么东西，这多不好意思。女工们矜矜持持用筷头杵杵沾点腥夹个辣椒末，马姐夫很绅士地把鱼分到每个人的餐盘里。瞧，多细心的男人。稀粥烂饭配咸鱼加上马姐夫的娓娓道来，他给她们讲当年如何去码头抢鱼，好多人蜂拥着，他是踩着众人肩膀一个箭步蹦到渔船上，自己抢够了就替别人抢，不白抢，有烟酒孝敬呢。还有那制作咸鱼的一系列过程，他把自己渲染成一名能工巧匠，好像所有的事都是他一个人在忙碌，和别人没有任何关系。还有他开出租时怎样英雄救美，如何跟歹徒搏斗。别看他在领导面前半天吭哧不出个屁来，在女人面前却满嘴跑火车。男人嘛，吹吹牛很正常，哪个男人不是把一个说成俩，俩都说少了，尤其是在女人面前，有心眼儿你就听听热闹，没有心眼儿你就当真。车间里盘旋着雄性荷尔蒙豪气，辛辣的咸鱼充实着寡淡无味的午餐，还有那些抢鱼救美的精彩片段，一股不可名状的喜悦在彼此心窝里东奔西跑。

马姐夫就这么上道了，他和老婆比着赛往外拿咸鱼，马姐夫高兴，马姐姐更高兴，看来他们家的咸鱼是有魅力，讨到两边领导的欢喜，可能现在领导肚子里油水都大，他们很需要咸鱼呀咸菜呀之类的东西刮刮油。收下就好，倒不能理解成拿人家就手软，起码这也是一份感情铺垫人情储蓄，就好比那存在银行里的钱，不见得马上就用，但用时可以随时支取。

马姐夫都是拿白漂子、船钉子一些比较廉价的，像黄鱼鲅鱼这些硬货还是可着马姐姐来，那关乎女儿的前途命运，大事不能含糊。马姐姐问，你们领导咋喜欢白漂子？马姐夫笑笑，萝卜白菜各有所爱，心里却说，白漂子就把那几位吃得找不到北了。但之前马姐夫需要把白漂子简单加工一下，总不能让她们吃生的。

## 十一

现在马姐夫和几位女工热络得情同手足，有时候马姐夫送货回来晚，冬梅她们就大眼瞪小眼巴望着。打到餐盘里的饭也不急着吃，先用塑料袋蒙上，一会儿望望门一会儿看看表，又急又不好意思让人瞧出来。她们彼此飞个神秘眼神儿，她们愿意制造一点小神秘，渴望有一丝神秘气息来装点她们沉闷而波澜不惊的生活。咸鱼雄性荷尔蒙还有那些前仰后合的笑话，这对成天匍匐在机车上的女工来说还不够好吗？都好死了，紧张枯燥的车间几乎把她们打磨成一台机器，她们的四肢五官正逐渐变得如机器一般僵硬。嘎吱，马姐夫推门进来，带着几条干巴巴的咸鱼，就如黑蒙蒙的夜晚里划亮了一根火柴。不管光亮如何微弱渺小，光总归是照耀人的。人多么需要光明啊！

来了来了，冬梅她们马上安静了，像孩子期盼下班归来的大人，她们等待着心仪的咸鱼，还有那个给她们带来快乐的人。马姐夫像个魔术师，他浑身上下拍拍，一盒咸鱼掉出来。女工们迫不及待又小心翼翼，因为马姐夫她们忽然间就有了分寸有了礼貌，不再吱哇乱叫也不再狼吞虎咽，说话的腔调就如真丝料子般柔软。冬梅脸上有了胭脂，阿琴新修了眉毛，连小凤这个邋遢鬼也把那头乱发规规矩矩掖进帽子，她还用去污剂把工装变回本色。之前每天只盼着多车些衣，多挣点钱，最多忙里偷闲打个盹。除了这些她们还指望什么呢？描眉画眼打扮打扮，哪来的心情？有这工夫不如在机器上趴一会儿。马姐夫每天在眼前晃晃，情况大不一样了，仅仅是那几条咸鱼吗？肯定不是。

到底是女人，尤其是这些三四十岁的车间女工，野心和欲望都已萎缩得不及一个拳头，得了人家一点点好，就像欠了多少情似的。这不，她们已经在着手回报了。

冬梅、阿琴、小凤是制衣车间里一条完整的流水线，冬梅裁剪阿琴锁边缝制小凤钉扣锁扣眼。车间里总有裁下来带瑕疵的废布料，只要负责裁剪的冬梅用心前后掂量掂量总能让过去的。三个女人中午匆匆忙忙吃过饭，她们不瞌睡不伸懒腰，冬梅的剪刀灵巧得像长了眼睛，阿琴的机器跑得像一台小火车，小凤指尖上下翻飞。整个制衣厂只加工女衫，她们给马姐夫做女式睡衣女式衬衫。她们不知道这衣服最终会穿在谁身上，她们不计较这些，只要此时此刻为他在忙碌就行了，就满足了。

这衣服针脚的细密接缝的精致，一看就是出口货。马姐姐这辈子还没穿过像样的睡衣。从根本上讲她就没穿过睡衣，都是把马姐夫的棉衬衣用剪子剜剜剪剪，拿到缝纫机上重新一拼，就是她的了。只要把外表弄光溜，里边马马虎虎吧。她对着镜子端详半天。睡衣是女人最休闲最私密的装饰，宽松暴露半遮半掩，是那些有情致悠闲女人的最爱，她嘛，还是算了。衬衫寄给女儿，看看她怎么处理。好一点的东西这孩子也舍不得用，她知道现在送出去，是为了过后更多地拿回来，多成熟的孩子！睡衣就送给婉婉妈。

## 十二

细算算这阵子真是没少投入，咸鱼左一捆右一捆，还有那响当当的十万块现金。虽然手里掐着欠条，可心里难免空落落的，像被谁掏了一把……婉婉爸后来又借了五万块，股市里的五万块那是掉进海里的一根针，扒拉扒拉键盘就灰飞烟灭了。婉婉爸贼心不死，这些还有前期那些，我都会按照民间借贷的利息给你，这是新欠条。这回有把握吗？嗯。马姐姐知道他在炒股，家里薄薄厚厚的股票书光卫生间就堆了一摞。马姐姐把钱交给他时，还附上了一份小菲的精美简历，是找设计公司做的，花好几百块呢。小菲从小到大那些好事滴水不漏罗列在上面，连小学赛跑的奖状都有。马姐姐越看越觉得女儿像朵花一样优秀，这孩子就应该在文化馆里搞文化才对。为了女儿安稳不用劳苦的一生，她咬牙忍痛不惜钱财，那是女儿安身立命之本，是将来找对象嫁男人的基础硬件。那个时候她女儿也会像婉婉妈一样开上小汽车，住上好房子，穿漂亮睡衣……

咸鱼和真丝睡衣，说出天花来也不能画等号，然而你看看，马姐姐觉得这咸鱼对他们家来说就好比潘多拉宝盒，里面满载着希望与愿望。马姐姐再次指示，让你们领导尝尝黄鱼。

吃到黄鱼的女工们对马姐夫更加爱戴了，直喊他咸鱼哥，这就像大人常常给小孩子买雪糕，忽然有一天就拿回一支冰激凌，小孩子拉着大人的衣服那个乖那个亲，她们倒不会像孩子那样去拉他衣角，可她们实实在在想为他做点什么。废布料只是偶尔有，做衣服要找机会。她们开动那让机器震得有些麻木的大脑，总算想到个办法。冬梅拿着熨斗，马姐夫的外套裤子毛衣衬衣，凡是能熨的统统拿熨斗过一遍，马姐夫浑身上下找不出一个褶，连胳肢窝下边都像硬纸板那样笔挺。阿琴用碎布头给他擦皮鞋，那皮鞋亮得能照出人来，鞋底儿上的泥都让她用缝衣服针抠掉。小凤把本来已经很结实的扣子再次加固，纽扣结实得一头牛都拉不断。马姐夫被三个女人争抢着呵护，怎么忽然间就这样了？这就叫咸鱼翻身吧，他这个没钱又没权的男人，这是哪辈子修来的造化。他偶尔会恍惚着拉拉自己的头发，这是真的吗？他现在就盼着上班吃午饭，不喜欢星期天，逢周末打不起精神来。马姐姐还以为是送货累的。他在家舍不得吃咸鱼，家里吃点什么不行，金要贴在脸上，好东西要使在刀刃上。马姐夫已经能这么认识问题了，马姐姐很满意，还不都是自己潜移默化的影响。

家里的咸鱼在迅速减少，这样下去怕是坚持不了多久，可这二位谁也没有要免的意思。现在婉婉妈直接下数量，明天带五条鲅鱼八条黄鱼过来……没人知道婉婉妈网销的咸鱼已经连续涨了三次价，可还是供不应求。原想利用涨价控制一下节奏，反倒鼓励她快马加鞭了。真不懂现在人是什么心理，越涨越买。婉婉妈小财发得滋润，卡里的现金每天都在往上涨。怎么说好呢？她也不光是图几个小利贪几个小钱，无意之中骑上马，还被马带着跑几圈，之后就舍不得胯下的坐骑了。关键是她在生活里找到了来劲的事，就如注射了一支强心剂，让她一下子情绪高涨，日子从此有了劲头。婉婉妈希望牢牢抓住这根不是很有力量的绳子，有多远走多远。偶尔她会和马姐姐聊聊婉婉爸单位，起手就看出她那点意思了。那地方也没什么好的，尤其是年轻人，在那地方都待傻了，真不如自己做点什么或到企业锻炼锻炼……总这么说又怕断了马姐姐的积极性，在他们那儿女孩子还行，旱涝保收，将来结婚带小孩儿轻松……马姐姐觉得由婉婉爸在领导那里推荐，由婉婉妈和那家嫂子拉关系，两根细绳最后拧成一股粗绳，小菲的前景光明一片。

## 十三

婉婉妈偶尔的心虚和过意不去，让她变得更温柔体贴，做事更有耐心了。她常用零食衣服围巾这些东西来安慰一下马姐姐，也宽慰一下自己。打开电脑就是红彤彤的诱惑，称赞好评，一条一条购货留言。一根多么棒的绳子，怎么可以又怎么能够轻易舍弃？她决定抛开马姐姐去干货批发市场进咸鱼，这才是长久之计。可卖出去没几天人家就要求退货，还在评价里说了很不好听的话……这根能帮她解决精神问题的绳子，还能抓多久呢？

现在马姐夫有理由肆无忌惮往外拿鱼。有句冠冕堂皇的话，说万事能上能下，可已经上去的谁还愿意下来。就是说已经吃上黄鱼谁还稀罕白漂子，同理。他拿回来的真丝衬衫真丝睡衣小菲已经送出去了，书记辅导员一人一件。就是从价值上论也没吃亏，马姐姐当然明白这个道理。所以面临枯竭的咸鱼她将付诸行动。

马姐姐用市场价去左邻右舍收购咸鱼了，他们住的这个地方，因为是平房，家家户户还都有院子，每一户都或多或少晒些咸鱼，不光咸鱼，萝卜干、地瓜干、芸豆干、土豆干……这里还延续着早年的生活习惯，晒干货储存秋菜是他们生活里家常朴实的一部分。他们喜欢也习惯这样的劳作，因为这劳作本身就让他们安全并安宁。他们愿意拿咸鱼换钱，一条两条就算了，邻里邻居的，这点情分还有，可马姐姐有多少要多少，能换钱是好事。弱智还送过来一包呢。因为是自己吃，他们料理得特别用心，比干货市场里要好多少倍。这是婉婉妈传过来的话，那家嫂子讲吃了你的咸鱼，别的看都不看，这是她送你的丝巾，嫂子那边还想……

马姐夫去鲜鱼批发市场了，这时候鱼的价格是开始的几倍，并且天气也不适合晒鱼。但是他们已经不计较成本了，至于天气嘛，大不了多折腾几天。马姐夫的需求量也在不断增加，还不都是男人怜香惜玉那点心思！冬梅这女人命苦，男人几年前车祸没了，现在就一个人和孩子度日。马姐夫私下关照过她不少咸鱼，黄鱼、偏口、多宝，都是硬货。现在中午吃过饭冬梅就挽起袖子在他后背上咚咚敲一阵，直敲得他又酸又胀又舒服，阿琴和小凤直抿嘴乐。马姐夫幻想着再帮冬梅解决些实际问题，比如家里的水管漏了、电灯灭了、柜门掉了、床腿断了，可冬梅家的这些东西似乎很牢固，看来也只能继续依赖咸鱼了。

# 十四

这阵老天爷总是哭哭啼啼的，像是遇到了什么伤心事，隔三岔五地淌眼泪。白天上班不在家，马姐姐就把晒鱼的事委托给哑巴和弱智，他们是这两溜房中腿脚最灵便的。再说就一晒一收，也用不着费什么脑筋。马姐姐先找来瓦匠把弱智家房顶的窟窿堵上，就在这房顶上晒。现在湿气大，在地上不知道要晒到什么年月。婉婉妈直催呢，那边嫂子问了，咸鱼什么时候有啊，她准备外出给朋友带一点。那边的嫂子胃口可真大，这前前后后几百斤了。也是，像她们这样的人朋友都多，几百斤东家西家分分也差不多。马姐姐用包子火腿肠五香蛋对哑巴弱智进行鼓励。他们乐坏了，还有这好事！他俩噌上房了，噌又上房了。

等待是件很难耐的事，咸鱼断顿几个女人倒没表现出什么不一样，该敲背敲背，该擦鞋擦鞋，可马姐夫怎么都觉得气氛不好，先前看着她们嘴巴一嚼一嚼吃得那个香，心里边的成就感也是一股子一股子的，男人的心愿还不是让女人快乐？看着她们开心，他比她们更开心。知道那些有钱人为啥啪啪往女人身上砸钱不？找成就感呢。马姐夫没钱，他有咸鱼。眼下，从某种意义上讲，咸鱼和钱的效果基本雷同。马姐夫挑大的拣几条，用风筒吹了半天装进包里。

晚饭后外边忽然刮起风，带着呼哨，把角落里的废纸片塑料袋树叶吹得漫天飞，老天爷搞起了突然袭击，一点过渡迹象都不给。马姐姐快步跑到弱智家，弱智正坐在门口津津有味看天空中飘舞的塑料袋，马姐姐急了，快上房收鱼，没看起风了。弱智依旧看着天空，不理她。鱼都被刮跑了，快上房去。弱智现在在数天上的塑料袋，一、二、三，数得很认真。马姐姐赶紧去叫哑巴，晚上她给两人买了鸡大腿，哑巴就鸡腿喝了不少酒，现在他两只眼睛直勾勾酒汪汪的，马姐姐先指指天，然后两只手使劲扇做出刮风的样子。哑巴哇啦几句头一歪，睡着了。这俩歪瓜裂枣啊！偏偏马姐夫又出去送货，马姐姐一跺脚，歪歪斜斜上房了。

风像一只无形之手，把鱼们一会儿送东一会儿送西，马姐姐手脚利索随着风在房顶上颠来颠去，就像捉蚂蚱那样，风中捕鱼。就要下去时她发现有个小东西拖着塑料袋也跟着忙活呢！这小东西毛茸茸黑乎乎的，两只眼睛灯泡似的。显然这家伙是趁火打劫，塑料袋里装了好几条大鱼。该死的猫，你还挺会找时候。马姐姐要抢下塑料袋，猫不干，拖着袋子嗖一蹦，换个位置蹲下来。这猫心理素质太好，蹲下时把塑料袋抓在爪上，另一只爪拿着鱼咔咔嚼。这个动作明显挑衅了，马姐姐又扑过去，猫再换地方，一个想要一个不给，就这么在房顶较上劲了，一扑一蹦，一蹦一扑，人怎么可能让猫玩得团团转？马姐姐攒足力气扑——咚，她从房顶掉下来了。

## 十五

伤筋动骨一百天，马姐姐知道一百天之内她将不能跑不能跳，不能干任何体力活，这是医生的话。真的，真的不能了吗？你五十大几的人，还跑还跳还上房，不找死吗？没瘫痪你已经捡着了。躺在病床上马姐姐并没有过于悲伤，不能跑就走，不能快走就慢走，医生都说从房顶上掉下来没瘫痪已是万幸。瘫痪那可惨了。也不能说马姐姐心态阳光，生活本来就有喜有悲，马姐姐从房上掉下来把地砸个坑，也接二连三砸了一堆好事儿出来。马姐夫被调去给领导开小车了，穿西服打领带，中午有鸡腿晚上有大餐。小菲刚刚成为预备党员，所有的调查表都已填过。还有明年一毕业小菲就去婉婉爸单位实习，那边已经沟通好了。这些好事儿足以缓解马姐姐肢体上的疼痛，虽然这次摔得不轻，可万事有得有失，女儿的工作是头等大事，她的一只脚已经迈进文化馆了。马姐夫开上小车，跟领导出入大酒店吃鲍鱼龙虾，不吃饭还会有一百块钱小费补偿。多好个美差。你说女人这辈子活什么？还不是男人孩子，他们好了，一切就都好了。咸鱼已经吹响了胜利的号角。那天她摔下来的一瞬间抢回了塑料袋，鱼基本没太损失。也多亏那个塑料袋垫一下，不然脑瓜也不能幸免。她不知道就在她抢回咸鱼那一刻，马姐夫却将一包鱼扔进垃圾箱。

马姐夫那天没去送货，他去给冬梅送鱼了。他急急忙忙用风筒把鱼吹干，就去找冬梅，之前冬梅搭过他的顺风车，驾轻就熟。马姐夫的心思并没像有些男人那么直白，就是想在下班后看看她脱下工装摘掉帽子回归家庭的模样。现在是做晚饭时间，她穿一件细白布套头围裙，腰间系一根带子，自上而下撒着一朵朵红色小花，绵软的围裙贴在身上，勾勒出冬梅好看的腰身。（这围裙是她在车间干的私活，做好后偷偷在台子下边比比，朝马姐夫一眨眼快速塞起来。）她把头发松散地绾在脑后，用个大卡子一夹。她择菜洗菜，手在水里，红红的，两朵花一样。等会儿出来开门，手上肯定还沾着水珠呢。冬梅楚楚瘦弱，无意间触动了马姐夫某根神经，他希望能帮她做点什么。此时的马姐夫也就这点心思，基本属于雷锋型。那你问他怎么不雷锋别人？这个还是不要太苛刻，最起码他想帮帮她，是做好事，最起码他还有耐心，懂得尊重别人。

马姐夫在楼下转悠，灯是开着的，他看见冬梅在窗前晃了一圈。之前鬼使神差就来了，电话也没通一个，想想还是有些贸然，得找个什么冠冕堂皇的理由当引子。说是路过，顺便送几条鱼。一个男人的身影在窗前停下，还是个胖子。冬梅家里有男人？冬梅的声音有点紧张，不，不用了，谢谢你。又一个声音钻进来，谁啊！没谁，一个同事。

路上马姐夫把鱼扔进垃圾箱，那是几条又大又宽的黄鱼。这一扔也就扔出他与女工车间的距离，正巧给领导开车的司机出了车祸，领导不喜欢毛毛躁躁的小伙子，他需要一个年龄稍大些的，马姐夫被选中，事情就这么简单。

婉婉妈来看马姐姐了，带了大包小包东西。婉婉需要另外找人来带，马姐姐已经无法胜任这份工作。小菲的事全靠你们，家里的咸鱼差不多干透了，让马姐夫给送过去，那边嫂子不是着急送朋友吗？那边嫂子现在不需要了。人家帮了这么大个忙，明天就让马姐夫给送过去。那边嫂子真不要了……

## 十六

咸鱼照亮了婉婉妈之前的一段日子，那是生活的积极性和主动性，与区区几个小钱关系不大！两边老人的条件还不错，轿车和房子都是他们提供的，连婉婉的保姆费都由她奶奶负担。倒不是愿意啃老，只是条件摆在那儿，他们顺应事实也没有必要再折腾。看到同龄人为还房贷疲惫不堪，他们也暗自窃喜自己眼下的这份安逸，有时候又不免觉得生活过于苍白，人家都在斗志昂扬奔房奔车，他们呢？这可不是站着说话不腰疼，各个角度都会有他那方天地里的不如意！婉婉爸炒股，股票就像精神恋人一样伴随着他。婉婉妈既不支持也不反对。男人嘛，你还能指望他什么？能有一件不违法不乱纪不出格不越轨的事让他安稳下来就已经不错了。婉婉爸炒股也不光赔，还有赚的时候。不过他那种一心向股不在物界的状态，迫使婉婉妈也必须要找一个什么节目来打发自己，打麻将太张扬，总去 KTV 显得轻浮。左右掂量她选择了网购，购物是日常生活里的必需，一举两得，咸鱼的出现又让她有了新的跨度，并一发不可收拾。

婉婉爸妈从各自的状态里拔出脚来，以慈善者的姿态紧紧拥抱在一起。他们虽说偏执自我，但到底没有失掉良心，做人的本分与善良依然火在身上。婉婉妈更是明了我未杀伯仁，伯仁却因我而死的道理。马姐姐对婉婉那么尽心，这回我们一定得帮帮她。你看小菲的事有门儿吗？昨天已经把简历拿给领导，等我再去找一下同学的舅舅。他家嫂子讲穿戴，我给她买个品牌包吧。必要时也要打点一下同学的舅舅。他们互相出点子想对策，在花钱买东西上一点都不算计吝惜，对于到底在哪个人身上下功夫两人还发生了争执。瞧瞧，这简直就是为自己女儿。他们没有道出彼此的秘密，因为内心的亏欠谁也没有对对方的出发点表示任何怀疑，都在极力掩饰极力表现。两个大善人还像发现了珍珠一样彼此暗自欣幸。瞧这女人啊，看她平时贪吃贪喝贪玩贪睡爱占小便宜，关键时竟是这般仁慈仁爱。这是个什么年月啊，能和个善良人共此一生还不是天大福气。多仗义的男人啊，看他平时我行我素一棍子打不出个屁来，好像一切都事不关己，肚子里居然藏着颗热乎乎的善心，为了个保姆的孩子去求人去花钱，这种事说出来谁信，这么个大好人让她撞上了。两人捡了宝贝似的对彼此加以重新定位和确认。

婉婉妈用卖鱼钱给那嫂子买了个挎包，还添了钱。婉婉爸在老爹那讨了一把紫砂壶，壶不是很名贵，但样子很古雅，扁圆形，长嘴长柄，网上的价格是一万多块钱。就拿它去孝敬领导，为小菲争取一份工作。近来他心里一阵阵发慌，还欠着人家十万块钱呢，如果来追债他还真还不上。这事给嚷嚷出去可坏菜了，混到和保姆借钱的份儿上，作家那张骄傲的嘴脸就算让他丢尽了。为了不让事态发展到无法收拾，也为了自己心里的一份安宁，那点狗屁的清高算个球？婉婉爸在领导办公室玩起功夫茶，茶叶、大桶矿泉水、小酒精炉置办个齐全。他煮茶斟茶动作里还有韩信点兵的造型。喝到高兴，就把小菲的事唠叨一遍。领导也不能理解，这人平时跟自己包括跟任何人都是一走一过，成天把自己锁在屋一猫一天，连厕所都不大去，对自己更没表现出过多的尊重和亲近。

现在竟然为了个保姆的孩子这么下力气，这壶看品相也值两个钱。几天来他没事就泡在自己屋里端茶倒水，一点也没有诗人的脾气。他们这个文化馆里的文化人都很怪，他不会是看上人家姑娘了吧？不会，看过简历，那姑娘壮壮的像头牛，而且他老婆给自己夫人还买了个不错的包。思来想去领导也找不到合理解释，不过那把壶还蛮不错。领导猛然醍醐灌顶，那是来自作家的一份善良和好意，到底与众不同，并且家人和他一样的高尚，是自己把事硬往歪里想，还领导呢，就这觉悟！不出半年他将告老还乡，就在这最后的岗位上，做件让自己骄傲让别人挑大拇哥的事吧，那些拿钱拿物来拉关系走后门的都统统玩去吧，嘁，领导怎么会落在群众后面。此时的这份仁爱这份善良就像落到宣纸上的一滴墨水，漫延着流淌着，呼呼啦啦湿了一片。

婉婉妈讲，就让小菲先去实习，如果实习期间表现良好，馆里会考虑留用，必要时婉婉爸还会去找同学的舅舅。马姐姐前两天收到婉婉爸一条短信，说已经给卡里打进五万块钱，剩下的五万和利息过后一起还。马姐姐回复，小菲能找个在事业单位里当个文化人的工作那点钱远远不够，再多些都求之不得。是我们命好，遇到你们这家人，那些钱就当是一点心意，你们求人也需要打点。马姐姐说得很实在，现在一份像样工作的价码她知道，五万块加上那些咸鱼能为女儿换回来这样一份美差，超值得不敢想，说到底还是遇到好人了。婉婉爸回复了个笑脸表示默许。这样的结果彼此皆大欢喜。婉婉妈又说其实那个单位除了清闲没别的好处，年轻人还是要动起来，看看将来能不能做一点实体。你那咸鱼呼声很高，让小菲操持着大批量生产，到时候我再帮着……她说得小心翼翼，怕说走嘴，又怕说不明白。她很清楚，小菲如果能采用她的想法，赚钱不是问题。一个文化馆算什么？到时候她帮忙打理，这是她真心实意的想法。小菲嘛，一个女孩子，我不想她太苦太累，只要有份安稳工作，能嫁个好人家，就像你这样，我一百个满足了。你说晒鱼挣钱，我不可能让她干这个，我苦就不会让她再苦，我晒鱼就是为了让她别再晒鱼。要晒鱼还供她上什么大学……

## 十七

老天爷总是一分为二，他不能把所有好事都放在一个家庭，有好的就一定要有不好的，现在那个好落到男人和女儿头上，而把那个不好摊派给她，如果那不好光顾了她的男人和孩子，那还了得。躺在床上的马姐姐此时正享受着这个好呢。她出院了，不过在很长一段时间里，她的活动范围还只能局限于床，不要紧，就是这辈子都躺在床上也不可怕，她有积极向上的女儿，她有贴心贴肉的男人，他们是她的港湾是她的靠山，马姐夫正忙着给她做鱼，这回可是鲍鱼，鲍鱼啊！他和领导出去头一次尝到鲍鱼，哎哟，这可得让老婆尝尝，他还专门找来菜谱。鲍鱼放在盘子里，周边码放了蒜片葱丝和姜条，然后放进锅屉里热气腾腾地蒸，不锈钢锅咕噜咕噜响着，袅袅的香气顺着墙边跑。马姐姐脑袋里也随之冒出个好想法，明年，等明年她一定大干一场，率领哑巴弱智发动左邻右舍，大家都来晒咸鱼，这地方说不准哪天就拆了，她要赶在拆迁前领着这群老弱把动迁费给挣出来，马姐夫笑说这下自己借光当老板了，义务车老板……鱼蒸好喽，哦，可真鲜。

# 家有宝贝

嘘，小声点，悄悄地，开会呢。此刻艾米姥姥家正在密谋一个重要会议，一个关于出游香港的会议。室外春天的微风一波一波地吹，室内空气里到处弥散着憧憬和希望，还夹杂着丝丝缕缕的诡秘与隐蔽，地下党开小会似的。

怎么回事？玩偷渡？香港回归十几年啦！想哪儿去了，参加会议人员均为退休老头老太太。再说都什么年月了。

他们是看友！看友？一说你就明白了。当下人们跟一起打牌的叫牌友，一起聊 QQ 的叫网友，一起出门游山玩水的叫“驴友”，一起遛狗的叫“狗友”，这几位是一起看孩子的！

小珠、艾米、棒棒三个小宝贝都处在嗷嗷待哺期，加一块儿还不够上幼儿园中班，他们的爹娘就又放心又省心地将自己的孩子全盘托出，便成就了三个家庭六个老人的凝聚，一支不大不小的队伍，六人看友团。因为共同的境遇，在某一天里这六个老人从不同的方向走到了现实生活中的同一个点上。

春天里他们在给孩子打预防针的卫生院里不期而遇。因为共同的境况和寂寥，加上生活枯燥和体力透支，使他们有了对社会生活的迫切需要，他们渴望交流渴望倾诉渴望有个属于自己的小圈子，哪怕只谈谈天气说说孩子。于是几个人很自然也很轻松就从相识步入相熟。能够相互交往的另一个原因，是他们各自的经济条件和社会地位都没有太大迥异，彼此差不多的人才能心平气和地来往，这点很重要。他们住得还很近，都能从自家的窗子望到对方。

他们一起买打折奶粉，一起送孩子去启智学校，共同研究什么牌子的尿不湿吸水性强，讨论哪一样痱子粉最驱蚊止痒，其中一个孩子偶有小病另外两家也都热情献计献意，寻偏方找小药。

小珠爷爷奶奶在育儿方面要略胜一筹，不是一筹，是好几筹。他们一直坚持科学育儿，像在实验室里育苗那样，小珠的奶粉里要含有能促进大脑迅速发育的DHA、AA，冲奶前要用烧杯量毫升，用温度计试水温，家里还有一大一小两台秤，大秤称小珠，小秤称辅助食品原料，每天进食都要根据当天早上的准确体重来安排布置，小珠重了半斤，他的奶粉就要增加两至三克，辅食可以多添半个苹果泥。如果某天里发现他出了一颗牙，那当天的食谱里就要多出一片面包或一块小饼干。另外小珠的饮食还要根据季节气候的变化而调整，冬天瘦肉泥春天菠菜叶，小珠两个月大时，他们已经在果汁和菜浆里提取维生素C了。他们的进食原则是，逐样尝试小量开始，由少到多由稀到稠，由淡到浓由细到粗，由一种到多种循序渐进。小珠爷爷奶奶在育儿方面的良苦用心简直让人五体投地。

他们家门上每天都会有一张白纸贴在那儿，上面用红水笔提示着小珠当日的饮食安排和活动项目。几两蔬菜、几两面条、猪肝要蒸到什么程度、几点日光浴、几点做按摩操、几点听音乐、几点语言交流，下面还有一行打着重点符号的字：鉴于春季气温上升细菌繁殖容易引起多发病，故奶瓶和餐具使用后必须进行消毒，每次用清水煮十至十五分钟，还有从现在开始小珠的粪便要定期到市级以上医院化验。白纸上的内容都是小珠妈妈拟定的规章制度，她每天在爷爷家吃完早饭量过小珠的体重后，便把明细成文的要求贴在墙上。她记不住自己是怎么长大的，管他呢，现在她就是想让小珠按照她的方针聪明健康地成长。

这样的要求爷爷奶奶照单全收，但行动上还是打了点折扣。比如奶瓶餐具就没煮，用开水烫烫得了；给孩子做按摩操也简化成拍拍后背；那天出去晒日光浴正赶上肚子不好，就提前回来了。再有去大医院化验光挂号就得大半天，他们也就近给解决了。这二老曾经按儿媳的要求实打实地执行过，不行，岁数大了，力不从心。还好，小珠现在不会讲话没法向他妈告密。

不过在饮食上他们一点没马虎。小珠妈妈只负责收集国内外最新育儿方法并不参与实质性工作，服装饮食寓教于乐，她把这方面的书面材料和图像照片提供给爷爷奶奶，还有不少道听途说由她口头转述，时而还要对他们的工作进行现场指导。比如小珠在床上尿尿，爷爷像看见房子漏雨似的喊起来，当时小珠妈正在翻一本育婴杂志，事后她挺认真地与爷爷进行了一次促膝长谈，其实排泄也是有尊严的，粗暴地打扰是不道德的，也是很不人性的，比方你老人家在出恭时被冒昧打扰……比如小珠在睡觉，爷爷抽出他怀抱里的毛绒玩具这一幕被儿媳看到，她就会发表这样的见解：如果小孩子醒了，在原来的地方找不到原来存在的东西，他就认为他永远失去了这东西，他又不会询问，只能用哭声来表示质疑，小孩子哭多了不光会影响嗓子，对大脑发育也不好……她往往把问题从量变分析到质变，追溯根源条分缕析循循善诱。爷爷奶奶叫苦连天，小珠爸小时候他们可没费这份劲，糊里巴涂长大了。

儿媳时而还在精神上给予他们点化，老年人绝对不能没事做，待着闲着，时间长了，完了，老年痴呆了。不是空口无凭，看，报纸这段：一对老夫妇退休闲得闹心拿着老年票一遍遍坐公交车，有回急刹车把腰摔断了，你看看……儿媳的话外音在说，因为我生下了小珠，也因为有了小珠你们才能从可怕的寂寞中逃脱出来，我佛慈悲功德无量啊。

小珠爷爷奶奶都是退休教师，他们这二次上岗可比从前辛苦多了。原来在学校还有下课的时候，还有下班的时候，还有个年节假期，看孩子这活你就得马拉松似的一条道跑到黑，加上儿媳严格的规章制度，他们累呀，身心疲惫时都想过撂挑子。

想归想，回头看看小珠，老两口思想马上给端正过来，这孩子白白胖胖黑眼珠滴溜溜转，把艾米和棒棒比得像营养不良似的。别人赞美小珠时，爷爷奶奶脸上都会开出灿烂的菊花，这就叫种瓜得瓜种豆得豆。

小珠的父母和爷爷奶奶住同一个小区，当初买房子就是为了相互照应，可自打儿子成家，被他们照顾这事好像一直没发生。也不能说一点没有，前几天家里没了酱油就是儿子去买的。小珠和爷爷奶奶住一起，儿子他们不开伙，晚饭后小珠爸和媳妇手拉手哼着小曲走回家，在门口妈妈还朝他挥挥手，拜拜宝贝，明天见！

儿媳在银行工作，薪水是儿子两倍，不只工资，福利待遇也相当强势，洗衣粉卫生纸香皂毛巾豆油电饭煲……别看是些零打碎敲的小物件，真要消费起来也不是小数，自打她进门家里确实省下不少开销。儿媳模样也俊俏，清清秀秀的。如果再描描眼睛点点嘴唇拍拍脸蛋，都能上时尚杂志封面。假使步子再大一点磨磨下颏垫垫鼻梁，差不多就能拍电影了。

还有上个月爷爷外甥醉酒开车被扣下了驾照，还不是人家给要回来的？前几天奶奶侄子和人打架被送到派出所，也是人家找人给放出来的。再看看自家儿子，普通得没法再普通了，一月就那俩一脚踹不倒的死钱，年节分个仨瓜俩枣的。美貌和智慧集于一身的儿媳就像一只迷人的花蝴蝶，悄悄落在他们这个普普通通家庭的窗前，打开窗子招招手，自己还溜溜达达进来了，居然还不走了，居然还安营扎寨了。两位人民教师给予他们儿媳以人格上的肯定——高尚。

怎么能不高尚呢？现在稍有点模样的女孩子，连歪瓜裂枣的都算上，谁不想找个大官傍个大款？别说小三，小五也喜不滋儿地当了。难道他们的儿媳不高尚吗？当然高尚。为了让儿媳就这么地老天荒一直高尚下去，为了排除一切不安定不安全的因素，老两口力挺他们在各方面都比较薄弱的儿子，挺定了。

看到白白胖胖的小珠，艾米和棒棒的姥姥姥爷坐不住了，他们的孩子怎么能被别人比下去？我们为什么就长不过他？又不是没条件，这可不行。他们开始虚心向小珠爷爷奶奶请教。看有人来讨教，小珠爷爷奶奶当然开心，这可是对他们成绩的肯定，他们可没说自己并非甘心情愿一切都是儿媳使然，他们向外界传递的信息是：

自己本身从事教育工作，对科学育儿有一定研究，为了下一代特别高兴也特别愿意这么做。艾米、棒棒的姥姥姥爷被这两位老教师深深打动了，并反省平时对孩子的懈怠和慵懒，这可不好，不是要误人子弟吗？从明天开始，不，就从现在开始……

小珠爷爷居然找到了重返讲台的感觉，一会儿教艾米姥爷制作肝泥一会儿教棒棒姥姥用汤勺挤压蔬菜汁，指导大家按正确比例给孩子进食，每天需要多少克奶粉粮食，多少克瘦肉猪肝，多少克植物油蔬菜和水果，传授他们如何从最基本的食物中提取A、B、C、D、E等脂溶性维生素。嗬，又开始施教育人了。

扔在抽屉里的两支钢笔被小珠爷爷翻出来打上墨水，还有那个用了半截的工作手册，每次出门都被装在口袋里，为此他还把箱底儿那件四个兜的旧衣服掏出来，上兜插钢笔，下兜装手册。当然用得上，爷爷先用口语辅导那几位，像对待小珠那样耐心，不管听没听懂记不记得住，最后他总要把钢笔和手册拿出来，写呀算呀，偶尔还来个小插图。

小珠爷爷奶奶对仪表很严谨，为人师表嘛，形象很重要。尤其爷爷，从来没有敞胸露怀的时候，即便穿休闲装也要把拉链拉到最顶端，里面总是衬着白衬衫的领边，白领边会散发出整洁和干练的气息，脚上的皮鞋在太阳地里会闪出一波一波的金光来。爷爷身上总是带着一股类似“舒肤佳”香皂的清爽之气。现在他出门居然要在头上擦儿媳发的定型膏，用膏那么一固定，头发跟个小帽盔似的，春天的风不会让它产生一丝一毫的零乱。

每个小团体都需要一个类似精神领袖的人物，以此来调动大家的主客观能动性，这事小珠爷爷乐意干。他常号召大家开展一些劳逸结合的活动，这时候地点一般安排在艾米姥姥家，他们家房间宽敞。艾米父母技术移民加拿大，孩子刚满月他们就拍拍屁股去异国他乡了。

男人们一手揽着孩子一手拿着茶杯或报纸，喝茶也不是大口大口着急忙慌地解渴，而是唇齿间的体验和品味。大开面的《城市日报》小开面的《今日晚报》在空气里扇出风的哗啦哗啦声。这时候小珠爷爷也不按儿媳提供画片上的姿势抱孩子了，不掉地下就成。女人们则在厨房打理着她们刚刚从菜市场买来的新鲜蔬菜，丝瓜皮用刨子刮出沙沙的声响。这丝瓜是清晨从菜地摘下来的，活蹦乱跳着就给送到了农贸市场。剥好的毛豆粒被扔进铝盆里丁零当啷地蹦几下，像一群顽皮好动的小精灵。烧锅煮饭的空当还要进屋瞧一眼孩子。奇怪，有些事情一个人做会很烦躁很厌倦，有气无力的，几个人一起做居然变成了一项娱乐，嘻嘻哈哈说说笑笑，把疲惫也给稀释了，屋子里带着一团安居乐业和烧茶煮饭的温暖。运气好时几个小家伙还会集体来一觉，大人们如释重负嘘出一口长气，他们把嗓门压到近乎嘀咕的程度，可不敢把小家伙们的睡眠鸟给惊飞了。

他们聊孩子说过去，也讲讲眼下一些新鲜事。艾米姥爷抱怨自家女儿不知道心疼父母，老两口身体不好，弄个孩子跟行军打仗似的，这不那天下楼还把腿摔了。孩子奶奶也在本市，为什么不交给他们呢？还安排让艾米天天听英文，说要培养听力，豆大一孩子连中国话都不会说，这不是扯淡嘛。艾米姥姥不愿让他说这些，虽然算不上家丑，也不想把他们的内心世界向公众敞开。她愿意把阳光的快乐的富足的没有任何心结的自己展示给大家。谁不是让外人看面子，哪有把里子翻给人家看的道理？这样也挺好，一心一意带艾米，要是在国内那就是照顾三个人的事了，艾米姥姥这么讲。就在刚刚棒棒妈来电话说没吃午饭，问什么时候回去做饭，棒棒姥姥说你自己下包方便面吧，那边好像说吃方便面胃疼。艾米姥姥说离这么近让她过来吃吧。棒棒妈过来时棒棒正在睡觉，她急急忙忙吃过饭临走还带上两个包子，在网上种了不少菜得赶回去把它卖掉。

艾米姥姥打开电脑向各位展示女儿在国外的汽车洋房，她说女儿很有本事，车和房子都是自己赚钱买的。她还打开好多艾米爸爸妈妈在加拿大的旅游照。艾米妈妈眼睛大大的头发长长的，是个美人。艾米爸爸形象一般，艾米像她爸，眼睛就一条小缝。看过照片小珠爷爷提到电视上的相亲节目，这种节目也能上电视，什么呀，看着就有气。棒棒姥爷讲，那算什么，还有更绝的哪，报纸上说南方有家娱乐公司为十八个富翁招亲，好多人报名，这十八个富翁要在数千人里层层筛选择优去劣，最后抱得美人归。妈的，有俩糟钱就把自己当皇上了，小珠爷爷啪的一蹾茶杯。哇，一个孩子被吓醒了，另外两个也睁开小眼呜哇叫起来，得，今天的娱乐先到这儿吧。

小珠爷爷号召大家买了加长婴儿车，离他们住处不远有个还算宽敞不为高楼所占的广场，它能使不少人在上面找到消遣和生活。广场南面是一排报廊，一些人喜欢站在报廊前看当日的报纸，也不是为了省钱，只不过是他们的一种生活方式。广场的西面有个冷饮摊子，出售清凉解渴的雪碧可乐七喜蒙牛雪糕和露雪冰激凌，摊位斜对面有个垃圾桶，里边藏着可回收的再生物品。有个衣衫褴褛的老头从里边翻饮料瓶子卖，然后去附近的拉面馆吃拉面。这老头几乎是广场上每一个人的宽心丸，心里再愁，看看天天过着末日的老头，也会松口气地想，愁什么呢？这老头天天拾垃圾吃饭都乐和，这老头是人们的终极境界。一个最坏的因而也是最好的对比参照物。广场东面拐角还有两棵遮风蔽日的老槐树，鸟群悠然落进去就全看不见了，树便成了有声的树，六个老人三台婴儿车就泊在下面。看看这加长车的好处吧，上面能躺能坐能卧，下面的车筐像小仓库，毛巾被奶瓶水杯果汁壶小板凳塑胶小熊花皮球……

和暖的天光里人们常会看到老槐树下的六个老人三台婴儿车，女人们把婴儿车一会儿送进阳光里，一会拉到树荫下，一只皮球滚到草坪上，一束阳光跟着它跑起来。他们坐在石凳上回忆回忆过去，展望展望未来，日子飞一样，唉，衣带日已缓，岁月忽已晚。未来还是值得展望的，他们的未来并不遥远，伸手即可触摸的样子。想听听吗？好吧。

等棒棒上了幼儿园我天天做六合面包子吃。六合面包子是棒棒姥姥家乡名吃，把六种面和在一起，里边包上六素六荤，这样的大包子费时出力但吃起来就是一个爽。等棒棒上了幼儿园我就去找老王下象棋，杀他个落花流水屁滚尿流，棒棒姥爷做了一个斩落马下的手势。这两位更累，棒棒一家和他们住一起。从前都说嫁出去的女儿泼出去的水，这倒好一盆水没泼出去还给赚回来两盆。棒棒妈妈身材娇小，穿身运动装跟个中学生似的，用棒棒姥姥话讲，孩子怎么敢交给这号人，还不弄坏了！还是我们来吧。你们来就你们来，人家求之不得。棒棒只是爸爸妈妈茶余饭后的一个娱乐，亲亲抱抱摸摸，活娃娃一个多好玩啊。妈妈现在依旧过着少女般多姿多彩的生活，棋牌室健身房咖啡厅电影院，即便在家也是窝在沙发上嗑瓜子看电视，瓜子皮在她雪白的牙齿间进进出出，一枚刚刚进嘴，另一枚已被双指拈起候在唇边，时而漫不经心往床上瞥一眼，妈，棒棒尿床了。唉！

到时候我想试试上老毕主持的那个《星光大道》节目，我打小就爱唱歌，嗓子也亮堂，真能入选的话你们就当我亲友团，艾米姥姥说。艾米姥爷说，到时候他就想到洗澡堂泡澡，要一壶茶水泡上大半天，把骨头缝里的湿气寒气全给烫出去，就不腰酸腿疼了。小珠爷爷想旅游，还想办个作文辅导班，也不是为了赚钱，几十年的教学生涯他总结了不少好的学习方法，就这么烂在肚子里怪可惜的。小珠奶奶的想法不大能说出口，她想，她想小珠妈他们最好自己开伙，小珠妈的口味和家里大不一样，什么菜呀肉的，一切都要八分熟，火候太不好掌握。

他们在老槐树下畅谈着那个有着颇多想法的未来，天光也在他们一开一合的唇齿间走进了暮霭，又一个忙碌疲惫的日子被打发掉，孩子们又长大一点点，大人们又老去一点点，离他们心目中那个未来好像还近了一点点。

只要天气不是很坏他们都会出现在老槐树下，老槐树一如既往和昨天没有不同，和明天也将没什么两样，可人呢？小珠都会叫奶奶了，艾米能穿上小鞋踉踉跄跄往前走了，棒棒也能指着天空说，鸟、鸟。再看看这几位，腰更塌了，背更驼了，脸上的纹路也更深了……

宝贝爷爷是后来出现的。不过宝贝不是小孩儿，它是一条狗。

宝贝爷爷从前在工厂里烧锅炉，一把大锹一堆煤块和一个锅炉消磨了他四十多年的生命。现在他远离锅炉告老回家。回到家他心里像煤堆似的给撮出一个大洞，空荡荡的，他需要点什么东西把这个大洞给堵上。儿子不想放弃眼前的单身美好生活，他只交女朋友不结婚，不结婚就没孩子，没孩子就不能像老槐树下那几位那样把日子打发得热热闹闹的。看把他们美的，成天热气腾腾叽叽喳喳地张扬着他们的天伦之乐。那个叫小珠的胖小子是惹人爱，跟年画上的福娃似的，身上的一包嫩肉都能掐出水来，不眼馋是假话。宝贝爷爷心里边闹得慌，他认为人生来就是头驴，需要每天围着磨盘不停地转圈，眼下他想转圈，但磨没了，他需要自己去找一盘磨来，然后套在脖子上。

爷爷在宠物市场花三千块钱把宝贝领回来，算是找到一盘磨，一个营生。宝贝属于泰迪种，一身棕色卷毛，像个玩具熊。他每天跟宝贝耳鬓厮磨着，寓教于乐，奖惩分明。他一再告诫自己，狗不教，爷之过，教不严，师之惰。他决心把宝贝培养得人模狗样的。

看见槐树下那几个推着婴儿车的老人有说有笑，宝贝爷爷牵着宝贝凑过去，小珠爷爷正伸着食指在孩子眼前晃，告诉爷爷，这是几？一。这个？二。啊，小珠都识数了，真不错。嘁，宝贝爷爷很不屑，他拍拍宝贝后脖颈子伸出一根手指头，几？旺。这几？旺旺。这几？旺旺旺……

第二天老槐树下又多出一台婴儿车，车里坐着宝贝车后站着宝贝爷爷，宝贝头上戴了顶和小珠一模一样的小凉帽，鼻梁上还架着副墨镜，下边车筐里放着水瓶牛肉干磨牙棒火腿肠铜铃铛，宝贝爷爷向在场人展示了狗证和狂犬疫苗证，我们可不是黑下来的，正儿八经有户口。他也学着女人们的样子一会儿把婴儿车推到阴凉里一会儿拉到阳光下，感觉好爽，本来想多感觉感觉，可宝贝坐不住没屁大工夫就蹦下去，宝贝爷爷不管它，继续晃悠婴儿车。小珠爷爷讲这个阶段正是骨骼发育期，应该在奶粉里再多加些葡萄糖酸钙，这倒提醒了宝贝爷爷，他说宝贝也该补点钙宝了。宝贝在广场上溜达一圈回到树下，爷爷给它喂了点水。宝贝一转身又跑了，几个孩子让宝贝闹得也非下车不可，他们现在可没有宝贝的本事，摇摇摆摆脚下无根。场景是这样，孩子在地上跑，女人在一步之遥的怀抱范围内面对面引跑，男人在身后老母鸡似的张开双臂保驾。宝贝穿梭在三个孩子六个大人中间，广场上有声有色地热闹起来，像一壶坐在炉子上的开水咕噜咕噜冒泡。

这时候宝贝爷爷很得意地靠在大树下吧嗒烟，还是自己的宝贝好，看那几个老家伙让孩子遛得屁颠屁颠的。他的宝贝很出息，能帮他拿眼镜递报纸，还会用小爪子按摩呢，顶不少用了，比他儿子听话。儿子开广告公司倒赚了些钱，狗钱就是他给的，这小子从上中学开始找女朋友，现在三十好几了也没成个家，女伴走马灯似的左一个右一个换。想想儿子头都大，现在好了，自从有了宝贝他想都懒得想。

几个被孩子遛得气喘吁吁的老人回到树下，女人们赶紧把水瓶奶瓶塞进孩子小嘴里，男人们靠着大树直直腰。宝贝也跑回来，爷爷给它喂了点牛肉干。爷爷日子过得松散邋遢，他眼镜腿上粘着块原本白色现在变黑了的胶布，不差钱，习惯了，懒得弄它。因为是汗脚，早早就光个脚丫子穿拖鞋，裤腿边那儿绽线开着一寸来长个口子。宝贝用头蹭他的破裤腿，爷爷脱下一只鞋垫在屁股下边，手放在宝贝头上一把一把捋毛，沿着后背一直到尾巴，重又把手拿到它头顶捋。他捋它的毛，它舔他的手。没大会儿爷爷的手停在宝贝脑袋上安安然然睡着了……

宝贝在广场上遛两圈回来看见爷爷脸上挂着一粒水珠样的东西，它不知道那是一颗泪。它叼出婴儿车里的毛巾给爷爷擦，爷爷被弄醒了。梦里他见到去世的老伴，就说，你劝劝儿子给我添个孙子吧，老伴说我们有孙子啊，你看看后面，身后果然有个白白的胖小子，他伸手抱时那孩子却不见了，他再回头老伴也无影无踪了。小珠在婴儿车里玩球，想起来了，那梦里的孩子就是小珠啊，爷爷朝他拍拍手，小乖乖看表演啦，他把屁股底下的鞋摇晃摇晃从头顶扔出去，宝贝嗖一下蹦出去叼回来，爷爷再扔宝贝再叼。开始有围观的人了，前滚翻后滚翻，匍匐前进时装表演，算算术广播操，宝贝是个人来疯，人越多越来劲。爷爷兴奋得扯脖子唱，嘿啦啦啦嘿啦啦啦，天空出彩霞呀，大地开红花啊……

宝贝爷爷成了跟屁虫，小珠爷爷们带着孩子去超市买奶粉，他也推着宝贝去选狗粮，在玩具区那儿还买了把会唱歌的小手枪。老人们领孩子去童装店他也进去转悠，孩子们去卫生院打预防针他还跟着，不过他没跟进去，人家不让，他就站在门口等。

宝贝爷爷发现孩子们一天里总要闹上那么一两阵，这时候他就把那个会唱歌的小手枪挂在宝贝身上，音乐一响宝贝又蹦又跳，几个孩子立刻不哭不闹了，眼睛瞪得像个小灯泡。爷爷便朝着小珠挪蹭过来，小珠爷爷一把把孩子从车里捞出来扛在肩上。走了，跟爷爷看报纸去。

现在宝贝成了广场上一道亮丽的风景，经常有人喊，宝贝宝贝，就蹲下来拍拍脑袋像变戏法似的从口袋里掏出点吃喝来。爷爷坐在拖鞋上吐烟圈，笑得看不见眼珠。他拿袖子蹭蹭眼，用小手指头肚儿在眼角那一抿，就和拇指相对弹出去一个小米粒大膏状的东西，不偏不斜正落在小珠的婴儿车把上，宝贝爷爷歉意地朝小珠爷爷笑笑，露出一排烟熏火燎的牙。

小珠爷爷发现这个摆弄狗的脏老头总爱往小珠身上

蹭唧，那双干拉拉指甲盖镶着黑边的老手，每次被他摸完小珠爷爷都要仔细看看，可别把孙子的小嫩脸给刮破了。要是儿媳知道这样的手曾接触过小珠的脸还不炸锅了。这个烧锅炉老头纯属游手好闲之流，他们是不同层面两个阶层的人。再说让孩子成天跟狗搅在一起算怎么回事？孩子是什么？说大了那是祖国的未来，中华民族明天的希望，说小了那也是自己生命的延续，传宗接代养老送终。狗算什么东西？小珠爷爷决定把他排挤出革命队伍，压根也没他什么事，是他自己愣往里钻。

他先跟几个大人说最好不要让孩子们多跟宝贝接触，狗身上有很多细菌和寄生虫，弄不好再染上什么病。他拿出人民教师做事的严谨，列举了报纸上几个狗咬伤孩子的严重事例。要不我们换个地方？大家都觉得没有比广场更好的去处了，环境宽敞离家又近。至于宝贝嘛，也没那么严重，再说现在跑到哪儿去能躲开狗呢？别看老头成天邋里邋遢的，宝贝让他收拾得可不赖，这狗聪明伶俐，孩子闹大了让宝贝耍耍，他们也能趁这工夫歇歇。艾米姥姥嘀咕一句，是不是你家儿媳又……

小珠爷爷把两页16开的打印纸——关于狗的负面材料，拿给宝贝爷爷。无非就是狗身上能携带哪些细菌容易引发哪些疾病，以及养狗对环境的污染和它给人们制造的不必要的麻烦。当时宝贝爷爷还愣一下，多了解了解没有坏处，你也要定期到医院检查检查。宝贝爷爷看过笑笑，这老头用铁锹撮了一辈子煤，脾气也跟锹把子似的直来直去：小珠爷爷，这操场是大家的操场，有卖水的有捡破烂的，有看报纸的有看孩子的，大家自得其乐没碍谁没惹谁，真要触犯了哪条，自然有法律法规来说道。至于宝贝，它是我的伴儿。你有老伴儿子孙子，家里边有笑有闹有孩子吱哇叫，有碗筷叮当响，在外边也热热闹闹的。我得和宝贝相依着过日子。他摇摇那两页纸，你说这些我会小心，你们也都把孩子看紧了。

晚饭时小珠爷爷出来买味精，广场上空空荡荡没几个人了，他看见宝贝和爷爷坐在树下吃肉串，爷爷长个葫芦大脑门，宝贝那脑门也鼓鼓着，他们还都有一双小豆眼。嗬，这二位还挺连相。爷爷用牙把扦子上的肉撕下来放手心上，爷爷吃一口宝贝吃一口，宝贝吃一口爷爷吃一口，彼此被一种相依为命的温馨浸泡着，淹没着……

前几天小珠爷爷在超市遇到学校里的老同事，他说刚刚从香港旅游回来，他和亲戚们自发组了个小团，机票五折，玩得可开心了。所以就有了开头那个秘密的小会，还有宝贝爷爷也在其中。开会的空，小珠奶奶已经把他的裤腿缝好了。

几个人商量好，先不让孩子们知道，到时候生米煮成熟饭，你还能把我们扣起来不成？小珠爷爷心里有底，儿媳每年都有半个月年假。艾米姥爷早想把孩子送她奶奶家去，正是个好理由。棒棒姥姥也想让孩子爸妈自己锻炼锻炼。宝贝爷爷更没问题，宠物店寄养一天三十块。行动吧，还等什么？

老槐树下的老人和婴儿车消失了，他们现在的阵地在艾米姥姥家，男人们围着电脑七嘴八舌集思广益，女人们抱着孩子表达着她们的想法和建议，查选经济又方便的公寓，了解香港的历史背景风土人情，制定出行路线和观赏景点，他们的综合意见是，观光看景游山玩水，不跟旅行团，走哪儿算哪儿。女人们说既然公寓里有煤气炉灶，我们干脆带上米面蔬菜自己做饭，这个主意好，香港物价高，那边一根葱是这边一块肉的价钱。宝贝爷爷说让他儿子负责订机票和公寓，屋子里有一种焕然一新的空气，冰河解冻春草发芽，一只空瓶重新注满了美酒和希望。孩子们不知道此时大人怎么会这么高兴。

小珠爷爷组织大家照相片办理港澳通行证，需要七个工作日才能拿到证件，这期间男人们看孩子女人们上街买行李箱，她们顺便又买了风油精花露水米面油盐酱醋，蔬菜和鱼肉类要临行前一天买，买行李箱就为装食物。老人出门没那么多啰唆，简单的出行用具两套衣服够了。肉类得买个保鲜箱，女人们鱼一样游走在街市上拾拾拣拣掏钱找零，怎么像为儿女操办婚事那阵子，不，这次她们是为自己。仔细想来她们这一辈子为自己做的扳着手指头都能数得清清楚楚，真该为自己做点什么了，这一把年纪，离终点的路还有多远啊！

通行证拿到手他们像年轻人似的跳起来，这个小蓝本让他们每个人都长出一对翅膀，有了它就可以飞香港了，那个曾被英国人抢占的东方明珠，还有亚热带季风气候里稀奇古怪的植物，一个到处开着紫荆花的温柔富贵乡。初识香港源于多年前一部叫《上海滩》的电视剧，他们认识了一个叫周润发的香港明星。这个小蓝本将会实现他们对那里的种种幻想，船儿湾湾入海港，回头望望沧海茫茫，东方之珠我的爱人，你的风采是否浪漫依然……

天气真好，日头将落下那一边天空，有好多云彩，云彩阻拦了日头，却为日头的光烘出美丽的颜色，天的一边，有些云彩镶了金边白边玛瑙边淡紫边，像女人们的裙子边。街上的女人现在都穿裙子了吧？小珠爷爷坐在阳台上望天。

就在拿机票那天，不差钱也不差事儿的宝贝爷爷忽然宣布退出，原因简单，宝贝病了，上吐下泻不吃东西，打了几个吊瓶也止不住，爷爷愁坏了，生怕宝贝有个三长两短的，他不可能扔下病重的宝贝出去游山玩水，他要亲眼看着宝贝，直到它好起来。艾米姥姥在视屏上让女儿看了她的港澳通行证，唉，怎么不事先跟我商量一下？怎么可以把艾米交给她奶奶？那边什么状况你不知道吗？不会用电脑不会放音乐不会营养配餐，孩子在那种环境下生活真是不敢想。妈妈伤心得开始流泪了，葡萄珠似的一串连一串。再说我已经决定让你们秋天带孩子过这边来，来的路上去香港玩玩也不错嘛，这时节那边闷热，爸血压高再出什么意外……

艾米姥姥说，女儿那边都定好了，不差这几个月，还有艾米姥爷的血压。你们，你们跟儿媳沟通了吗？他们对儿媳的敬畏别人早都看在眼里。沟哪门子通，登月球也是自己说了算。开始他们真有点担心，小珠妈妈善解人意，看了这么久小珠，真该好好歇歇，这钱带上，路上买点东西。多么高尚的儿媳，小珠奶奶都要掉眼泪了。棒棒妈妈这么说，孩子她能看，至于看好看坏那可说不准，如果出什么差错可别怪我啊。她嘴角一咧，要不，要不我还有棒棒和他爸都一起去香港啊？

小珠爷爷说不去拉倒，死了王屠夫，还不吃鲜猪肉了，我们自己去。头一天晚上那几家过来送行，把先前准备的东西也一起送来，还一起喝了送行酒，他们在心里边开始羡慕小珠爷爷了，看看人家，说走就走，他们怎么就做不了自己的主呢？等着吧，等着孩子长大吧。他们把这份羡慕捂得严严实实，生怕一不留神从嗓子眼儿冒出来。宝贝爷爷没来，宝贝住院了，他在陪护。

小珠爷爷后来当然没走成，不然他怎么会在阳台上望天？爷爷奶奶还有小珠都在屋里猫一个星期了，两大行李箱的粮食和蔬菜足可以保证他们在屋子里度过在香港的行程。那天送走客人，小珠妈妈因为临时公务，第二天一早赶往南方。棒棒和艾米在老槐树下乘凉时，爷爷奶奶正带着小珠从南屋到北屋从阳台到厨房来回转悠，在外边玩惯了的小珠不喜欢成天被关在屋子里，整天咿咿呀呀闹着找宝贝。别说小珠，爷爷奶奶也不习惯，屋子里面的时间生了锈一样，比蜗牛爬行还慢。他们不接座机电话，不开电灯，收水费的敲门也不敢开。那天小珠没钙粉还是爷爷一大早穿上风衣戴上墨镜出去买的，晚上天蒙蒙黑才回来，爷爷还让小珠爸爸在网上订了些香港旅游纪念品，他们老两口也忙着在网上浏览香港旅游景点的图片和资料，中银大厦地上七十层地下四层，南丫岛是周润发老家，弥敦道上有重庆大厦，老两口死记硬背，拿出当年备课的劲头来，哪还顾得上给小珠科学育儿，这都忙不过来。

小珠爷爷抱着小珠在阳台上看风筝，今天晚上他就可以从香港回来了，老槐树还有树下的朋友，连同那个叫宝贝的小狗，已经不止一次出现在他的梦境，还有那可亲可爱的疲惫不堪却又欣欣向荣的生活旧轨。小珠奶奶慌慌地从屋里跑过来：电视上说香港大雾，预计三天内所有飞机不能起航，看来我们还得在香港多待几天。

天上有只风筝在飞，红色的金鱼拖着长长的尾巴，小珠指着天空说，鱼、鱼。他不知道，老槐树下另外两个孩子也正指着天上说，看，鱼。

# 城里的小屋

小美准备雇个保姆伺候自己。不会吧，就她一个月那俩喝粥的屁钱儿？没钱怎么了，小美凭的是智慧。小美租住的小屋有个门厅，她在门厅那儿支了个钢丝床……

小美像她的名字一样，特臭美。她把自己打扮得像棵圣诞树，齐肩的耳环坠到肚脐眼儿的项链，胳膊腿手指头脚指头也都铜圈铁环套个热闹，走起路来像一串特大号风铃，丁零当啷丁零当啷……

小美要把自己装饰得像花一样好看，来招引颇具实力的蜜蜂，以解决长期饭票的问题——一件不可小觑的终身大事。

小美快奔三了，还没有正式男朋友。所谓正式男朋友就是俩人心贴心手牵手朝着婚姻那条路往前奔。林是小美同学，有着一身漂亮的田鸡肉，他们常拉着手看看电影逛逛大街，或钻进酒吧泡半宿，但小美不准备和他发展到终成眷属。林在一家酒店当领班，老爹老妈还在乡下种田，这样的人这样的家庭背景不在小美的选择范畴里。人的感情一定要奠定在经济基础之上，生活多么现实，糖就是甜的盐就是咸的……

偶尔凑一起热热身子的姚更不算，姚是小美他们公司经理，和他有一层暧昧关系有什么不好吗？小美平时迟到早退偷个懒儿他都睁眼闭眼，生日的苹果手机，节日的兰蔻化妆品，怎么看这事都划得来。其实小美很不喜欢姚的造型，老大一个秃脑袋，肚子鼓鼓着像吞进去个大西瓜，俩人偶尔走一起小美都要戴上一个特大号墨镜，要是林和姚综合到一起该多好，既有钱财又有身材。

小美头上别着巴掌大的蝴蝶结，穿着刚刚能遮住屁股的超短裙，可即便插上满身花，她也清楚地知道时光已经把她推到了一个需要她尽快解决的课题上。

她嘴上说不急不急，俺还小呢！可心里的小鼓却敲得咚咚响。能不急吗，女人太容易贬值了，就像水果摊上的水蜜桃，刚上市那会儿多讨人喜爱，红红的亮亮的鼓鼓的，体内蕴藏着饱满的甘汁，不用尝看着都流口水了，人们争先恐后把桃子装进自家口袋。可要不了多久桃子的面相就没那么可人了，灰了，瘪了，咬一口干巴巴的。卖桃的使劲吆喝，便宜了便宜了，三块钱二斤了。再过些日子那桃子根本没法看了，黑乎乎一块一块像长了老年斑，要烂了。卖桃的扯脖子喊，便宜了便宜了，一块钱一秤盘子，五毛钱一秤盘子，五毛钱两秤盘子了……

小美嘴硬心窝里却虚得跟一团破棉花似的，她可不想变成烂桃。林只能陪她打发打发寂寞时光，姚的作用就是让她感受一下奢侈品的魅力，小美对奢侈品充满感情，那是红灿灿的诱惑，哪能让自己青春的土地白白瞎着！得创收。姚比较喜欢像盗贼那样悄悄潜入她房间。那天他一脚踩在西瓜皮上把尾骨给摔裂了，姚趴在地上哎哟，看看你这屋子，比农贸市场还乱。

没去过小美的住处吧，那小屋火柴盒似的，连门厅加厕所才三十几平方米。小美把这小屋住成了杂货铺，屋里整日价闹阴天，窗子上像贴了遮阳膜，柜子上的灰尘足可以抓起来和煤球，床上堆着薄被厚被毛绒玩具化妆包，地上散落着时装杂志现代女报衣服拖鞋水瓶子手机充电器闹钟水果盘，水池里的大锅小碗都要顶到天棚上去了，在这里你想用两只脚走路没门儿，小美都是用单腿在屋子里蹦来蹦去，呵，像跳健身操。她没工夫收拾，有工夫也懒得干，她宁愿花数小时来美化她十个脚趾，也不肯在灰尘这件事上浪费一分一秒。

小美不想失去那些奢侈品，有奢侈品的日子活着都带劲，对奢侈品的渴求几乎是她生活的全部意义和内容。但是找钟点工，又没那份闲钱。小美在门厅照镜子时忽然萌发了好主意。后来，她贴在电线杆子上的广告大意是，可以在她这里白住，但要包揽所有家务活，洗衣做饭搞卫生。注：煤气水电费需均摊。小美对自己这个带有创意性的决策非常满意，找个保姆又分担了水电费。

巧儿看到广告时还不大相信，哪里会白白掉下这么大一个馅饼？巧儿让二姨陪她去看个究竟，巴掌大个小屋,归她使用的就门厅那张床,小是小点儿,反正不花钱,她白天在菜市场，也就晚上睡个觉。巧儿明白怎么回事了，人这是找免费保姆呢，不就多出点力气嘛，她力气多得是，就像菜地里的韭菜，割完一茬又一茬。

先前巧儿每月花五块跟人合租一间平房，那里到菜市场得坐一段公交。小美这地方好，步行十几分钟就到了。巧儿骨瘦如柴，腰细得都挂不住裤子。小美从身份证上知道她刚二十出头。这丫头太瘦了，连狼看见她都要流眼泪。巧儿表示肯定没问题，包子有肉不在皮儿上，我能背着五十斤菜撵汽车，就是每天很早去进货没法准备早饭。小美说她早饭一直在公司解决。俩人像模像样地签了协议，还用口红当印泥按了手印。

中学毕业后巧儿来城里帮二姨做生意，说是生意其实就是卖菜。头两年帮二姨，后来觉得卖菜这事也不是很难，就包个摊位自己干起来。卖菜挣的是辛苦钱，但利润可观。韭菜上价七毛可以卖到一块五，要是挑挑择择能卖到两块，碰上年节能挣个万八千的。现在巧儿存折上已经有了可喜可贺的数字，这在她们老家都能娶个媳妇回来。

当晚巧儿就把小屋整理得有眉有眼，屋小好收拾。她还用一根细绳在自己床前拉了个布帘，隔出来个属于自己的小窝。

小美衣服真多，光裤衩就上百条。小美的裤衩千奇百怪，有的节省得仅有两根细带儿，有的像张透明的玻璃纸，有的上面写着让人直脸红的荤话。巧儿觉得这么多裤衩合起来足够买条像模像样的裤子了，裤子遮风挡雨，弄一堆裤衩有啥用。小美身上零零碎碎的首饰也不少，上秤称有好几斤。都是些铜片铁片玻璃球子之类。这城里人是不一样，她老家可不兴这个，宁吃鲜桃一口不吃烂杏一篓，别看剁猪食老太太手指上那灰不溜秋的黄圈子，绝对四个9的真金，不信你去验验。哥结婚前想买个冒牌货送嫂子，被妈给制止了，妈说一旦哪天给揭穿我们在村里还怎么抬头，爹也说为这事再让煮熟的鸭子飞了，哪儿多哪儿少。

巧儿没什么像样衣服，他们全家连哥哥嫂子的衣服算上也没小美的多，市场给发了统一蓝大褂，无论你穿红戴绿都得裹在里面，根本没机会出来表现，巧儿对服装的要求也只能限于冬暖夏凉。再说她也舍不得那个钱。买件衣服最少得卖一袋子土豆，买条裤子得大半筐茄子，巧儿现在无论买什么都要以菜价为单位进行等量换算，比如一条毛巾得五根黄瓜，一双袜子得三把小葱，一支牙膏得两个西红柿，一把牙刷……

小美现在干净得要命，每天内衣内裤外衣外裤脱下来一大堆，连铺盖也是隔天一换，晚上她在卫生间里一边听音乐一边哗哗哗冲洗个没完没了，哗哗，一斤黄瓜流走了，哗哗，二斤土豆没了，哗哗得巧儿心都疼。她可舍不得这么浪费，都是用洗衣服的水抹桌子擦地板，连洗衣机吸尘器也很少用，费用俩人均摊，省点儿是点儿。小美不大正经吃饭。她喜欢山楂条蓝莓薯片鱼片之类的小零食，偶尔也让巧儿给她煮包方便面。巧儿几乎天天扫出来一撮子零碎垃圾，她将垃圾归类，塑料包装放一堆儿，饮料瓶放一堆儿，攒一阵就能卖两块钱，多少补充点水费。

俩人也不常碰面，早上一个还在梦里另一个已经顶着星星去进货了，晚上一个拖着疲劳的身子蜷在被窝里呼呼，另一个才踏着月色尽兴而归。小美偶尔早回来屋里就热闹了，她打网络游戏做健身操听音乐看大片，涂手指甲涂脚指甲。她有十多瓶指甲油，一个指头涂一个色，并粘上去好些闪光的亮片片。还把脸敷上一层大白膏只留仨窟窿，她把瓜子饼干水果送入下边的窟窿里，嘴唇动一动果皮果核跟着噗噗涌出来。

巧儿觉得小美她多亏生在城市，在她老家这号人根本找不到婆家，谁家会要这么个人，又馋猫又懒蛋。哪家要是养了这么个闺女，爹妈愁得都能跳井。在乡下小美这个年龄的孩子都能拿小铲挖菜了。看不出来小美有多愁，眼神还总那么高飘着。

巧儿倒希望和小美亲近些，她现在的几个朋友都是老乡，她乐意结交小美这样念过书的城里人，打扮得也时髦。巧儿给她挑了又圆又大的西红柿，还把嫩玉米打碎熬了玉米粥请她喝，可小美不稀罕。

小美嚼着薯片趴在床上看电视，巧儿蹲在地上吭哧吭哧蹭，有块口香糖粘地上，得找个硬东西把它抠下来。这丫头骨头缝里都是力气，太能干，两只瘦手小耙子似的。洗衣服熨衣服擦桌子拖地板，小屋干净得喷过油漆一般。饭来张口衣来伸手，日子居然还可以这么过啊，小美爽死了。这瘦丫头像是她低头捡来的一块金元宝，姚也喜欢这样清清爽爽的环境，小美的手头因此宽裕不少。

小美除了吩咐干活基本上不和巧儿多话，她不想和个卖菜丫头搞得太热络，她更愿意在巧儿面前摆出一种姿态树立一种形象。人永远都分三六九等，小美她倒没有多高贵，但起码在巧儿面前她是高贵的，是可以挺胸抬头摆足架子的。小美把这理解为阶层和身份问题，城市和乡下，办公室和菜摊，苹果手机和小灵通，真丝裙和蓝大褂，汉堡包和煎饼卷大葱，这些还不够吗？

腰缠万贯的父母，财大气粗的男朋友，收入丰厚的工作，这些小美一样不占。看看她的伙伴们，名表名包高档化妆品，有的还有了名牌代步车。小美在她们面前卑微且没有底气。她把所有钱统统武装在门面上，可惜还是望尘莫及。她曾使出浑身解数希望钓到金龟婿，好运气却一直没光顾她。连姚都那么不称心如意。他们是个不大的快递公司，一共才八个人。姚的老婆经常来查账，姚手里活动钱不多，给她买东西的钱都是从牙缝里抠出来的。瞧她这个命！她花蝴蝶一样的衣服里包裹着一颗压抑寂寥的心。无论在外边怎么失落，回来看看巧儿心里就平衡多了，再把她转着圈那么一使唤，就更舒服了。什么是快乐啊？看着别人比你活得差劲，就是一份极大的快乐。巧儿，给我烧壶水去。

省钱就是挣钱，巧儿把这一切的辛苦理解为挣钱时，手上的力气依然前赴后继，她愿意拿力气换钱，这么挣钱心里踏实。菜市场里的人都羡慕死了，大家都觉得好运气像肉包子那样咣当砸在她头上，他们成天仰着脖子看墙上的野广告，看能不能再掉下一个包子让他们也尝尝。

小美就像老家门前那棵长满柿子的大树，想够也够不着，瞧乡下人不起呗。小美她是没看见巧儿的存折，亮出来能把她吓个跟头。巧儿不可能亮出来，那是她目前最大的秘密，连爹妈都不知道，晚上躲在小窝里数数钱记记账，琢磨一下明天要进的货，翻两页《知音》杂志，捂着胸口睡觉！胸口那有个东西，天天揣在身上，一个四方硬纸片小本——存折。为这，她的每一个梦都是香甜的。

巧儿第一次进城那是十多年前，二姨领着她给姥爷买药。城里的楼房马路汽车还有城里人的脸蛋，巧儿看个新鲜。一个大男人却穿了件女人也少有的花衣裳，就好像北方的一棵山楂树结满了南方的香蕉。那小姑娘的脸多像煮熟了的红皮鸡蛋，她正舔着一个白色透明的东西，那东西还噗噗冒白气，舔一圈就小下去一圈。上学时老师让大家说说自己的理想，巧儿的理想仅四个字——做城里人。这几个字像种子一样埋在她心里边，一点点生根一点点发芽。

巧儿对现状还算满意，她没太多拖累，不像有些姐妹又得帮哥哥娶媳妇又得供弟弟念书。家里一个菜园子就够打发爹妈开销了，哥哥几年前就娶了媳妇，年头还生个大胖儿子。城里和乡下一样都是种瓜得瓜种豆得豆，只不过乡下需要春种秋收一个漫长的转换过程，城里就特别直接，白天把力气散出去，晚上就会有稀里哗啦的钞票响在兜里，天天有盼头。记账数钱是她每天里最大的快事。看着存折里直线上升的数字，巧儿总要遥想一些不着边际并让人兴奋的事。

那天巧儿终于有了属于她自己的一份生意，一个两米宽的菜摊子。那天阳光非常好，巧儿特意买了件红衣服，这是她人生里值得记住的一天，她脸上的笑就像挂在枝头的一块红布。第一笔生意有个老大娘买了两根黄瓜，她没收钱。这一天在她脑子里描摹过好多次，里边包含的感情很多，她自己一时也分辨不清，反正那是一份希望，就像眼前这些青菜，一根一棵都是希望。巧儿觉得她已经在城里撒下种子，她会用辛勤和汗水去浇灌，让它慢慢茁壮成一棵树，树也许没那么参天，但一定遮风挡雨。从现在起拥有一摊小生意的她已经算得上半个城里人了，至于为什么是半个，她一时还没想好。但总有一天她会把剩下的那半个给填上，填得严严实实。

巧儿喜欢卖菜，可能从小就和娘在菜园子里跑来跑去，骨子里对蔬菜有种天然的亲近，她喜欢蔬菜散发出来那股清新的味道，甜兮兮的，像早晨农田里的空气一样。她喜欢蔬菜那种本质的天然色泽，小葱的嫩绿黄瓜的深绿，白菜的淡绿青椒的苹果绿……即使外边白雪皑皑，菜市场也是满园春色。巧儿的菜摊子规矩整洁错落有致，随随便便又恰到好处。小时候她就喜欢扎绿头绳穿绿裙子，绿色是快乐的颜色，前边总有那么多好事在等着。

现在日子好过嘴巴倒难伺候了，好多人都对着菜摊颇费脑筋，眼下谁的嘴巴不是吊在树梢上。问问你自己都想吃点啥？说不出来吧，嘴巴都让丰衣足食的日子给惯坏了，没有谁的胃口是那么好应付。老太太家有个脾气倔强的老头，老头嘴刁，老太太炒肉他想吃鱼，老太太炖白菜他想吃萝卜，凡是老太太做的都是他不想吃的，凡是老太太没做的都是他想要的。老太太直想抽他，老太太就是活动活动心眼儿，不敢把他怎么样。老头血压高老太太成天哄孩子似的顺着他。老头现在每月养老金四千多块，老两口面对现在过高的物价表现得非常从容。老太太拉上老头去买菜，想吃啥你自己挑。巧儿嘴甜，大爷大妈叫个热闹，建议他们蒸芹菜馅儿包子，芹菜降血压，对软化血管也好。老人饭食简单，再拌个凉菜，一顿饭就解决了，最好拿苦瓜拌虾皮，苦瓜降血糖又解疲劳，虾皮还能补钙。老头在家里唧唧歪歪，在外边却像个懂事的孩子，好，就听你的，就听你的。真是个慈祥的好老头。

不光老头，老太太小媳妇怀着孩子的大肚婆，巧儿都会细细致致给个很好的建议。她悄悄在书上背下好些医疗食谱，西红柿清热解毒，菠菜通便利尿，茄子降低胆固醇，土豆健脾健胃还能辅助治疗十二指肠溃疡……当然有效果，那个常年便秘的老太太都要给她送锦旗了。看出来没？无论哪个领域，知识永远是力量。

巧儿的菜摊前车水马龙，这孩子对光顾她的人心存感激，她似乎已经看到了希望，甚至比希望还要远的地方。钱是个好东西，可生活到底不容易，举手投足都要良苦用心，她一定踏踏实实稳扎稳打抓住机会，买她二斤芸豆，她回手往你袋子里扔两根葱，称几个茄子，她也送上个小辣椒，看你手指头上钩着左一个右一个塑料袋，她会送你个大口袋，帮你把东西都归置到一起。她仿佛要把自己的那份热情统统变成美味青菜的滋味，择菜、称菜、装菜，她的指尖在青叶上弹出缤纷的音章。

总有人拿上自己的手艺让巧儿尝，巧儿吃饭不挑不拣，什么东西到了她嘴里都特别有滋味，天生好胃口。她一日三餐基本都在菜市场一边做着生意一边给解决了，油条豆浆烤饼花卷儿包子各种小炒凉拌菜……菜市场里应有尽有。赶上哪天卖钱多她还奖励自己一下，买只鸡腿，或称半斤肉馅和上糯米粉炸个小肉丸子。炸小肉丸是她们那儿的地方小吃，跟娘学的手艺，把肉馅糯米粉和一起，里边多加水和葱花，用文火炸，这小肉丸又香又软，还没张嘴香味儿已经钻鼻子里了。那天就把小美的馋虫给勾出来，美味的诱惑，小美上来呼呼呼吃个精光。

小美嘴头一蹭，一个好念想像那些小肉丸似的在她肚里跳来跳去。她让巧儿从菜市场把东西带回来，量小但品种繁多，一个土豆一根黄瓜两条小鱼儿只鸡爪……桌子上见红见绿麻油土豆丝炝拌黄瓜红烧黄花鱼香辣熏鸡爪。小美细嚼慢咽，有时还来上几罐啤酒。在家里吃饭的感觉这么好，早没发现，瘦丫头原来是个宝藏，不知道里边还藏啥金贵。现在只要没事她就在家里吃，晚上逛街也先吃了饭再去。她还在网上给巧儿找菜谱，巧儿心灵，居然能学个八九不离十。吃过饭巧儿报账，黄瓜五角土豆一块小鱼两块……真省钱。小美在外边一顿麦当劳还几十块呢！小美漫不经心地掏出钱，如果有零头还会豪爽一下，不用找了。青菜是自己的，鱼呀鸡呀都是巧儿用菜在市场里换的。能赚个三两块的，这钱她挣得心安理得。

小美认为有必要向他人展示一下当下的生活了。她们有高档服装有名牌化妆品，她们有保姆吗？

那晚小美穿了件丝绸面料的家居裙，宽宽松松，领口袖口肩膀都缝了许多奇怪的丝带，她掐着腰扯着嗓门指挥巧儿干这干那时，那些丝带好像鱼的胡须一样乱串，巴掌大个小屋就要被撑爆了，林翻着画报，几个女伴趴在床上打电子游戏。巧儿就是小美手中遥控的机器人，倒烟灰拿毛巾涮杯子烧茶煮咖啡把西瓜切成小方块儿插上牙签，小屋里噼噼啪啪响着她零碎轻快的脚步声。饭桌上冷菜热菜煎炒烹炸，主食是黄花鱼饺子，鱼肉馅是巧儿从一个个巴掌大的小鱼身上剔的，香味顺着地面跑。小美你请来个大师傅啊！此时的小美又得意又谦虚，哪里哪里……巧儿你再烧个牛尾汤。哪吃了这么多东西？吃不了没关系，看着也舒服，关键要个气势。小美几乎亢奋了，饭桌上的笑声朗朗一串接一串。

巧儿回来前在菜市场吃了个大烧鸡腿，早有准备，晚上小美请客哪还有自己吃饭的空。小美告诉她一定早回来，中间还来过两次电话吩咐她买这买那。今天的大鸡腿小美买单，她又从中结结实实赚了一把，相当于卖两大筐菜。屋里边又吃又笑又打又叫，这城里人二十大几了，却跟个孩子似的，一群夜猫子。她前前后后转了几十圈，也没人说让她上桌吃点饭，那个叫林的倒是客气一下，你也歇会吧。巧儿羡慕他们那份悠闲快乐还有漂漂亮亮的打扮，可也有让她瞧不上眼的地方，叽叽喳喳的多半都和小美一个样。闹你们的吧，俺明一早还得进货去。巧儿钻进她的小窝里，爹娘这时候也该睡了，月亮照着家中自己那个空床……床铺忽然越来越大，吃饭的桌子坐着看电视的沙发放衣服的柜子装存折零钱的五斗橱都摆在上面，床铺还在长，就快长成一个房子了，已经长成一个房子了。巧儿在里边又蹦又跳，她还像小时候那样在地上翻起了跟头。灯泡怎么坏了，接触不好似的一眨一眨的，嗝，一股浊气扑面而来，起来，买、买啤酒去，小美拔萝卜一样拽她胳膊。

已经夜了，还有星星点点的灯光在楼群里闪烁，风吹着树叶沙啦沙啦响，巧儿闻到了近乎田地里的味道，这味道很亲，像有家人在身边，出门时林跟了出来。小美她脸红得像个灯笼，喝多了吧？还真是没少喝。那一会儿就少买点，只说太晚全给卖光了。好，真聪明。这么晚了，你们还要喝多久？谁知道，反正我送完啤酒就回了，明天还上早班。那，林往前一指，我就住那楼上。原来林就住在菜市场对面。那楼的人常去我摊子买菜，怎么没见过你？一个人东一顿西一顿基本不开伙。闲聊中他们知道了彼此竟是同乡，两村的距离不足二十里路。

话匣子就这么给拉开了，林知道了巧儿的哥哥在家包下一片果园过得很不错，巧儿也知道了林的妹妹在乡里一个砖厂打工很辛苦。巧儿还是第一次和一个男人独自走在深夜里，天上的月亮好美，姑娘脸蛋似的圆圆一盘挂在头顶，星星明丽在周围，新衣服上的扣子一样缀在天边。林又高又结实，脚蹬旅游鞋胳膊套着护腕，这一切都配合着他身上那股子健壮劲儿。他的脚步均匀轻快，夜色被他搅动得眩眩晕晕。

几乎所有的朋友都知道小美找了个烹饪手艺不错的保姆，让她上东不上西，让她撵鸭子不撵鸡，那小瘦丫头被小美支使得脚踩风火轮，嗖嗖嗖，直叫人看得眼晕。林现在的任务是为小美头部按摩肩部按摩腰部按摩敲打后背……小美让他拿碟片当教材，错了错了，穴位不对，看看笨的，照猫画虎都不会。看看俯首帖耳的巧儿，瞧瞧言听计从的林，从前的千金小姐不过如此，小美的心情好比四月芳菲天。

小美每次请客前巧儿都先给自己来个大鸡腿，这样力气有了心里也舒服了。在家秋收时，娘顿顿做大鱼大肉来补充体力。林偶尔会来摊子上看看，林觉得她像家里的妹妹，那么瘦弱却那么能干。巧儿说不行也让林妹妹进城卖菜，又四下里瞧瞧偷偷说，赚头大呢。林愿意和这个小丫头聊天，他们总能找到有趣的话题。林说小时候常领着妹妹去钓鱼，他拿两个小板凳，妹妹抱口小白铝锅，锅里放着盐面儿和勺子，到河边先用石头垒起个小灶，钓具简陋，就是竹竿上拴根线。也没有漂子，直接把线甩在水中，看线头动了，提起来就是一条，都是三四寸长的鲫鱼。钓上来一条妹妹刮刮鳞洗净，就手放到锅里。不大会儿鱼熟了，再撒上盐。他俩一边吃鱼一边继续钓，后边的鱼让妹妹一个个用草棍儿穿起来，傍晚时他们夹着小板凳拎着鱼抱着锅走在乡间的田埂上……巧儿的童年更值得炫耀，下过雨，太阳一晒，空气潮乎乎的，闷闷的，蘑菇就出来了，巧儿心思细密，她没像旁人那样钻进林子瞎猫碰死耗子乱找，她发现离林子不远的坡地上长着一圈圈草，颜色特别深，黑绿黑绿的，蘑菇就长在这一圈圈的草丛里，又大又肥，滴溜圆。那年蘑菇发疯了，呼呼长，好像有鬼似的，看着都吓人。巧儿兴奋极了，心里怦怦直跳，好家伙好家伙这么多，发了发了。一个个用线穿起来，足有十几串。她去集市上用蘑菇换回了书包铅笔盒钢笔头花小镜子红头巾。林发现巧儿从小就能干，和她聊天特别轻松风趣，总能找到共同的快乐点。看得出巧儿还挺崇拜他，被人崇拜可是件让人受用的事。碰上小美请客，林就过来帮忙往回拎东西。林喜欢吃家乡的小肉丸，正宗的肉丸要手工剁馅，巧儿买来肉和糯米，那肉被她挥着膀子砸成泥浆。

菜市场维修电路中午关门歇业，业户们一面抱怨着耽误买卖，一面又想着如何来利用这珍贵的半天，他们从没有节假日星期天，摸爬滚打一混一天。男人们相约着喝酒去，女人们嚷着逛街，巧儿只想踏踏实实回去睡一觉。昨晚小美她们折腾得太晚了。

进屋时巧儿还以为那床上放着个大号白炽灯泡，怎么还来回骨碌，呀，竟然是一颗大脑袋。这颗闪着光的脑袋下边还压着一颗小脑袋……巧儿心里特别委屈，像是被谁欺负了，小美让她见识了这世上最肮脏最丑陋的东西。这事儿电视里常看见，本以为戏里的事应该离生活老远，却活活生生就在身边，又恐怖又突然。那人老得脑袋都没毛了，她知道小美贪图什么。尽管小美不友善，可心里对她的仰慕始终都在。这就像一个孩子看到一个又圆又红的苹果，拿在手上却发现苹果心已经烂掉，失望失落百感交集。巧儿忽然觉得自己很了不起，自己吃的穿的用的样样脚踏实地，挣的每一分钱都是那么干净，就连赚小美那份也是她劳动所得。

再碰面小美还和原来那样，没看出她有多脸红多不好意思，倒是巧儿像做了亏心事，总是躲闪着回避着，怎么给反过来了？巧儿生气，气自己没出息，也气小美脸皮厚。小美的尴尬掖在心里，她不能让这卖菜丫头看出她和先前有什么两样，再说也没碍她什么事，乡下人少见多怪。知道她和林是老乡，愿意告就告去，反正他们也不会有结果，一个吃顿麦当劳都算计的人能有什么出息。

日子依旧和从前一样，小美需要洗衣服扔卫生间，需要回来吃饭打电话。只是不再疯狂请客。巧儿无所谓，住一天省一天钱。林常来菜摊子转转，说希望妹妹也能进城做点小买卖，在砖厂累死累活挣不到几个钱，如果来想让巧儿带带路。没问题，巧儿讲只要能吃苦做个小买卖没有想象中那么难。林虽说上个末流大学却是一流收费，前几年家里为他花了不少钱，现在怕是支个小摊的费用也吃力。况且林在城里也不稳定，现在大学生一球一球的，想找个合适工作比中彩票都难。这两年他左手挣右手花，还有个小美帮忙消费。林知道小美就像他房檐上落着的一只鸟，说不定哪天就扑啦啦飞走。这事嘛，也不难解释，一个近三十的男人无论面子上还是生理上都需要个女朋友。让她先打工等攒够了本钱再自己干。巧儿说她就是这样。妹妹来住也是问题，林现在跟三个人合住。她要来就去小美那儿好了，反正你们将来都是一家人，我去老乡那边，先前我们一直住在一起。这话带着探询的意味了，她倒要看看……那件事一直塞在心里，巧儿不会冒冒失失打破砂锅。如果林是个痴情脑瓜一根筋，说什么都没有用，反会弄得自己两面黑。电视里这事没少见，人生如戏戏如人生啊，凡事不能轻举。一家人？林苦笑，这一笑让巧儿心里亮了。噢，这样，她不愿意打工就和我一个摊位好了。

巧儿进回一盒鸡腿菇，如果林妹妹来和自己卖一样蔬菜怕是不妥，现在菌类吃食不少，灰蘑黄蘑鲜蘑……先试试效果。当天进货回来晚怕放市场有闪失就给捧回来，鸡腿菇贵，还是给林妹妹打的前站，所以在某种意义上显得更为珍贵。小美进门给绊了个跟头，什么东西呀，这个大盒子。鸡腿菇，给林妹妹打前站。这话就像泼出去的水一样，巧儿意识到也晚了，小美恶狠狠踢在箱子上，这里又不是库房赶快拿出去。巧儿把纸盒箱抱到床上，今晚它和我一个被窝。小美才懒得管他们之间的事，无非是萝卜白菜土豆这些个玩意，小美和同事闹别扭她心烦。

隔一天巧儿晚上回来，碰上小美和一个女伴准备去逛夜街，巧儿忽然问小美的耳环多少钱。小美愣住，她们之间从来没有过这方面语言交流。有事吗？二马路的五爱批发市场才十几块钱。那天我上完菜进去转一圈，样子可多了。你说什么？我这都是在时尚精品装饰屋选的，不是那些破烂货。小美腮帮子都鼓了。肯定都是在那儿上的货，要不哪天我带你去看看，一百块钱能买一堆，精品屋最黑了。巧儿表情里充满对精品屋的愤怒。小美冲进屋拿出一本时尚杂志，你看你看，我这款是香港货。女伴看看杂志又摸摸小美的耳环，你这好像跟书上不太一样。小美的胸腔里燃起熊熊火焰，要是现在她手里有把枪一定会对准巧儿的脑袋嘣、嘣、嘣……

现在相熟的伙伴们都在讹传小美浑身上下全是地摊

货。家有保姆这事刚刚为她树立的尊严和信心转眼间被打得落花流水。她那些耳环链子的确不是什么好东西，可姚送的手机钱夹子却货真价实，现在完了，真的也被说成冒牌货。如今什么叫朋友啊，谁心里不是揣着一杆秤，称称自己分量，看看别人的斤两，两下一比较，所有的辛酸苦甜都出来了。比上去笑逐颜开比下来眉头紧锁，人活着的目的好像就为一决高低，哪个不是气人有笑人无。这个瘦猴实在可恶，小美克制着怒火没有将其扫地出门，洗衣服做饭打扫卫生分摊水电费，太现实了。大动作不可取，小小的刁难和折磨还是必要的，还是可以解心头之恨的。

小美晚上早早钻进卫生间，洗过涮过就舒舒服服坐在马桶上听音乐看画报，巧儿内急在门口转圈，急你的去，小美拧开水龙头让水流淙淙着。这招损了，巧儿肚子里的水就快涌出闸门。敲门不开，巧儿噼里扑通跑到楼下，还找什么公厕，墙根解决吧。为安全，巧儿买回一个塑料便盆，小美不高兴，这么个东西放家里多不雅观。巧儿把便盆拿进卫生间，再遇到紧急情况我俩各不耽误。巧儿还偷偷把门锁上的弹簧卸下来。小美又在门厅那儿换上一面大镜子，晚上她对着镜子放音乐做健身操，紧紧挨着巧儿床边。别说放音乐，敲锣打鼓又怎么样？所有的疲劳最终都化成香甜的安眠，她们卖菜一个姐妹在公交车上站着都睡着了。

一切都是看在钱的分上，一天的房租她要称十几秤，卖二十多斤菜，叔叔婶子大爷大娘大哥大姐地叫得嗓子冒烟。钱是巧儿面对一切劳苦的精神支柱。她很清楚小美这些小打小闹都是小驴拉车，不会有太长劲。

小美耳朵坏了，都是戴那些破铜烂铁戴的，她耳朵上包着白纱布。巧儿脑子里的某一根神经兴奋，她决定去扎耳朵眼儿再买副金耳环回来。金子可是好东西，保值增值还能传给下一代呢。戴上金耳环的巧儿心里从容多了，一种莫名其妙的底气从深水里浮出来。物质竟会如此之神奇如此之高效，它不只是心情心境上的愉悦，甚至连带境遇……巧儿心里豁然开启一扇窗，从窗口望过去，她看到了路上的风景和与风景相伴的自己正朝这边走来。

没等收摊巧儿就先跑回来，她买了一大堆好吃的，鸡腿猪爪黄鱼青虾，还有水果蔬菜和炸小肉丸的材料。今晚她要请小美大吃一顿，这事在她心里酝酿有一阵了，她还头一次在吃食上花这么多钱，痛快！以前从没这么隆重请过谁，最多和姐妹们三块五块一碗拉面两个包子，今天她必须请小美。小美最近好像忽然消停了，不霸占厕所不开音响也不安排刁钻费力的饭菜。折腾累了？

小美躺在床上，脸如涂了一层蜡，小美被炒了。被炒的原因很简单，她和姚的事露馅没法继续留下。其间又接到房东电话，月底合同到期人家把房子卖了。小美知道即便续租她也没这个能力，今年的租金比去年高出两倍。要是平时节省一点还好，工作住房这突如其来的两拳把她打得两眼金花。如果这时候有林为她揉揉肩膀，一切似乎还不至于那么糟。这家伙哪儿去了？得尽快跟巧儿打个招呼，也让她提早准备。这么个干巴人白天卖菜晚上还要干那么多家务，真难为她了。前一阵自己还把她折腾够呛。人只有在不如意时才会反思一下。我……下个月不住在这儿了，房东把房子卖了，你也尽快找地方吧，一起住了这么久，谢谢你照顾我，小美说话时喉咙里像塞了颗酸枣。这个，我也有件事要和你说。小屋里前所未有的和谐，真像一对好姐妹在说知心话。那天水管漏你让我在家等房东，她无意中说要卖房子，刚开始是随便打听，后来想想干脆自己买下来。首付五万，剩下是经常买菜的一个大姐帮我贷款。我一直梦想着当个城里人，可不知道怎样才算是真正的城里人，我的几个老乡为这把自己嫁进城，结果不好，不是给人当后妈，就是嫁个瘸子聋子。渐渐想明白只有努力赚钱在城里买下个房，才算真的在这地方扎下根来。还有件事巧儿想像好姐妹那样和她分享，但现在肯定不是时候。巧儿有男朋友了，猜到了吗？是林。买房子前前后后的手续都是林陪她一起跑。巧儿决定买房子那一刻，几乎在瞬间林就对她产生了倾慕之心。屋子虽小，却可以安身立命。这里不完全是功利，有很大成分是感动，一个瘦弱的乡下姑娘，那么努力那么辛苦，又那么坚强乐观。和这样的人牵手轻松踏实，累了还可以在她肩上靠靠。他很牵挂家里的妹妹，为供他读书妹妹一直默默地任劳任怨着。现在他可以顺理成章把妹妹带进城交给巧儿，巧儿愿意为他做任何事情。想想小美，那不过是虚妄，不过是年轻那股子冲劲儿，不切实际。还是回到现实里来吧，他还有妹妹和巧儿，他们三个都是泥土里摔打出来的乡下孩子，老天赋予他们的最大资本就四个字——吃苦耐劳。和小美在一起，他那乡村人特有的品质几乎丢弃。巧儿身体力行唤回原本的自己。他们将利用吃苦耐劳的优势，努力经营，相信未来一定会很温暖，他们会让小屋子渐渐茁壮成大屋子的。小美的心情简直没法形容，她马上意识到一个不能回避的问题，她该夹包走人了。可往哪儿去呢？在你没找到房子之前就住这儿吧。巧儿的眼神里有胜利者的自豪还有好心眼儿的怜惜，我，刚刚没了工作，怕是……不收你房租，你要包揽所有的家务活呀。这个……呵！逗你玩，说实话，你那把活计我还真看不上。没吃饭吧，她指指那堆东西，都是你爱吃的，今天我请客，这有个糖酥饼你先垫垫。小美真饿了，结结实实咬一口，有一滴眼泪流进嘴里，眼泪咸咸的，糖酥饼甜甜的。

# 我的那些花

百灵老师亲眼目睹了暮色是怎样被黑暗涂成了夜色，然后夜色又怎样被晨光一点点稀释染白了窗子，她的眼睛从早晨穿过，一路走进下午的尾声，再去迎接黄昏的背影和月亮的脸蛋儿。这日落月升的交接过程，她已静默地观赏了三天。三天里她不知困倦不知饥渴，活像个得了道的仙子。那肚子里的馋虫和脑子里的睡眠鸟跑得无影无踪，它们都跑到哪儿去了？

百灵是个非常优秀的人民教师，在几十年的教学生涯中，她得的奖状和小红本本能铺满一张超大双人床。三年后把手上这班学生送到中学里自己也该到站了，她曾无数次在心里描摹过那最后一课的场景，“同学们，这是你们在小学时代的最后一堂课，也是老师在这个讲台上的最后一堂课……”阳光从窗帘缝儿里钻进来给孩子们脸上镀了层淡淡的光釉，有好多颗小珍珠在上面跳，孩子们哭了，她不知道，其实是自己最先下起了毛毛雨。孩子们献上他们的小礼物，纸飞机、小风筝、水彩画、鲜花……百灵老师和孩子们拥在一起，花团锦簇朵朵向阳开……浪漫、感动，一个圆圆满满的句号。

现在躺在床上的百灵老师非常清楚，那个句号她是再也画不圆画不满了。就在几天前，她被请出教室请下了讲台。

有段时间他们这个地方闹哄着要地震，饼干面包矿泉水呼呼卖，最后面包都脱销了。接着大报小报开始辟谣，整整辟了一个星期，谁说的？有本事拿出证据来，扯淡。这股风被报纸猫撵耗子似的给驱逐了，现在风平浪静连树梢都一动不动。本来嘛，现在天大的事热闹过了也就完了，人们最看中的还是眼前的现实生活。

天知道怎么回事，这股风被报纸追得七拐八拐最后逃命般踅进百灵老师的大脑皮层里。那天她正给孩子们上课，墙上的黑板忽然晃起来，一下两下三下，天！她大脑皮层里的神经猛然炸开，地震了，孩子们一窝蜂似的跑出来，百灵殿后，快，快往操场东头跑。操场东侧拐角那儿是整个学校里最安全的位置，教学楼围墙篮球架大树都威胁不到那儿，百灵老师认为除非地球翻个个儿，否则那地方比泰山都牢靠。好多天前在人们哄抢面包矿泉水时，百灵老师就在心里找准了那个位置，她做事从来有板有眼不打无准备之仗，未雨绸缪嘛。她还专门画了张图，用目测用步量，还用开玩笑的口气探寻过门卫张老头。这地方是经过反复求证过的，安全系数百分百。每天早晨她都要往操场东侧那儿瞟一眼，看过心里就踏实了，像吃了颗定心丹，然后便神清气爽地推开教室门，阳光洒在一个个小脑袋上，每一个小脑袋都是她精心侍弄的花，修枝剪叶浇水，无论如何不能伤害到这些花，操场东侧拐角，天衣无缝，阿弥陀佛。

她和孩子们站在操场上，头发被太阳烤得冒出烟也没见任何风吹草动。权把这当成一次热身好了，真遇到紧急情况也不至于太慌张，部队还搞军事演习呢。

没过几天，百灵老师又做了同样的热身。可以对天发誓，她真看见水杯在晃，而且绝不是晃一下。接下来的两次热身是孩子们自发的，自习课一个小孩儿把铅笔盒碰翻了，班长一声号令带着大家跑到那个百灵老师认为最安全的地方。最后这次是棚顶一块墙皮落在一个孩子头上。这次热身的规模比先前几次要大，随着孩子们的叫喊隔壁班的孩子也跟着参与进来，因为隔壁班从没经过这样的训练没有经验，所以脚步就显得格外慌张混乱，后边孩子踩掉前边孩子的鞋，前边孩子又推倒他前边的孩子，这样就有一个孩子的门牙被磕掉，另一个孩子胳膊脱臼，还有个小腿骨折的。当天百灵老师就被请进了校长室。

新来的校长年轻，三十出头那样儿，脸白白的，眉毛弯弯的，嘴唇薄薄的。她把百灵老师请进那个厚墩墩的皮沙发上，并对她在几十年的教学生涯中所取得的成绩给予了充足又充分的肯定。她说您是把一辈子都奉献给我们教育事业了，看看您斑白的两鬓，再看看您眼角的鱼尾纹。百灵老师心说，我有那么老吗？再说昨天刚染的头发今天就冒白了？不行，抽空得找发廊说说理去。校长那两片频率很快一张一合的嘴唇色彩鲜艳明快，形状也相当说得过去，其间鲜红的舌尖还不时探下头儿，上下一舔，又迅速缩回去。可眼下这事，唉，年轻的校长忽然叹了口气，一连串的辅助工作后话题终于进入实质性阶段，结论是让百灵老师从明日起带着几个学生值周。百灵老师觉得有必要跟校长好好解释解释，她说，那天我真看见杯子在晃，不然跑什么？疯啦。当时我像老母鸡似的护着孩子们，直到看着最后一个孩子跑出来。操场东侧那是整个校园里最最安全的地方，我做过详细考察，有理论依据，不信可以找专业人员来问问。这绝对不算坏事，起码孩子们在应对突发事件的处理能力上有所长进，那天我看报纸上说有不少中小学针对这方面已经开展了相应的指导和训练。你看我们学校是不是也该……当然，在训练过程中肯定要有磕磕碰碰，但比起生命来那些小磕小碰算什么？胳膊折了可以接，牙掉了可以镶，生命呢？……不管百灵老师怎么慷慨陈词，年轻的校长依旧维持她的结论，让她从明日起戴上红胳膊箍站到校门口值周去。

百灵老师看见原来老校长窗台上的那些月季花被年轻的新校长堆到北阳台，现在窗台上是一盆盆娇贵的名花。她替月季难过更替自己难过，一难过不要紧，眼睛也红了鼻子也酸了喉咙也哽了。有泪珠从眼角滚滚而出，开始是春天的小雨淅淅沥沥，接着是夏日的大雨哗哗啦啦，后来发展成瓢泼大雨暴风骤雨，再后来洪水来了，要决堤了。有好几个老师都拎着水桶来救援了。年轻的校长把百灵老师揽在怀里，一只手还舒缓地拍着她肩头。百灵老师哭得气喘吁吁，看来哭也是个体力活。

校长派小林老师送百灵老师回家，这个小林老师和她儿子年龄差不多，她一进门就大呼小叫说百灵老师家房子又大又漂亮，你家挂钟有点儿意思，像个车轮子，这个是你儿子吧，蛮帅的。她这儿摸摸那儿瞧瞧像是来串亲戚的。回头看见躺在床上的百灵老师，就帮她倒了水又拿了水果。百灵老师说你去忙吧，我没事了。后者好像还有点舍不得，说你家真好，哪天我再来啊。

第二天百灵老师没戴着胳膊箍值周，她给校长送去一份诊断书，校长像看见一张奖状那样喜出望外，好啊好啊，是该好好歇歇了。放心，一切待遇和从前一样，过几天学校分豆油，我让人给你送过去。百灵老师用保持沉默来显示定力，嘴角始终挂着一抹淡淡的笑，决不让心酸的内幕泄露，决不让轻视的目光扎到身上。在操场上百灵老师碰见班里几个学生，一小孩儿问，老师你病了吗？另一小孩儿问，老师，什么叫更年期？不知打哪儿又冒出一颗脑袋，傻瓜，更年期就是神经病。啊！

百灵老师教室里的岁月咔嚓一下没了，她躺在空空荡荡的房间里，都能听见灰尘在往下落。百灵老师乐意教书，她也只会教书，二十出头到现在，她在讲台上一站就是三十年。

百灵老师教书育人相当有一套，这里我们可以举几个小例子。每天早晨她都利用十几分钟分别让三个小孩儿上台来背一首诗唱一首歌或讲个小故事，说个笑话也成，人人都能轮到。一个小男孩儿说自己不会唱也不会讲，就会跳绳。跳绳也行。每次轮到这孩子他都拿根绳子在前边跳，绳子越跳越精致，前编花后编花，双跳连环跳，跳到五百个都不间断一下。有个小家伙课上折纸飞机，教室里每个小孩儿脑袋都是他攻击的对象。百灵老师说他手艺差，有本事一下子飞到讲台上来。课后她交给那孩子一个任务，你把这些彩色纸都折成帽子，要礼帽，下周文艺汇演全靠你了，这可比折飞机难度大，有问题吗？没——有。这小家伙绝对是个能工巧匠，不仅折了帽子还折了手表和眼镜。百灵老师生日那天，他折了一串千纸鹤悄悄挂在办公室门上。还有个喜欢动拳头的胖墩儿，打了人还蹦高喊自己没错，小脖子梗梗着像只好斗的公鸡。百灵老师说，我把你叫到办公室并不是想批评你，我相信如果不是他先惹你，你是不会动手的对吗？我还要表扬你，刚才老师叫你放手你马上就放手了，这说明你是个听话的好孩子，为这老师该奖励你才是，这有一块糖……孩子们爱看动画片《喜羊羊和灰太狼》，百灵老师就在白布上缝上卫生纸做成小羊模样的斗篷，把班级里发生的小故事编进去让孩子们表演，谁表现得好就可以当主角喜羊羊。对小孩子嘛，一是要耐心，二是要爱心，把这两颗心摞一块儿，再顽皮的孩子也会被你调理得妥妥帖帖的。

百灵老师和孩子们相处得甜甜蜜蜜其乐融融，因为工作业绩，她本来可以去做教导主任的，两任校长都找她谈过话，她才不稀罕当官呢！在自己班上那并不广阔的一亩三分地里春种秋收多好。浇水施肥除草，那地里的小苗们一天一个样。刚刚入学的孩子可能连笔都不会拿，可要不了多久，他就会组词会造句还渐渐会写作文了。那个口吃的小姑娘终于敢站起来朗读课文了，那个爱说脏话的调皮鬼早晨在校门口向她问好了，虽然声音很小，像在嗓子眼儿里骨碌。那个爱动拳头的小家伙正帮同学抬桌子呢。再细看看，他们一个个长高了变壮了还换了乳牙。

在这方小天地里百灵老师要风得风要雨得雨，她想当太阳，那些向阳花就会朝着她开。在这里她的话是圣旨是准则，孩子们崇拜她尊敬她爱戴她。地球围着太阳转，孩子们围着百灵老师转，一分耕耘一分收获。

因为和孩子们朝夕相处，百灵老师再走进成人世界时就显得吃力了。她和虎子爸去应酬饭局，酒桌上大家推杯换盏觥筹相交，连祝酒词都引经据典气壮山河，不过祝酒词往往只说一半，剩下半截被那人留在肚子里，即便说出这半也好像有什么潜台词藏在其中。这些文人墨客把汉语言升华到了绝顶程度，说一句话至少能有三个以上的层面供你理解。褒不是贬不是夸不是骂也不是，到底什么意思嘛。可把百灵老师急死了，她堂堂全市语文学科带头人居然连话都听不懂了。这样的讲话方式她没法适应，课堂上她哪句话不是旗帜鲜明直奔主题，为了让孩子们领会得更清晰透彻，她还得掰开碾碎了喂给孩子们。

还有那些让人晕头转向的段子，很露骨的，百灵老师体温直线上升。谁知道李白他老婆孩子都叫什么名？想想，真笨，他老婆叫照香炉儿子叫紫烟啊。怎么回事？日照香炉生紫烟嘛。哈哈哈……百灵老师这厢还没反应过来怎么回事，那厢已经笑得南流北淌了。百灵老师像个哑巴似的坐在那儿别提多受罪，要不是碍着面子早跑人了。其间倒是有人跟她嘘寒两句，教小孩儿累吧，听说你们又涨工资了。

虎子爸是个有名的编剧，不然她一个孩子王怎么可能和这些文人墨客坐一起。现在电视里正热播的连续剧有两部就是虎子爸的大作。虎子爸笔下的故事繁茂芜杂花枝招展。有人说他的作品很好地把握了恋情与艳情、奸情与色情之间的那根筋。虎子爸自有一套理论，他说比如男女要组成一个家庭，最重要的是什么？是两个人要一致，一个花心一个痴情这就不一致，就会造成伤害甚至灾难，如果两个人都花心反而会志同道合相安无事，把日子打发得热热闹闹的。根据这样的逻辑思维写出的剧本，写一个火一个。百灵老师认为虎子爸的故事太曲里拐弯，现实生活中人要是这么折腾，还不给折腾零碎了。虎子爸不屑，你懂什么？所有的故事都是真实的，它不是已经发生就是将在以后发生，虚构是暂时的，这大千世界装得下所有故事。虎子爸的话很有哲理，百灵老师似懂非懂。不光虎子爸，现在的人讲话都特别有水平，总喜欢给你留下遐想和理解的空间，说一半含一半，虚一半实一半。百灵老师和成人相处就有种莫名的惶恐，人家都跑出几百米了，她还在原地傻站着，等她刚要迈步，人家已经开始轻轻松松往回溜达了，根本合不上拍子。百灵老师还是愿意跟孩子们在一起，他们无知懵懂，仿佛一只只小兽，尘世的风霜还没有来得及在他们身上留下痕迹，黑白分明心直口快，干干净净一个人，清清爽爽一颗心。

虎子爸很少和百灵老师探讨他的作品，在他眼里她最精通的就是 a o e b p m，把一个苹果切成六块给三个小孩儿分，每个小孩儿得几块。他曾想通过关系把百灵老师调到教育局去搞行政，百灵老师不去。

百灵老师很少看电视剧，不过她觉得写剧本倒是件很过瘾的事，敲起键盘就成了皇帝，想让谁死谁就得死，想让谁活谁就能活，想让你丑陋你就别想漂亮，想让你瘫痪你就别想下床，在这里善恶美丑生死存亡由他说了算，皇帝都赶不上他神通。百灵老师还是喜欢比较接近现实贴近生活的东西，她曾建议虎子爸写写她的老家还有那里的老爸老妈，她认为爸妈是很值得写的，虎子爸说写倒不难，只可惜没有卖点。

百灵老师从小生活在乡下，秋天里村子到处流淌着饱满的气息，庄稼成熟了一片又一片，红的是高粱黄的是玉米谷子白的是棉花，这些缤纷的色彩在大地上尽情铺展，一直铺到天边，还有花生红薯，它们藏在泥土深处，蓄了一季的心思，早已膨胀了身子，有些等不及了。百灵老师和弟弟也等不及了，肚子里的小鸟早咕咕叫开了。

村上的孩子都盼过年，百灵和弟弟就盼爸回来，爸在乡上教书，每月回来一次，爸回来那就是过年啊。别的孩子一年就那么点盼头，百灵和弟弟幸福多了，月月都是年。头天晚上妈就擦了窗子抹了锅台扫了院子，连鸡窝狗窝都收拾得干干净净，她自己也洗了头发换了衣服，还往脸上涂了雪花膏。那时候在他们乡下，雪花膏简直是天大的奢侈品，一种精巧的小瓶瓶里盛了奶膏模样的东西，芬芳的香气里有股甜丝丝水果糖的味道，清新馥郁，都能让人产生憧憬、幻觉，还有那隐隐约约的爱情。好多年后穿越时光的尘埃，百灵老师偶尔闻到那股清香却有种莫名的心疼，黯然神伤。

雪花膏是爸给妈买的，爸发现小瓶里的膏膏只剩了薄薄一层，再回来就会像变魔术似的又变出一瓶。后来百灵收藏了好多这样的小瓶瓶，如果哪个伙伴跟自己私交好，她就会送她们一个。开始妈还唠叨两句，多浪费啊。说话时她脸颊微微泛红，那是幸福的表情，后来就欣然受之了。

全村的女人百灵妈是最配搽这东西的，她长得不漂亮，瘦还黑，不过，不过她是爸的老婆呀，爸可是村上唯一的知识分子，在他们村相当于学术权威。树上常有一种小虫子，长须，薄薄的翅膀，伏在那里一动不动，待要悄悄把手伸过去，小东西却忽然一张翅膀飞走了。孩子们管它叫老鬼，只有百灵叫它天牛。爸说的，这叫天牛，她理直气壮地告诉他们。百灵爸说的还有错？从此村里人把这虫子也叫天牛了。如果爸说叫地牛村里人也同样不会有异议，别忘了，爸可是学术权威。学术权威的老婆一定要和村里其他女人有区别吧，虽然她是地地道道的乡下人。百灵妈区别他人的标志就是，她搽雪花膏。洗过脸，她把小手指头伸进瓶里蘸一下，蘸出的膏膏有黄豆粒大，点在脑门鼻头和脸颊上，再用巴掌一下下拍开，妈的脸上就有了光泽，那股香气也像妖怪似的缠在身上。傍晚下田回来，谁不是弯腰塌背头发松，还带着一股酸闷的汗味。而百灵妈，也疲惫也辛苦，可身上那股芬芳却在青草蔓延野花点点的田埂上随风飘。村里人开始感叹嫁鸡随鸡嫁狗随狗的古语，他们不会形容这个女人的与众不同，只知道她的身上会流香，屋里屋外的活就她一个人张罗却整天笑呵呵的，说话慢嗓门低，谁家猪啃了她家菜园子她从不破口大骂，也不是胆小怕事，究竟是什么？说不好。他们不知道看百灵妈那眼神，他们更不懂得女人只要感觉被疼爱着，她就会安定宽容，就会包容一切一切的不好。

百灵发现爸要回来那天，妈洗过脸把小手指头伸进瓶蘸了两个黄豆粒出来。

知道爸要回来，百灵和弟弟老早便爬到山顶上去等，从太阳当空到夕阳西下爸总算在远处的羊肠小道上出现了。开始只是一个小黑点，在很长一段时间里，他一直是个小黑点，但百灵和弟弟都知道，那个小黑点就是爸。后来小黑点居然消失了，那是转进了山坳里，等下再出来爸的身影就清晰了。他稳稳地走着，衣扣敞开，露出里面雪白的衬衫，外边那衣服就像半掩半开的两扉门，随着他脚步或开或合地潇洒着，也许是赶路沁出了汗，他轻巧而优雅地掏出手帕，从容地印去头上的汗珠。

百灵爸有文化，他的气质神情谈吐甚至他的微笑和沉默都和村里的男人不一样，无论春夏秋冬都有白衬衫贴在身上，冬天里白衬衫只能表现在领口那儿，却更明眼夺目，仿佛隆冬暗夜里的半个月亮。

百灵爸回来家里的气氛大不一样了，好像刚刚和好准备第二天蒸包子的面粉提前发酵，醺醺然的，甜里面带着一丝微酸，一点儿一点儿慢慢膨胀起来，让人有种说不出的喜兴。妈在灶台前欢快地忙碌着，一边炒菜，一边用筷子打着碗里的鸡蛋，嗒嗒嗒，嗒嗒嗒，锅里喊里喳啦一片热闹。平时百灵和弟弟挖地三尺也翻不到的好东西，这时不知打哪儿一起冒出来，百灵妈把饭菜一样样端上桌，笑吟吟的，她转身子的时候就有一股雪花膏的香气淡淡散开……灯光在屋子里流淌，油炸花生米的香味从饭桌弥漫到院子里，猫急着要钻洞狗急着要跳墙，一片欢腾跳跃的气息，也安宁也妥帖。

百灵妈坐在一旁随时为爸盛饭，也不多盛，一次一勺，她好像很乐意这么左一勺右一勺地盛。多年以后，百灵依然记得那样的夜晚，温暖的灯光可口的饭菜还有忙碌的母亲，一家人围着桌子，香气从碗盘中袅袅升起，那是她人生过程中难忘的盛世。

百灵爸要去地里干活妈却不让，她觉得拿书本的手一旦拿了锄头，就是对书本的不敬对孔圣人的大大不敬。爸还是坚持，可能他觉得不论干多干少，不到地里走走实在说不过去。百灵妈干脆也给自己放一天假，他们坐在院子里榆树下，有一句没一句地说着话，有时候什么也不说，只是静静坐着，爸翻着手里的书，妈纳着鞋底儿，长长的线穿过鞋底儿发出刺儿刺儿的声响，爸偶尔翻一页书，哗。院子里风从树梢上掠过，簌簌簌。小虫子在墙根下鸣叫，唧唧唧。百灵妈偶尔抬头看一眼天，有片流云轻轻飘了过去。

村里人私下说百灵妈配不上她爸，她也隐约觉得有那么点……爸有文化有气质有风度，而妈，一个地地道道的乡下女人，就是一次搽上一满瓶雪花膏也无法遮盖她那消瘦而憔悴的脸。百灵不知道妈小时候是个什么样，可再娇嫩一张脸也扛不住地头上的风地头上那火辣辣的太阳，还有没完没了屋里屋外的活计。

百灵爸妈就是这样，他们端正平和，昵近亲厚，却也淡然家常，一个眼神一个手势，一句欲言又止的话不待开口全都心领神会。后来百灵爸退休回到乡下，一直和百灵妈住在那栋老房子里，百灵和弟弟叫过多次他们也不过来，不只他们，即便现在百灵老师对她的老家也充满着感情。城里除了人多车多楼多，再就怪事儿多，虎子爸说人世间盛得下太多的故事，指的就是城里。他们村子可没有那么多荒诞离奇的事，那里的人简单淳朴，她的先辈们在那里出生、长大、成熟、衰老，然后归于泥土。微茫的喜悦，不多的欢娱，在一生的光阴里，是那么漫长，又是那么短暂。然而，在那淳朴的民风里，却有一种很旷达的东西。比如说，生死，村子里谁家添了丁，谁家老了人，在人们眼里，仿佛庄稼的春天和秋天，发芽和收割，是再平常不过的事情。往往是，灵前孝子们披麻戴孝，红肿着一双眼，接过旁人扔过来的烟点燃，慢慢地吸上一口，容颜也就渐渐开了。院子里响器吹打起来，悲凉的调子中，竟然也有几许欢喜。他们没有文化，却看破了很多世事。

现在爸妈只侍弄一点蔬菜，还养了几只鸡，再就看看报纸，逢了集市还去买点杂物。俩人都年过七旬，妈看上去反而比年轻时白了。妈四十岁五十岁六十岁好像都差不多，除了后来有点爱唠叨，没有根本性变化。爸却不一样，退休后他明显衰老了，头发白了肉皮松了，手上脸上都长了黑斑，但精神头还不错。他总不忘托人给百灵妈往回捎雪花膏，他坚信妈的脸之所以变白，完全是长年搽雪花膏的缘故。后来不光雪花膏的价钱变了，连味道也变了。让人捎了几次也对不上号，他就揣着小瓶瓶自己找，偶尔进城也要去商场打听，那些营业员像看古董似的看着他手里的小瓶问，大爷这是什么年月的事啊，那时候多少钱？她们把柜台上各种各样的小瓶举到百灵爸鼻子底下，都不对，这里一瓶雪花膏居然要上百上千块，可不论贵贱都不对，那股馥郁的芳香飘哪儿去了？一个老头满大街寻找当年两块五一瓶的雪花膏，多好的素材，真想让虎子爸写写自己的父母，他们虽然平凡却是平凡里的经典。

在她刚刚知道选择职业时，她就决定当一名老师，像爸那样有学问。在她刚有朦胧爱情意识时，就决心嫁一名老师。她认为老师是天底下最好的人，有文化有气质有爱心。她如愿以偿，虎子爸最初就是一名语文老师，现在是著名编剧，随着他人气的火爆，家里也进行了轰轰烈烈的物质文明建设，一个三口之家居然分了男厕女厕。说是三口之家，长期留守者只有她一人。儿子虎子在南方一所高校里读研，他爸爸和几个人常猫在一个闭塞的小岛上搞电视剧。

在学校百灵老师和孩子们蹦蹦跳跳一天很快就过去了，晚上倒床即睡，等再睁开眼，天亮了，也没感觉有多孤单寂寞。一个人只要有他钟情的事做寂寞就不会找上门来，百灵成天有一群孩子围着，她和他们一起唱歌一起跳舞一起跑步一起做游戏。怎么说好，一个人固然有他的生理年龄，但心理往往更重要。看看有些年轻的老师，懒散、怠惰，一屁股坐下来能把椅子坐出个坑，整日价哈欠连天，看着比更夫都累。

时光对百灵老师来说曾是那样无边无际一眼望不到尽头，她也曾像个贪玩的孩子，漫不经心地赶路，偶尔一抬头，却发现眼前的路断了，脚下几乎是万丈深渊，她惊出一身冷汗。自己真老了吗，世界开始向她关闭了吗？在记忆里她很少有大白天眼睁睁躺在床上的时候，百灵老师感觉自己像被大浪淘出的一粒沙子，一粒可有可无的沙子。

夜里睡不着打开电视，翻了四十几个频道也没有入眼的，有几个电视剧都是虎子爸那群朋友写的，想想那些人也就提不起看的兴致了。她给他们打电话，他爸那边环境好像很乱，吵吵嚷嚷的，他说这几天写得太辛苦，来周边酒店放松放松。百灵老师说我在家休诊断呢。噢，我这边快截稿了，过几天卡里就会打进一笔钱，到时候你去银行查查。百灵老师还想告诉他校长不让自己教课了，让她站大门口值周去。那边太吵百灵老师就放下电话了。告诉他有什么用？她知道他肯定会说那就歇着吧，多好，我还巴望着歇歇呢。虎子爸认为只要有了充足的钱，身体心情还有状态什么的就没有理由不好，房子、钱、要吃有吃要喝有喝怎么可能不好！必须好。他觉得哪怕一个人病得缩成个球忽然知道自己发了笔财，也会一下子挺直胸膛都能去参加阅兵。他说自己小时候发烧三十九度躺在床上，他爸说给你五分钱买根冰棍去，他来不及穿鞋就往外跑，回到家冰棍吃完了烧也退了。

百灵老师心里虚凉，这个家曾经是多么需要她，那时候虎子和他爸几乎所有的日常需求都要由她来完成。那时候她也真是年轻，站了一天的讲台也不觉着累，下班路上就把购物袋钩满了手指头，一进家门风风火火地冲进厨房。厨房可是她生活中又一个舞台，她像妈妈一样喜欢围着锅台转。注意，这世上有好多女人都在围着锅台转，可那是迫不得已，其实她们在骨子里烦透了那个叫厨房的地方。百灵老师对此处的热情都在心窝窝里，绝对不比她的讲台差。她喜欢厨房里的盆盆碗碗瓶瓶罐罐，喜欢随意摸摸这儿碰碰那儿，喜欢把锅碗瓢盆儿碰得叮当乱响，喜欢灶上的圆火苗在灯光下扑扑闪闪，那火苗上炖肉的香气扑到下面的铁圈上，“刺啦”一声，香气冉冉升起，升腾出一层子的白烟儿。她更喜欢看那两个食客的吃相。当然是虎子和他爸，他们你推我搡地冲到饭桌上，连好吃都顾不上说，只吃得满嘴流油肚满肠肥，百灵老师一天里的辛苦和辛劳就在这一刻化成青烟。要是赶上哪天她闹情绪来个罢工，她的两个食客定会人仰马翻乱成一锅粥，看着吧，他们想方设法来讨好自己了，虎子居然学起了芭蕾舞里的小天鹅，他爸也笨手笨脚地给她削苹果皮。被人需要的感觉真好！

现在谁还需要她呢？她的两个食客的胃口早被大酒店美食城勾引走了，能够慰藉她生命的那一亩三分地的讲台也被取缔，属于她的场已经挥发掉，可供她开垦的田地没了。刚刚自己说休了诊断虎子爸居然都不问句为什么，不行，一定要让他知道自己下了岗，三天里她没吃没喝没闭过眼，不知道怎么行，万一就这么死在床上，等他回来又找警察又找法医的多麻烦，得让他知道自己是自然死亡，也省得法医在身上左一刀右一刀地拉。这事跟别人一点关系都没有。也不能说完全没有，都是那个校长把她弄成现在这个样子，把她仅有的尊严和体面连根拔掉。其实物质上的贫乏到底不能把人打倒，同精神上的磨难相比它简直不值一提。

再打过去虎子爸不接，打了几次也不接。虎子爸这人不仅是个大编剧还是社会活动家，他外交很厉害的，并且交友之道一向不拘一格，富贵子弟大小官员黑白两道，一顿酒的工夫就能使彼此一见钟情。文艺名流商人老板他也来者不拒，下里巴人街头巷尾他更生冷不忌。虎子居然也不接，这个夜猫子在干吗？老的小的都摆什么臭架子。不接就一直打，往死里打。虎子小时候特别黏她，都戴红领巾了走路还要扯着她衣襟。现在这小子越大越不听话，读大学到现在换了六个女朋友，往少里说一个女朋友帮他消费五千块，五六三万，够个孩子完成大学学业了。想到这儿百灵老师忽然担起心，虎子在学校大手大脚，他不会被什么人暗算吧？现在学校里什么事没有，谋杀投毒，这孩子还有女人缘儿弄不好在……她越想越害怕，越害怕越打，手都打麻了。手机被偷了？那也不应该是开机的？她立马在网上预订了第二天上午的飞机票。这期间百灵起来煮了包方便面，又准备几件随身带的衣服和银行卡还有些零零碎碎的，总算熬到天亮要出门，虎子把电话打过来，他说，老妈你干什么呀，我的电话都被你打休克了。百灵老师问为什么不接电话。虎子说洗澡时忘在衣服箱里早晨才发现，老妈有什么事吗？百灵老师说我失业了，学校不让我教课了。虎子说那恭喜你终于成自由人了。百灵老师说我现在躺在床上像台死了机的电脑，都不知道自己还能干什么。虎子乐了，你可以逛街看电影上饭店泡桑拿……爸那边又要截稿了吧，你看你这一晚上把我手机都给打坏了，到现在还吱啦吱啦响。那什么，你再给我买个新的吧，把钱直接打到卡里就成，好了，我要上课了。百灵老师说我正要去你那里，机票都订好了。虎子说这边气温太高怕你受不了，再说我正总复习根本没工夫陪你，你还是在家待着吧，自由自在上哪儿找这好事去？哈，省了路费正好买个3G的。

这一夜把百灵老师折腾累了，她倒在床上刚有睡意，两个收破烂的却在楼下炸锅了，他们你一嗓子我一嗓子地PK，那男的嗓音浑厚，在喊每一句末尾处都会很艺术地转上一个圆润的弯，让人觉得他似乎没费什么劲就喊出来了，而那女的声音怎么听都像一面有了裂缝的破锣，喊到最高处真叫人替她担心，可别给喊破了。这俩人肯定不是一拨的，在这里相遇谁也不想在气势上被对方压倒，就这么声嘶力竭地较着劲。一直以来他们这个小区只有一个男的固定来收，好像是个安徽人，听说还给了门卫不少小恩小惠。今天是怎么了，竟然放进两个来。百灵老师恨得心脏咚咚响，都想拿把刀冲下楼去灭口，觉是没个睡了，她穿上衣服决定找他们理论理论，又一想也怪不得他们，都是保安不是东西。等再交物业费一定把这事提出来。现在是上午十点钟，应该是孩子们做课间操的时间，以前这会儿她正和孩子们一起扭腰踢腿呢。孩子们想她了吗？他们和新老师相处得怎么样？这几天她一直在默默地恭候一个电话，百灵老师身体没事了吧，这边的新老师实在是……现在只能请您出山……学校那边怎么一点动静都没有。

正赶上下课，百灵老师扒着铁栏杆在操场上寻找他们班的小孩儿，旁边还有两个老太太，一个问，你小孩儿也在这儿上学，几年级了？百灵老师说，我哪儿来这么小的孩子，儿子早上大学了。另一个说，快看，穿白球鞋那个是我孙子，这不管完儿子还得管孙子，这辈子光看孩子了，话说回来了，人老了不看孙子还能干点啥。小家伙可招人喜欢了。百灵老师没看见她的孩子们，都跑哪儿去了，怎么一个都没有，又不好意思进到操场里边，她可正在休诊断。上课铃声响起来，鲜艳的小孩儿们像海水一样退去。

百灵老师打电话给虎子，虎子还以为给他卡里汇了钱。百灵老师说，你毕业后有什么打算？其实上次领回那女孩儿不错，要不先结婚也成。虎子说男人要先立业后成家才对，你怎么想起来让我结婚了？哈，想让我生个孩子给你玩吧。这鬼东西。妈，你要是太寂寞就养条狗，那种狐狸狗能换衣服还能梳小辫，都能达到五六岁小孩儿的智商，可好玩了。快点把钱汇过来，快啊。

百灵老师觉得胸腔那儿好像长出一个大洞，没有东西往里填充，更没有办法忽略不计，就这么大敞四开空着，她在街边的长椅上坐下，这里来来往往人真多，有人牵着狗，有人拎着水果或刚买的东西，两个老太太摇着扇子站在路边说话，一群人围一个卖盗版碟的箱子，旁边酒店快餐店里吃完饭的人闹哇哇拥到街上，马路上大大小小的汽车一辆追一辆嘀嘀往前跑，她好像还是第一次这么认真打量这个城市，第一次这样漫无目的坐在大街上东张西望无所事事，这些人都要往哪里去，他们回去后有事做吗？有什么目标吗？他们是不是很被人需要？去投入一份有收益的工作还是赶着回一个叫家的地方？他们的家人在家里吗？

一对恋人走过来坐在百灵老师旁边分吃一支冰激凌，他们张扬地你一口我一口吃得满嘴白胡子，那女孩儿很得意很不屑地拿眼角瞥着百灵老师。百灵老师心想看起来你也没见过多大世面，一个男人加支冰激凌就把你美成这样，真够可怜的，等着吧，要不了多久你那朵花就会一点点蔫巴一点点枯萎，最后的结果是破落凋零。她也在旁边买一支坐下吃，一口下来牙根直打哆嗦，牙怎么也在这时候欺负人，不行，百灵老师奋不顾牙去咬第二口，唇边刚刚触及到那凉物，啪唧，冰激凌那个火炬脑袋一头栽到地上变成乳白色的一摊泥巴。嘻嘻，边上那女孩儿控制不住在拍手。很好玩吗？百灵老师胸腔的空洞一下子积满液化气，煤气罐就要炸开，男孩子怕生事拉着女孩子几下子蹿没影了。还是年轻，腿脚真快。百灵老师看着地上那摊冰激凌一股悲怆夺眶涌出。等下它就要化掉，钻进泥土里连泡泡都不冒，像没有过一样，谁会知道这儿曾经有过一摊冰激凌呢？自己也一样的，最后连一根头发都不会剩，像是从来没存在过，没在这把椅子上坐过，不曾站在哪个路口哪趟车站，因为不曾存在，也就无从消失，谁也不会为此流一滴眼泪，地球依旧按着原来的轨道旋转，孩子们照样会上学，虎子和他爸照样会忙忙碌碌该吃饭吃饭该睡觉睡觉。

地上的小蚂蚁正围着冰激凌团团转，它们想把它搬回家吗？这东西可怎么搬？她把一片树叶挡在蚂蚁面前，它们立刻乱了阵脚，这小小的树叶在它们眼里就是一座高山，那么她的一口口水对小蚂蚁来说就是一条汹涌的河流吧。人都是这地球上小小的蚂蚁，只要地球稍一咳嗽天地间就会人仰马翻，地球，咳嗽！

当晚百灵老师把十几个啤酒瓶分别摆放在桌子和窗台上，啤酒瓶上边还摞着碗盘，演杂技似的，这是百灵老师自创的简易地动仪。无风不起浪，白天她已经想得很清楚，无论怎样生命都是最重要的，只有你活着才能有被人需要的机会，人没了一切都完蛋了。以后她还要帮虎子看小孩儿，退下来可以办辅导班，最重要的是她要让虎子拥有一个完整的家庭，把虎子妈这一位置坐穿。想到这些百灵老师好像风中的船一下子有了压舱石，心里踏实多了。

她枕边放着的小提包里装着家里所有的卡证银行存

单还有金银首饰。她平时不戴这些东西，一个老师戴得满身叮叮当当像什么话，再说她也不是很喜欢，可要把这些当成财产看还是很珍贵的。百灵老师测试过，从一有动静到她抓过提包穿上鞋子跑到一楼大门外，也就分把钟的事，完全可以避免一场灾难。当初买房子时虎子爸还嫌二层太低，现在看来却是最好的安全保障。百灵老师的大姨妈就是唐山大地震中的幸存者，当时那里也吹过要地震的风，只是没人当回事，大姨妈却例外整夜和衣而睡，最后怎么样？机会总是留给那些已经准备好了的人，一个崭新的情绪缓缓从百灵老师心底升起。

百灵老师的生活又有了内容，白天她楼上楼下反复演练，结果发现一次比一次有长进，开始她还有点不自信，后来用秒表一掐，真是越跑越快越跑越快，这说明什么？说明自己还没老，不光能跑而且还能跑得很快。白天她演练得汗流浃背晚上倒也睡得踏实。这期间她还给提包里添了矿泉水巧克力换洗衣服，后来又想到家里还有点字画和古董，就换成大旅行包，后来又想到些难以割舍的东西，她的获奖证书、虎子爸的剧本初稿、一拨拨毕业班照片、虎子小时候的自画像……旅行包也盛不下了，又换成拉杆大皮箱，拖个大箱子下楼可不是玩的，至少要五分钟以上，这样的速度怎么行？她又一样样往外精减，最后还原到当初的小提包。

这期间虎子爸回来了，他显得特别疲惫，眼眶子陷得能盛下个鹌鹑蛋，他倒在床上睡了三天，醒来便一根接一根抽烟，不开窗屋里都能变成锅炉房。他忽然像想起点什么事似的问，你为什么穿着鞋睡觉，她说这是个保健鞋，可以帮着疏通经络。百灵老师不想多说，也不想让他觉得自己神经兮兮的，虎子爸骨子里有种非常自我的独立精神，他不喜欢心理上负重，他希望人人都能自食其力自力更生自食其果自我消化一切。没几天他又去开座谈会，开门时回头对百灵老师说，等完成这部戏就不再接本了，我们旅游去。

小林老师来电话，她说身体怎么样了，我现在想去看看你。百灵老师说不用，等下自己还要出去。小林老师说你儿子快放假了吧，下个月甲A来我们这里踢联赛，我托人订了两张票，想请他一起去。这破孩子还真有人缘儿，看看相片就下请柬了。百灵老师说谁知道他什么时候回来，不是要和同学去旅游吗？小林说没关系，他什么时候回来就告诉我一声，我请他吃饭。百灵老师想问问学校里的事，她那个班谁在带，怎么样了。可话在舌尖上翻了好几个跟头也没说出口。小林老师说其实我妈前两年也更年期，严重时还嗷嗷骂人，有个叫妇宁康的药片挺好用，你试过没？百灵老师说虎子假期要去女朋友家，估计不能回了。放下电话百灵老师胃开始疼，这不是骂人嘛！她家隔壁那个大个子就常扯着脖子指着他老婆鼻尖骂，你——更年期。百灵老师亲眼看见自己的母亲还有乡下的其他长辈由年轻一点点变老，也没听说谁得了更年期，那会儿人多苦啊，和过去比现在人每天都在过年，超级地享乐，而这享乐背后却是成堆稀奇古怪的毛病。

百灵老师在药店买了一盒葵花牌胃康灵，出去转一圈又踅回来问，有、有妇宁康吗？有，三盒以上可以参加抽奖活动，她抽了包“护舒宝”夜用卫生巾，她苦笑一下。百灵老师在小区的长椅上端详那盒妇宁康，主治，更年期综合征，惊慌抑郁失眠多梦……“护舒宝”被她展开平铺在腿上，做工够精巧的，两侧是小小的凹痕，中间是薄薄一层纱网。好多年前那个恍若隔世的夜晚，她悄悄拿出身下那个自制的纸巾，昏黄的灯光下，纸巾上绽放着一朵轮廓清晰的玫瑰，那玫瑰被她的血染得芬芳鲜艳，居然还冒着热气，她的初潮。她把“护舒宝”揉成团儿扔进旁边的垃圾箱。手机里忽然响起一首好听的歌，虎子下载的，以前她从没认真听过，多好听的歌啊！

那片笑声让我想起我的那些花/在我生命每个角落静静为我开着/我曾以为我会永远守在她身旁……如今这里荒草丛生没有了鲜花……她们已经被风吹走散落在天涯……

门卫那儿好像有点乱，啊，是小林老师，居然还带着一帮孩子，是她班上的孩子，落日熔金，孩子们手持鲜花散在霞光里，啦啦啦啦啦啦，我的那些花，啦啦啦啦啦啦，花啊花开了……

# 小　青

雪儿中弹了，不知是哪个淘气的孩子在它背上射了个洞，医生从里边摄出一粒血淋淋的黄豆。小青让医生给来点麻药，医生不解地看看她，至于吗！对，必须打。小青当时的口气就这么斩钉截铁。

几年前的那个下午小青也是这副口气。那天外边哗哗地下着大雨，她在屋子里给海鹏擦皮鞋。小青擦皮鞋很到位，她用酒精把皮鞋上的污渍处理掉，又在上面洒了点醋，这是在台历上看的小窍门，说醋能保养皮革，还能使皮鞋增强柔软度。这些做完，就在上边抹了鞋油，拿个长条毛巾来回勒着蹭，随着身体的摇晃前额的刘海儿也像被风吹了似的一蹦一跳，这时候皮鞋已经亮得能照出人来。昨天晚上就是穿着这双皮鞋的脚在她身上留下了一片紫青色的血瘢。啪啪啪，谁在敲窗子，原来是只野猫。他们这院的野猫可多了，成群结队的。那猫又拍又叫地闹了一阵看没人搭理它，身子一跃跳下去，下去时可能撞翻了花盆，当啷一声。小青奔过去，见那猫一瘸一拐地走在雨水里，身上的毛打着绺绺，精细的尾巴让风吹得飘起来。

小青打出租车把猫送到宠物医院，医生给了结论，这猫腿是老伤，神仙也接不上它。小青让医生再想想办法，她不怕花钱。那医生就狐疑了，呵，这是只野猫吧。看它泥猴一样，别再有什么传染病。小青说，治病给钱，你管那么多干什么？小青的口气里带着愤怒，那表情完全是朝着你玉碎的模样。医生看那一身污泥的野猫没事，这个模样俊俏的女人脑子倒有问题。

我保证小青脑子没问题，她之所以怜惜这只猫，那是惺惺相惜， 因为，因为小青她是个跛子。

小青一出生左腿就比右腿短了半寸。半寸这个概念看用在什么地方，小孩子衣服多半寸少半寸那根本不算事儿，就是去商店里买布料，老板都会大大方方拱手奉送。可不还有句话叫失之毫厘差之千里吗？这半个尺寸差在小青腿上就让她成了跛子，归属生理有缺欠一类人。

打小青记事起，父母就带着她在各大中小医院之间穿梭，中医西医江湖大夫民间偏方，他们想通过后天的努力把那亏欠的半寸给补上。可老天爷说了算的事哪那么容易就给改了，人定胜天也得分什么事。路边的小树一场雨就蹿起来一头，地里的小葱淋点肥恨不得蹦起来，连路边的野草都见风长，而小青的腿吃药打针拔罐理疗就是个宁死不屈，死了也不屈。

小时候家里清苦，哥哥穿小的衣裤给姐姐，姐姐穿过再传给她，那简直就是接力棒，这棒棒在哥哥手里转悠时还崭新，等到她手上已经破烂不堪了，破烂不堪也不是终点，还可以继续前进缝裤衩补袜子当抹布。

那时候她和姐姐总是眼巴巴看着邻家女孩的漂亮花裙子，穿花裙子真好看，在地上转一圈就像飞起来，花蝴蝶一样。有天姐姐对她说，你这腿是个败家玩意，都是它让我们吃没得吃穿没得穿，姐姐说话时眼睛恶狠狠地盯着那条腿，像要一口把它给吞下去。

可怜天下父母心，他们也渐渐明白自己是把个死马当成活马医，不医哪成，你把人家生出来少了半寸，你就得对人家负责，治不好是一回事，不去治是另一回事。

还好，小青除了左腿以外，身体的其他部分生得还都合情合理，尤其是脸蛋，好看。那不是美，叫好看，美是傲然的，有点凉还有点硬，有拒绝和打击的意思，拒人千里之外，弄不好还会兴风作浪。好看却是温和而家常，是过日子的情调，暖暖的敦厚，甜甜的味道，这甜虽说有点俗，却是糯米糕撒绵白糖的滋味，有点乡土气，还有点小家子气，有点拘泥不开，却是憨厚忠实，其中透着善解人意，看着让人舒服，好像家里姐妹，有什么悄悄话都想对她说似的。

海鹏当然也觉得小青好看了，不然怎么会追她。海鹏真被她的脸迷住了，以至于忽略了她身体的其他部位，比如，她那左腿。都说恋爱中的人智商最低，海鹏算一个。

是他自己粗心大意忽略不计，那就怪不得别人。你看谁谈恋爱还向对方提交一份体检报告了？人家小青又没掖着藏着，问题就明晃晃地摆在那儿。再说这东西可怎么个藏法，完全靠你审时度势嘛。不过，不过虽说没掖没藏，但小青却进行了煞费苦心的掩饰。无论春夏秋冬，无论阴雨雷雪，她终是那个跟季节和气候挑战的爱美者——铁打了穿裙子。

对俩人恋爱的活动场所小青也做了周密安排，电影院茶馆公园长椅河中游船，都是坐着就能完成的。她还巧妙地让海鹏买来一辆自行车。这下好了，往他背上一靠，又舒服又亲密，夕阳西下，落日里的背影好似一幅怀旧油画。需要步行的话那就慢慢走呗。把手轻轻放在他臂弯里，迈着缓缓的步伐，均衡两脚重心，力求着力点一致。低垂的柳枝从头上拂过，有小鸟在啁啾，最典型的恋爱姿态，合乎逻辑合乎情理。

坏了、坏了，海鹏要带她去参加一个舞会，小青都急出抬头纹了，她把左脚钩在暖气管子上用力拉，恨不能拔出一截来。怎么才能给它摆平？摆平啊！有了，垫。在左鞋窝里粘块小木板，再穿双毛袜子，这就平了，平了。舞池里小青把裙子转得飞起来，好多男人都来约她跳舞，海鹏用绅士的目光默许着，没有人知道此时她那雪白的袜底正在悄悄被鲜血染红。

在小青兢兢业业努力下，这把火足足在纸里包了三年，差点功成名就了。

海鹏愤怒，先是怒自己，这也太离谱了，平时不是觉着自己挺机灵吗？叫个丫头片子像涮羊肉似的给涮了，连这都没瞧出来，真太侮辱智商了，一来二去他把这怨气就转到小青身上，都怪她不早交代，我们政府都有坦白从宽这一说呢。人都这样，遇事先自责，再想想又把自己摘个溜干净，把过错一股脑推出去，关我什么事，自己是多么无辜啊！

知道实情后海鹏还是理智的，他并没当面锣对面鼓地把那个短给揭出来，那样不好，毕竟相处好几年，那样显得不够高尚。想散伙难道还找不到理由吗？那天他把什么性格不合脾气不对一大堆冠冕堂皇的陈词滥调都像晒霉那样晾在竹竿上，其中心思想就是俩人从此桥归桥路归路，拜拜了您哪！

小青早知道跛脚是她恋爱中最大的隘口，还说什么漂亮话，早看清你心里那猫腻了。你绕来绕去不敢面对就让我来说吧，你不就是因为这个吗？小青指着她的左腿。对，是这样。既然你直白，海鹏我也没必要顾忌了。你一直在欺骗我。小青并不示弱，我没骗你，从头到尾我这个人都明晃晃摆在这儿，骗你什么？那你为什么不告诉我？你又从来没问过。这事还要问吗？你自己应该先说在头里的。我以为你看见不计较，我以为你只注重感情。总之你瞒我不对，这事能瞒得过去吗？我可没瞒你，是你没问，如果你问我会说的。话又绕回来了，海鹏一烦干脆用两个字做了断——珍重。哟，桌上有把水果刀，真是绝处逢生，小青想都没想就让手腕鲜血汩汩了，那血起先像一条蚯蚓慢慢爬行，后来就汹涌着把手背都染红了。奇怪，怎么没觉得疼？太好了，可能是身体里的痛感神经这天休假。看看老天都在帮她，她就势又来一刀，当时竟然还想到抛头颅洒热血一系列英雄情节。

当天晚上小青就把铺盖扔到海鹏床上，对于送上门来的美餐血气方刚的海鹏哪能拒绝？留下先尝尝再说。在那个年代小青的举动算是前卫了，你管这叫同居也好，叫搭伙也罢，反正我们小青先把窝占上了。

骨子里的小青却是个典型的保守主义，眼下这也是没办法的事。那时她像所有的女孩子一样，有着和时代吻合却又独树一帜的小情小调。当然那是个相对含蓄的年代，她的小情小调也是那种含苞欲放式的，收着手脚。夹一片枫叶在琼瑶小说里，文具盒放着风干的蝴蝶，用细丝带扎一个黄蓉的发型，可心里却悄悄喜欢上杨康，手绢上洒了花露水，夹层里还藏着紫罗兰香粉，趁着擦汗偷偷扑点儿。唇膏是自然的肉色，指甲油透明却无色，衣领上有蕾丝边，纽扣镶着小动物脸，脖颈下微微暴露着锁骨，耳垂上是豆大的水晶耳钉，有阳光时它会发出六棱形的光芒。被一首歌一首诗深深打动着，都要把它当成人生的航标去努力去追求。

小青最喜欢的歌是赵咏华那首《最浪漫的事》，我能想到最浪漫的事/就是和你一起慢慢变老/一路上收藏点点滴滴的欢笑/留到以后坐着摇椅慢慢聊/直到我们老得哪儿也去不了/你还依然把我当成手心里的宝……这歌把她的眼泪引下来，也敲开了她那半遮半掩的女儿心。

她的人生目标就此明确，寻他个好男人嫁了，然后两个人一起慢慢变老，直到老得他们哪儿也去不了。天下还有比这更罗曼蒂克的事吗？没啦。因为那个隘口她很清楚自己的爱情不可能一帆风顺，她左顾右盼，海鹏却自己送上门来。他是个出色的小伙子，天降喜雨，天降嘉雨啦！坦白？笑话，这喜雨淋都淋不过来了，还打伞？傻了。傻子都不干这事。她相信种瓜得瓜种豆得豆的道理，更相信水汇渠。什么能抵得上我爱你？什么能抵得上我待你好？天热了我会给你煮绿豆汤，天凉了我会给你打毛衣，生病我会照顾你，累了我会给你按摩，你回来会有可口的饭菜，睡前会有温暖的洗澡水，你的衣裤会永远笔挺，上面还会留下淡淡的洗衣粉清香，你的皮鞋会一尘不染，只要我能做的我都会做，只要我有的都会拿出来，什么亲情友情，你是至高无上的，谁也没法和你比，这一切还不够吗？精卫填海焚膏继晷功到自然成。真到那天，海鹏早让爱河里的水泡晕了，生米熟饭睁眼闭眼，前景当然灿烂。

再说那半个尺寸算什么呀，妨碍谈情说爱吗？妨碍生儿育女吗？妨碍日常生活吗？再说她还拥有一张好看的脸呢，俊脸搭次腿，两下给平了。就是嘛，腿脚正常人一辈子能跑上几回马拉松？他们漫步在小河边，那就是人间一良辰美景。那男追女跑的却是个不雅观。

夜深时她都开始为自己描摹策划婚礼了，定一件漂亮的婚纱，要白色的。婚纱可不是“衣服”，它是每一个未婚女子的梦，带颜色的梦，它是特殊又美妙的肌肤，拥有着化蛹成蝶的魔力，那是灰姑娘和水晶鞋的故事，那是大森林里的白雪公主，那是将女人做足了的一刻，它简洁，纷繁，铺张，华贵，伫立时娉婷，行走时婀娜，让所有女人脱胎换骨美梦成真，那是女人昙花一现的经典，没有哪个女人会拒绝婚纱的。

所有的婚礼都是点石成金，带着魔幻的色彩，昨天还是这世界上孤孤单单的两个人现在就组成了家庭。婚礼上海鹏送给她一个小小的枷锁，那是一份见证一份誓言一份承诺，这小小的枷锁把她拴起来，画外音在说，从现在起你就是我的了，是我的私有财产，这小小的枷锁有一个好听的名字——钻戒。它象征着天长和地久，一万年都像星星一样闪亮。

晚上还要换上一身中式唐装，红红的，是天边晚霞的颜色，她头上蒙着盖头，当然在洞房里了。透过红盖头，能看见蜡烛上跳动的火苗，它把整个洞房都照得羞羞答答半抱琵琶，深邃妖冶甚至有点鬼魅。然后这烛光照在她红彤彤的衣服上却是千娇百媚，红艳艳暖洋洋。她端坐在床边羞赧妩媚，安宁寂静又娇花照水。万籁俱寂，全世界只有一样东西还能够发出声音，那就是小青的心脏，扑通扑通。怪不得古人把“洞房花烛”排在人生三样事之首。那真是花朵绽开的美妙一瞬，所有声音都偃旗息鼓，为它让道，以前的日子是酝酿，然后才是结果。而那结果自然是感恩满足，不铺张不浪费，幸福并心心相印，最终把柴米油盐酸甜苦辣咸的小日子过成一道家常菜。

目标锁定，小青开始在一个又一个婚礼上奔波。亲戚朋友，同学同事，还有同学的同学同事的同事，只要得到消息一个不落。她还悄悄准备了一个小本本，取其精华去其糟粕。后来关于穿婚纱的注意事项就总结出来九条。

她都着手准备嫁妆了，先是帮几个小姐妹当参谋，后来自己也花了心思。办嫁妆可是女人最快活的事，有点浪漫还有点疯狂，却能让平淡的日子鲜活起来。窗帘是大背景香皂盒是小点缀，灯罩和台布上的花纹要呼应，花不能太大，要一小朵一小朵很乖巧那种，清新而不妖艳。洗脚盆和茶杯垫都要讲究品位，这讲究不一定要花多少钱，却要透着女人的眼光和情趣，哪一样都不能潦草，颜色质量样式规格价钱，现在可不是货比三家，比上五家也不一定买，先把它存在心里边，她还要再考察再博览，哪那么容易就买下的，这可是结婚的东西，要用一辈子的。精挑细选时，她好像嗅到了自己那依稀可见的未来，谁能知道这里边的心情啊！平常心中的一点小虚荣，安分守已中的一点小风头。这些东西是要为她搭建并迎接一个崭新生活。新生活和新东西可真叫人高兴，什么都没开始的样子，一切都重打鼓另开张，从零做起白纸一张，白纸上将要绘下她今生今世的锦绣前程，又一次投胎啦，天荒地老风雨同舟……

现在还没有婚礼，小青却睡在了海鹏床上，此一时彼一时，哪还顾得了那么多，今生今世她什么都可以舍弃，唯独她的这份爱情，恋爱做新娘，她要拼着性命去努力完成。她愿意把一生当作赌注全部押上，她豁出去了，饿不死就行。

海鹏是家中的独子，父母过世给他留下一座不小的房子，两户共享的一座小二楼，窗前有个宽敞的院子，与他毗邻的只王老太一人，海鹏叫她王姨。吃过早饭王老太就出来晒太阳，午睡后继续晒，被阳光普照是她生活的主要内容，有时也拍着栅栏喊小青出来聊天。小青一副家庭主妇的模样，腰里扎着花围裙举着一手肥皂泡出来和她寒暄几句又回去了，小青现在忙啊！

小青已经把厨房变成了实验室，大大小小的盆碗排着队，碗里盛着豆油香油色拉油，生抽老抽白醋米醋老陈醋，十三香五香粉辣椒面儿，豆瓣酱海鲜酱油辣酱，盆里装着各种蔬菜及鱼肉蛋禽。她一边翻着菜谱，一会儿手里提个小秤，一会儿又拿着勺子反复勾兑，锅坐在炉火上不是咕噜咕噜响就是刺啦刺啦叫，从窗子里飘出的油烟都赤橙黄绿五味俱全。当然除了色香味之外还得注重营养结构搭配，维生素蛋白质切勿流失。晚上是实践出真知的时候，那餐桌是一道别致的风景，海鹏要为它们剪彩打分了，海鹏打分是通过眉目来传情。眉毛上翘那还用说吗，都喜上眉梢了。眉头一耷拉肯定有问题，火候味道选材，反正不能没道理，这就要求小青明天再接再厉，差哪儿补哪儿，什么叫看人家眉眼高低？就这么回事，懂了？

海鹏爱吃羊肉灌汤包，小青不会。怎么办？干脆到商场的明档那儿偷手艺去。她拿个小本本在距离柜台不远的地方瞧个究竟，肉馅面皮蒸锅一样样全被拉进眼里。正看得仔细，忽然一个圆磨盘模样的东西挡住了视线，转换个角度，那磨盘却影子似的跟过来。又找了几个角度，怪事，那磨盘居然不离不弃铁了。抬头才发现那个做包子的大姐正扭动着她那雄浑的身躯保护着灌汤包的所有权，圆磨盘正是这位大姐的臀部。下一日再去换了个小伙儿，这小伙儿比昨天的大姐境界高，知道小青在偷艺居然把做包子的每个步骤逐一分解，就像电影里的慢镜头。绝活原来在这儿，小伙儿在装馅时，把一块指甲盖儿大的猪皮冻一同塞进去，小伙儿拿着猪皮冻特意对着小青晃晃，像在说，瞧好了，瞧好了，就这么点事。小青离开时，那人竟追出来，喂，你要开包子铺？

小时候奶奶说过，男人在外走，带着女人一双手，现在只要看看海鹏就明白了，那衬衫用柔顺剂浸过，牛仔裤被蒸气熨过，旅游鞋被防臭鞋垫儿垫着，边边角角里都掖着小青那双手，那手是湿的，像被太阳晒化的冰棍，正往下滴水呢。

海鹏那个浓墨重彩味道迥异的家，也让小青给从里到外洗了澡理了发剪了指甲换了衣服掏了耳朵眼儿，连花露水都洒了，水表赶火车似的拼命往前跑。对这样的旧貌新颜海鹏表面漠然，心里还是得意的，整洁的房间可口的饭菜热乎的被窝，你会拒绝？这只不过是他做人的一种方式，越是喜欢的事越要保持个矜持的态度，自我保护欲擒故纵，海鹏跟这叫喜怒不形于色。他脑子又多转两圈，把这想成是拉拢腐蚀领导干部的一种，他在机关工作，想问题特别深入。这点小恩小惠就想让我缴枪，他在心里冷笑，哼，太小瞧人了，革命者的骨头最硬，打死也不说。

小青并没想在短暂的时间里就取得什么结果，她心里早做好了打持久战的准备，红军不怕远征难，路遥知马力日久见人心，那人心还不都是肉长的。就在小青住过来不久，她所在的工厂宣布破产给职工买断了工龄。当天有不少人还哭，小青乐还来不及呢，这破活她早不想干了，辞职又怕家人反对，现在好了，她自由了。

投其所好小青参加英语班了，海鹏他不懂英文，连二十六个字母都认不全，但他喜欢会讲英语的人，愿意欣赏。有天他们在商场里看见一女孩儿领着几个老外购物，那女孩儿英语太棒了，虽然一句听不懂，可你看人家叽里咕噜叽里咕噜那个流利劲儿，肯定就是好呗。海鹏尾随在人家屁股后边欣赏，直到他们的背影消失在旋转门外。

小青学习起来是下死力的，负着气带着怨似的，恨不能三天得功名一口吃个胖子。书磁带碟片，家中大大小小的物件都贴上相应的单词卡片，大到冰箱彩电小到筷子汤勺。一把一把的单词被她当零食嚼碎了咽下去，一串一串的句子让她当成流行歌曲塞进耳朵，傍晚从门缝里钻出来的除了锅里的菜香还有一串串叽里咕噜的英文。

英语班楼下是形体训练班，小青搂草打兔子，她又去练形体了。海鹏闲时爱翻翻时尚杂志，其封面美女是他着重关注的对象，海鹏认为女人的美主要表现在形体上，脸在其次。这形体训练班不光训练形体，美容仪态举止穿衣戴帽色彩搭配字正腔圆统统囊括。小青知道逆水行船，不进则退的道理，她现在要学的东西实在太多，饿虎扑食了。

现在小青的人生目标就是——结婚当新娘。想想这样的事在别人身上都是水到渠成轻松平常，在她这里却不像在是婚恋，简直就成了事业成了信仰。人就是这样，一旦有了信仰，就会有决心有毅力去愚公移山蚂蚁啃骨头。

海鹏嘛，每天享受着充足的蛋白质充足的维生素，照顾和体贴更是无微不至汹涌澎湃。关键是，关键是人家还属于单身，是名誉小伙儿。单身都能和贵族相提并论，值钱得很呢！这俩人好比一副馄饨挑子，小青把炉子锅碗瓢盆汤汤水水都压在自己肩上，欠了人家钱似的，海鹏那头却无官一身轻，高高地翘起来，抖起来。他要尽情地享受单身享受生活，当然还有他的爱情。

萝卜晒起来会变成萝卜干，人被晒起来可就坏菜了。现在小青的“实验室”里没有了热闹的喊里咔嚓叮叮当当，火都熄了。那些热火朝天的日子里，只要锅碗瓢盆响着，炉灶上的火燃着，她的心就会安定下来，所有的心思都被菜香遮掩着，还会生出不少快乐，就是那种居家女主人的感觉。因为有人品尝有人欣赏，无论眉头紧蹙还是喜上眉梢她都开心，从鸡蛋里往外挑骨头毕竟是关注，那也是一种表达方式。原来他们厂里，有多少双雪亮的眼睛盯着工人，迟到早退要罚款，出了不合格产品要扣奖金，现在好了，没人管了，再没人指手画脚的，怎么样，下岗了吧，回家凉快去了吧。

海鹏在外边谦虚友善，乐于助人，健谈还爱讲笑话，别管荤素，挺没劲的事一到他嘴里就变得有滋有味。现在进得家门小青却像他一块心病，这病眼不见心不烦，眼见着心就烦起来，这是什么时候，他在恋爱呀，多耽误事，多煞风景。想想这事他就气就恨，看他那伙哥们儿找十个八个女人也没像他这么棘手，这倒好，手插磨盘就拔不出来了，现在他最大的愤怒是不甘。人愤怒了要暴躁，暴躁起来就看山不是山看水不是水的，哪还有什么风景，近处本来就没有风景嘛！

现在他就要晒着她晾着她，就要当她面亲近别的女人，怎么了，还不是你自找的？他摔东西挥拳头，怒吼声把小青震得直打战。过后想想也确实过分，真是，怎么就下得去手，转念一琢磨，还不都怪她，谁愿意过这纠纠缠缠的日子。想为自己开脱还会找不到理由？杀人犯都能为自己残酷的手段道一个娓娓动听的解释。

小青也是爹生娘养，她又不是三头六臂，拳头砸在身上能不疼？可她就像那地里被冻坏的玉米，今天刮风明天霜降后天下雪，还不都一样。其实最疼的还是心，那心里的血就像紫葡萄一样一嘟噜一嘟噜往外冒。小青心里也掖着一个不甘，当初是你自己送上门来，是你把疼爱关怀大把大把塞给我，说什么要待我好到永远，后来却一下子白脸变张飞，连喘息的缝都不给留，这么长时间，就算暖一块石头它也会滴出水来，暖一棵树它也会开出花来，难道人心比石头还硬？有阵子她都恶毒地巴望海鹏出事，被车撞被人砍小脑萎缩下肢瘫痪，只要他还有口气，只要他还活着，她都会不惜一切去服侍他照顾他。能有这样的恶劣念头她自己都吃惊。其实谁骨子里都暗藏着下作卑劣的东西，说不定哪一天就有个铁钩钩伸进去把它们一个个给钩上来兴风作浪。小青翻起的只不过是个小浪花，就活动活动心眼儿。在她心里所有肠子肚子心肝肺上都刻着海鹏的名字，它们使劲拧成一股力量是要对那个人好，真想剖开胸膛把心扒给他，都能泣鬼神了。

凡是海鹏给的小青都吞下去，管你什么拳头和女人，难吃也得咽。有什么东西是人不能承受的？人是地球上最了不起的动物了。小青做人的确有股子韧劲儿，那韧是打断骨头连着筋，打碎牙往肚子里咽死皮赖脸的那个韧，龙门能跳狗洞也能钻。小青她吞得肚皮鼓鼓，打着饱嗝泛着酸水，满了满了，实在盛不下了，释放，一定得放出来，光脚的还怕穿鞋的不成？她喊起来也是声嘶力竭，哭起来更是惊天动地，一言一语都是伤筋动骨的诅咒，流血算什么，命都可以不要呢，今天是过不去了。

转过头来东方红太阳升，打屋里出来的小青梳过头洗过脸搽过粉，刚刚还给海鹏煎了个糖醋荷包蛋。这也是自助理疗的一个办法，安抚安抚心灵，效果还不错。闹过一场后，心里边的垃圾清除了不少，舒服多了，甚至还生出些希望来，这希望虽说茫然，毕竟制造了一点起伏，尝试着拨乱反正，把人往正路上引似的，豁然开朗了。小青就是这样，吞撑了就往外倒倒，倒干净再吞。反正这样的餐食应有尽有，自产自销。

通过自己的排遣和梳理，小青的心脏更结实了，耐心也马力十足，她什么都没有，就是有耐心，耐心这东西百折不挠，无论于得于失，都是最有用的。在这样的情况下，她除了耐心还有什么可以抓取的稻草？无论成败，耐心总是没有错的，她整个人全靠耐心给撑着。

小青那个比马拉松还长的耐心好比铜墙铁壁，足以把海鹏身边的那些女人打得落花流水，别问我是不是名正言顺，也别管我是谁，我早把窝占上了，你们看着办吧。人家了解到海鹏是这种状态，也都不愿意和他磨洋工了。他又不是什么大官大款，人家跟小青可不一样，得，你们慢慢玩吧。

太阳从东到西，再从西到东，月亮也是这样。日子就在小青的吞吐间闹闹哄哄地过着，其实这么多年海鹏没找女人，也不都是小青的原因，他心气儿太高，这个高又是好高骛远的高，是让小青一片痴心给宠出来的。她的痴心是个无底洞，把海鹏的心像立交桥一样架在高空。有个小青在家里垫底儿，海鹏当然从容了，和那些耍光棍的肯定不一样，家中有食心不慌嘛。怎么说好，海鹏对现在的状态不光默许，甚至还有些认同，小青于他不仅仅是个女人，还是保姆厨子外加……

海鹏在小青面前有一种莫名的满足和放松，面对小青，整个天下整个世界都属于他，他可以分量十足地对她指手画脚指点江山拳脚相加，都快赶上皇帝佬了。面对工作却是早来晚走加班加点，献血捐款扶贫义务劳动都往前冲，就想着能在仕途上开花结果，这么多年走过来，他这果结得实在微乎其微，主任科员。单位里他听得多说得少，那屈指可数的几句也要三思后言三思后行，他凭着智慧去领会一个又一个精神，抒己见却没份。这些不遂人愿和压抑拧成个疙瘩淤在心里边，他需要一个排气口，一个下水道。

现在小青和海鹏的关系不是太好，也不算太差，小青过生日也会有个小礼物摆在桌上，她生病海鹏也会帮着拿水递药，还会买点新鲜水果。小青躺在床上心里边泛暖，想着就这样永远卧在床上吧，好让这份安慰无限伸展拉长，可耐心这东西于她是强项，于别人呢？开玩笑。

他一直没给小青一个明确，也不想给，他要的就是个不明确，就是个含糊不定，什么事一锤定音就再没想头没盼头了。这样多好，他还有大把的机会，把自己安置在未知世界里是一件多么美妙而刺激的事，可以不停去探索不断去追求。仕途上基本定型，情场上却可以随时咸鱼翻身。小青在这样的状态里一直保持着吃苦耐劳低眉顺眼的优秀品质，偶尔爆发却是人之常情。

通过实践海鹏给出这样的定论，女人嘛，既不要承诺也不要让她绝望，给她个想头让她够着你仰着你敬着你，永远保持一颗虚怀若谷的心。不能扶正，扶了正的女人叫老婆，哪家的老婆不是趾高气扬胡搅蛮缠。万事相通，刚参加工作当小兵时谁不是谦虚谨慎勤勤恳恳，等他摇身变了领导，那就是人家的天下了。

小青为了爱情先抢占巢穴，她本可以进一步来坚定巩固这份感情，给自己再加个筹码，生个小孩儿。小孩子也是她浪漫情怀的重要组成部分，孩子会将一纸单薄的婚书变成一条浓浓的血缘纽带，把相爱的人升华为亲人。孩子呱呱落地一点一滴成长，六个月能坐八个月能爬十个月踉踉跄跄就能走，吃牛奶吃米粉吃蛋羹，出牙了长高了长胖了，一块水果糖就能引得哈哈笑，一个布娃娃就能伴着入睡。生儿育女才是女人最大的幸福，那苦和痛都是一时的，身上掉下来的血肉是心连着心的亲。她扎着花围裙做好饭菜，盛在碗里的汤还冒着热气，宝宝在膝下转悠，一不小心被凳子绊了个跟头，一张小嘴咧成瓢，鼻涕眼泪一起滚下来。爸爸回来了，宝宝用手背蹭一把脸忘了疼，像小燕子似的张着翅膀飞过去……温情脉脉安定康乐殷实不受侵扰的日子，慵懒且缓慢。

生孩子再容易不过的事，可她不会这么做。自己一个人在钢丝上走，前途未卜，说不定哪天就从上面掉下来，粉身碎骨委地成泥，再叫个无辜的孩子一出世就面对这个乱摊子，和她一起铤而走险，怎么能忍心，不缺德吧。

小时候听奶奶说过，婴儿在睡梦中笑是月下老人给你拴红线，一头拴在你身上一头拴在他身上，以后不知在哪里不论在何方，俩人总要在路上相遇，然后变成幸福的一家人。月下老人给她和海鹏拴的这根红线啊，小青常想，如果当初不是她死缠烂打跟了海鹏，如果她的腿没有毛病，又将是个怎样的结果？如果当初在海鹏这里收兵，现在又会在哪个屋檐下偷生，那另一个他又会是个什么样的人？如果没有那半寸的烦恼，她和海鹏肯定会顺理成章结婚，她会为自己营造一个浪漫又温馨的婚礼，然后生一个宝宝。肯定不会是现在这个样子。现在嘛，不是她的错，也不是海鹏的错，错在命运让她天生就是个跛子。

小青的日子可以算得上深居简出，搬过来不久，父母可怜他们痴情又跛脚的小女儿，把自己的房子简单修整后租给别人开饭店，全部租金留给小青当生活费，他们自己回乡下老屋住。哥哥姐姐为此很不满意，现在他们看望父母得坐三个多小时火车。都是小青害的，姐姐看她的眼神都带着愤怒。对父母那笔租金她欣然接受，不接受怎么办？还能手背朝下跟海鹏讨钱花？尴尬死了。依仗着这租金她才能坚持到现在，那钱比海鹏工资还多出几百，赶上个公务员了。现在她和亲人之间很少走动。在爱情面前，亲情当然可以忽略不计，甚至是可以背叛的。有多少年轻的姑娘肩上背着小包，手里攥着私房钱大义灭亲就跟男人跑了，私奔了，离家出走了，不管最后的结果怎样，也不管明日是怎样的肝肠寸断落花流水，开弓哪里还有回头箭？从前要好的几个姐妹也早断了来往，她们都已结婚生子，有人孩子都上中学了。小青不愿和她们来往，有心理障碍，出来这么久也没上个许可证，脸面上说不过去。虽然如今同居是个时髦事，参与者个个脸不变色心不跳，但她还是觉着矮人三分，自知跟这时代接不上茬口。

海鹏闹大了，她真想卷着铺盖一走了之，就去父母住的乡下，去那里做个隐士算了，样样事情眼不见心不烦，多好！那样人烟稀少的地方，一百年都和一天一样，没什么过去和将来。转念想想现在去有点晚了，既然一切都是老天爷安排的那就听天由命，她倒要看看最后的结果。

小青意志坚定，马拉松再远只要不停下来终究会有终点。跑不动了就走，走不动了就爬，关键是目的地。在她耐心的底层还潜伏着一个叫自卑的东西。耐心是她咬紧牙关为自己造的一层防卫壳，壳里边藏匿着自尊和自卑。因为处境，她的那个自卑慢慢就演变成谦虚，由这谦虚出发，她看别人的目光里多多少少都带着崇拜，她崇拜市场里卖鱼的姑娘，崇拜送报纸的小伙子，还有隔壁的王老太。看他们活得那么从容笃定，卖鱼姑娘的吆喝声像唱歌，送报纸的小伙子一天能跑上几百里。

隔壁王老太也了不起，她早年在食堂里当过厨子，做得一手好菜，她还会讲好多故事，《天仙配》《西厢记》《红楼梦》……讲起来就像昨天发生的事身边发生的事，听上去并不遥远也不陈旧。开始小青是隔着栅栏听，后来干脆抽掉几根栅栏做成个角门，其间还向王老太讨教了不少菜谱。上街前她从角门进去拍王老太窗子，问用不用捎些油盐酱醋回来。俩人现在成了亲近的忘年朋友。

王老太爱养花，她院子里有一棵丁香，开花时就像是起了烟，香雾缭绕。小青仅喜欢养仙人球仙人掌芦荟之类，她说花红短暂，绿叶倒还长久。有时俩人能从正午聊到日落，可能是长久的寂寞，王老太恨不能把她这辈子经的见的统统倒给小青，虽说是南朝北国由古至今，可她说起来不絮叨不混乱，有条有理有次有序。小青乐意听，没弄明白还插嘴问问，王老太就再细说一遍。

俩人偶尔还凑一起吃顿午饭，饭菜很简单，有时候剩米饭做成蛋炒饭就点小咸菜，多数是前一天给海鹏准备的他却没回来，有时是“实验室”里不太成功的作品。她们也不计较口味，关键是两个人一起吃饭热闹，东一句西一句的就把一碗饭送下去，没菜都成。王老太讲话还常渗透着大小道理。她说早年她单位有个女人，一辈子最大心愿就想生个儿子，生一个是女儿，又生也是女儿，再生还是女儿，她不气馁就一直生下去，直到第七个女儿落地让她家变成七仙女的乐园，才就此收兵去做绝育，可转过年她又怀上了，这回真是个大胖小子。还有她老家一个人从小迷唱戏，就想进戏园子当演员，无论是哪里招生，只要知道信儿就跑去面试，光车费就花去一大笔，他一气就此打住不再去白费功夫。那天他一边锄草一边在地里唱，正巧让一个过路的剧团导演相中，直接就给领了回去。王老太说有些事就这样，不是你努力就能做得到。追着赶着反而不成，晾着晒着不理不睬却遂了心愿，凡事都不能太强求，上天自会有定数。

小青觉得这话是有意点给自己的。隔墙有耳，现在没有人比王老太更了解她的处境了。她最清楚上赶着不是买卖，更清楚男人的狗秉性，要晒要晾要有间隔感。可万一给晒跑了怎么办，已经付出的那些，难道算徒劳都不计结果了？岂不吃了大亏，岂不半途而废。海鹏却在她这儿取了真经，到别人那儿就温柔了就懂事了，人都是活一辈子谁活该是为谁垫底儿的，自己半老徐娘还没嫁出去倒要为别人做嫁衣裳，门都没有。小青对王老太笑笑，船已经划到中心，离岸太远了，开弓没有回头箭，要上也只能上对面的岸了。王老太也笑了，可孩子，人这一辈子太短，其实还不是自己苦自己。这话如家长般亲昵，都要叫人掉泪了。现在，小青离疼她爱她的父母越来越远，她跑出来多少年那距离就有多远。

她也不愿意和他们多见，那怜惜和哀怨的眼神，那一连声的叹息都像锥子一样扎人心，其实怜惜对人也是一种负担甚至是负罪。对父母的话她会在不经意间就心浮气躁，都想冲动地扑过去堵住他们的嘴，她还会毫不节制和他们大喊大叫，这喊声是火上淋着油，不叫出来都要出人命了似的。怪事，这于她平日里的耐心差距太大，都十万九千里了。

小青告诉王老太，她相信船到桥头自会直，就顺了现在的自然，只需有个耐心。她一副将日子化成虔诚等待的表情，可心里却明白，这是茫然加茫然的等待，等到等不到是一个茫然，等到的是什么又是一个茫然。有个词叫咫尺天涯，雾里看花水中望月，别说花，雾里看狗尾草都无限美艳，影影绰绰，多一半在自己的想当然中，想象多好啊，可以是玫瑰可以是牡丹还可以是百合，其实此岸和彼岸的人才有可能成为知音，距离太近，人人都能成为敌人仇人。下午四五点钟的太阳有点人意阑珊，风贴着地吹，吹起俩人的头发。王老太起身收她晾在外边的衣服，小青也该回屋做饭了。

现在每天和王老太聊天讲故事成了小青生活的重要组成部分。一天她们正坐在丁香树下，忽然一阵噼噼啪啪的鞭炮声轰然响起，这是隔壁人家迎亲的爆竹，有硝烟的味道在空气中弥漫，小风把散碎的纸屑送进院子，它们像一朵朵红梅落在树上，落在衣服上。天气好时小青愿意把衣服拿出来晒晒，她喜欢让衣服上洒点阳光的味道，竹竿上像升彩旗那样晒了满满一堆，从刚来那年的亮片毛衫，一直到眼下流行的韩式连衣裙，有的瘦了过时了还有的因为年龄关系早已格格不入。其实人的年纪最能从衣服上体现了，岁月就藏在衣服的褶皱里，那一件件一片片不再是衣服，倒像蝉蜕，一层一层往下剥，人也随之一天天老去，全是流逝时光的痕迹。小青起身去摘落在衣服上的纸屑，王老太说你等下我就来。再回来时她手上拿个方盒，打开来里面是件枣红色金丝绒旗袍，衣领和袖子都滚着黑边，束腰大开衩，底边绣着淡紫色小花。王老太把它摊在阳光下，漂亮不？我的嫁衣。又铺在自己身上让小青端详，我们那时不兴婚纱，旗袍最讲究。我这件是托人从苏州带回的料子，你摸摸这手感。那天太阳很足却不热，我穿着它嫁给明圆爸……

小青看见王老太目光曼妙，那刻着年轮的脸上全是妩媚的姿态，她鼻子酸了。

王老太讲结婚时还戴了个双棱金戒指，是婆家给的，那时也没有钻戒，全是金的，她那个分量足，后来被明圆给媳妇磨去了。媳妇想要却不好意思说，就让明圆来磨，明圆待人好，待老婆更好，唉，宠来宠去却是现在的结果。王老太儿媳七八年前去了日本，前两年又把孙子接走了。听别人讲儿媳在那边找个日本老头，也不知真假，她又不好深问。不用多问，分开七八年了还能怎么样。孙子也就每年打个拜年电话，他明年就上大学了。可惜我们明圆像侍候花一样侍候她，现在的事上哪儿说理去。原来王老太家还有这么一曲。阳光直射玻璃，每家窗户上都有一个小太阳，每扇门里都有一支难唱的歌。

那个雨天小青收养了一只流浪猫，后来起名雪儿。雪儿过来没几天，又陆陆续续来了十几只。小青和王老太又齐心协力打理这些无家可归的小东西，以小青为主，王老太只做些辅助工作。她在院子里放了饭盆水盆，王老太还用雨布做成个大号猫窝，像猫的集体宿舍。雪儿不住宿舍不吃大锅饭，小青每天给它洗澡吹风，脖子上还挂一串花铃铛。小饼干面包，有时候还跟小青同桌共餐。它不太爱吃鱼，喜欢酱牛肉香肠一类。可以在屋子里自由出入，睡觉当然要在床上，又干净又舒服，因为雪儿腿不方便就给它在床边支个板凳。小青用碎布给它缝了件花衣服，拿红毛线织成四个小鞋套，雪儿被打扮得花枝招展，像一个骄傲的公主。这小猫兴奋得一个高蹦到院子里向同伙显摆，再进屋时花衣服被撕烂鞋套也丢了两只。小青跑到院里找那些猫算账，见它们一个个正玩得热闹，看不出谁是元凶，于是对着一群骂，再敢欺负雪儿把你们统统赶出去。回去拍着雪儿脑袋说，看看嘚瑟大了吧，以后要学会保护自己呀！

这小猫也乖巧，一大早就拱在床边和她贴鼻子，晚上洗脚还能把擦脚布叼来，白天小青和王老太在院子里聊天，它就像鸭子孵蛋那样弯着前爪趴在小青腿上，一副无限依赖的模样。腻歪了就跳下去玩球，那是小青给它买的玩具，只有它不玩时才让给其他小猫。雪儿知道它的特权，玩具被霸占或是遭欺负马上跑到小青眼前喵喵寻求声援，像在说快把东西给我要回来，快替我报仇去。这时候小青真会跑过去把一伙猫正玩热闹的玩具给抢下来，雪儿得意地冲那些猫呜呜，一副胜利者的姿态，那些猫气得围着它团团转就是没办法。这时王老太和小青也被逗得前仰后合。雪儿居然会按摩，它用两个小爪子在你身上一下一下蹬着敲，节奏平稳力度均匀，蛮舒服的。雪儿还蛮顾家的，常捡些乱七八糟的回来，一只烂袜子一个掉底儿的小孩儿鞋一把没几根毛的牙刷，有天这家伙竟在外边捡了一块钱硬币啪地放在小青眼前，很有成就感的模样。小青开心好几天，这小东西都能帮着致富了。

小青大张旗鼓养猫海鹏没反对，现在她把一部分精力集中在猫身上，让海鹏的空间更大了，空间当然越大越好，身和心都处在自由自在状态里。有时他还能给猫带回些剩饭残羹，这时候外边那些吃大锅饭的猫可美坏了，都当年过。大锅饭小青没下本钱，她到农贸市场买最便宜的鱼回来放盐煮煮，拌上米饭就成。其实这费用也不小，架不住猫多。她要宠的是雪儿，其他猫都是玩伴陪衬。

雪儿生病了，鼻头烫烫的，胳膊腿都不能打弯。把它抱到宠物医院时，连叫的力气都没了，打吊针时小青的心也在咚咚打鼓，眼下雪儿于她是最亲密的朋友，多少个寂寞的夜晚都是雪儿陪在她身边，又安慰又温暖。伤心时雪儿会懂事地趴在她身上舔她手心，那次海鹏跟她发难，雪儿气得瞪眼翘胡子，跳过去在他脸上挠一把哧溜钻到床底下，海鹏都被逗乐了。有时候动物真比人还懂得感情。扎了七天吊针总算好了，中间王老太还来看过一次，给雪儿带来两根火腿肠，王老太说她要去老家住一阵，正好明圆休假过来看房子，家里的猫窝总漏雨，让他顺便修一下。

明圆是个大块头，宽肩厚背大脸盘，给人的印象很踏实。他在市郊的造船厂干火电焊，焊接技术一流，常去国外帮着焊大船。来的当天明圆就造了个别具一格的猫屋，用阳光板和铁架做成雨搭，雨搭下面是两排泡沫箱，泡沫箱之间用细铁丝连着起固定作用，每个箱子里边垫上旧棉花，小猫们由原来的集体大通铺搬进了一个个干净的单间，居住条件从根本上得到了改善。明圆是个勤快人，来了没几天院子上上下下都被收拾得整齐一新，花盆里换了土，栅栏重新捋直，丁香树下圈上砖头，晾衣服的竹竿也换成钢丝。他还建议小青去东城的水产批发市场买鱼杂喂猫，一斤鱼最少也要三四块，鱼杂一斤还不到一块钱，做熟了比鱼口味还好，饭店里的酱焖鱼杂都比鱼贵。米买陈的就行，这样能节省不少效果却不差。

那天明圆用摩托车带着小青去东城批发市场，小青还是第一次来这种地方，真是大开眼界。好多鱼她还是第一次看见，还有螃蟹虾和各种贝类。明圆好像每一种都能叫出名字，何止名字，哪种适合红烧哪种适合清蒸哪种适合油炸讲得头头是道。他们用泡沫箱装了十斤鱼杂，只花了八块钱，没多买，怕家里冰箱没地方。明圆还买了二斤泥鳅，说晚上请小青吃干煸泥鳅。中午他们就在道边小店要了两碗牛肉拉面。店是两口子开的，男人上面，女人跑堂，一副乐呵呵的样子，一个小半导体放在满是油渍的木架上，里面说着小沈阳的小品，男人随着小品不时哈哈大笑。小店里的气氛让人舒服又踏实。明圆把头一碗面推给小青，酱油醋辣椒面儿也随手拿给她，这是个细心人，刚刚他把椅子拉开让小青先坐，抽烟时烟圈吐在外侧还一边用手赶。

上车时他让小青坐稳后再骑上去。明圆说这些鱼杂够吃好几天的，等冰箱腾出地方再多买些。小青挺开心，节省出一块开销，都有收获感。这时天空中的云彩被夕阳染成好几种颜色，红黄青紫，一直铺到天边。这情景是旧相识，像多年前海鹏用自行车带着她在街巷里穿行，那时的天空和现在一样好看，她伏在海鹏背上，幻想着那个美好的将来……

有心跳的声音钻进耳朵，嘣嘣，嘣嘣，是自己还是？

前边有个沟，抓住了，明圆给她提醒。路口那儿有个卖青菜的，我们买一把吧。好。

大锅的猫食做好了，鱼杂和米饭。忽然换了口味，一群猫吃得肚满肠肥。吃饱了就相互追着玩，还有几个懒蛋跑单间里睡下。俩人一起择菜，那青菜一小棵一小棵的，他们把老叶放一堆嫩叶放一堆。明圆烧菜时小青拿火腿肠去喂雪儿。明圆把泥鳅洗净，用细盐抓抓淋上点淀粉放锅里干煸，不一会儿泥鳅端上来，香香的，一根是一根，像小孩子爱吃的手指饼。小青不客气地抓两根放嘴里，哇，真是美味。桌子摆在院里，一盘青菜和一小盆泥鳅送饭，碗边已聚起一小堆鱼刺，一只大黄猫在明圆腿边蹭来蹭去。小青说，它在感谢你，说你带领它们奔小康了。

第二天中午小青做了鱼杂粥，这么多年锤炼下来她的厨艺也相当有一套，以前在菜谱上见过鱼杂粥，细细的白粥里掺着新鲜的鱼子鱼肠鱼肝，上边还撒着青菜叶。叫明圆过来吃时她还有点不好意思，本来是给猫买的。谁知明圆却拍着手说，哈哈，鱼杂粥，估计今天不用刷锅了。那只大黄猫又跑过来缠他，这家伙现在一有机会就过来讨好明圆。

雪儿又病了，呼呼喘粗气，真是越宠毛病越多，看看那些吃大锅饭的，一个个活蹦乱跳啥事没有。小青本来要送它上宠物医院，明圆说这点事不算什么，人得个小病也不见得非上医院，先吃点消炎药试试。他去药房买来“安必仙”胶囊，看过说明书后，把胶囊里的药面儿倒在碗里用清水化开，又用个小空塑料眼药瓶把药水吸进去一半，一只手把雪儿的嘴巴按出一条缝，另一只手快速将眼药瓶伸进去啪一挤，没等雪儿明白怎么回事药已经进去了。明圆告诉她就这样每天喂两次，没出几天雪儿真就精神了，就是胃口远不如从前。明圆又找来一管多维糖膏，说能刺激食欲，这东西貌似牙膏，抹在雪儿鼻头下边，让它伸着小舌头够着舔，舔着舔着胃口就开了。

明圆手也巧，上次在批发市场里小青把背包挂了个大口子，本来想扔掉的，他不知从哪儿找块红皮子，破口那儿就开出一朵好看的花来，中间还有花蕊，花蕊下边拴着小珠子。小青屋里的漏洞也叫他给统统摆平，拧不严的水龙头，掉下来的门把手，漏水的马桶，瘸腿的桌子，活动的床板。他还一边给小青讲些在外焊船的趣事，日子在叮叮当当中不知不觉溜过去了。

明圆这人没什么抱负更没什么事业心，是那种老婆孩子热炕头的居家过日子男人。他生来就喜欢在螺蛳壳里度日，那种井底之蛙式的，用不着看太多，眼界开见识多又有什么好处？看太远人心就长草了，有见识就不安分守己了。在井底那一亩三分地里过日子也没什么不好，寥寥无几的人，巴掌大的天，事端和争斗也只巴掌大，得过且过。在小门小户里过自己的小日子，也有一股感人的味道，因陋就简什么都不浪费，却也是细水长流的生计。

小青又拿给明圆一盒缺胳膊少腿的装饰链，什么耳环手链项链钥匙链，让明圆得空也给它们来个化腐朽为神奇。日子在不知不觉中轻松下来，之前小青睡眠一直都不好，海鹏不回来她睡不踏实，海鹏却没个准时辰。这里于他只是一个休憩的客栈，吃饭、睡觉。他睡下，小青才一点点把自己往梦里边赶，那梦却悬浮在海鹏的呼噜声上，海鹏的呼噜偶尔还夹杂着尖利的口哨，说不定哪一下子就让小青像坐滑梯似的从梦里出溜出来。都说蛙鸣是夏天的一部分，鸟叫是春天的一部分，那么海鹏别具一格的呼噜就是小青夜晚的一部分啦！即便钻进梦里也不得安宁，海鹏时隐时现，好似在眼前又神龙不见首尾，摸不到也抓不着，她就翻江倒海费尽周折去找。她还梦见小时候跳皮筋大家都不愿带她，连姐姐都不愿意，她哭呀哭，就把自己哭醒了。眼下天还没黑她就已经睡了，睡得死心塌地，没有噩梦也没有惊扰。真是，有时候一个很小的契机就会把人带到另一种境界里。

明圆提前回去了，那天中午刚把热腾腾的灌汤包捡出锅，他单位就来了电话。明圆走时怀里还抱个盒子，小青让他改造的那堆破烂。他朝小青摇晃摇晃，等着，一定把它们统统变废为宝。拿上两个包子吧。呵呵，你就代我多吃几个。

太阳就要下班了，手边冒热气的包子正等着她吃，前阵结婚的那户人家阳台上已晒起了红尿布，早上同学来电话说她婆婆去世了。一切都在无声无息中进行着，就像她的头发在悄悄长长，小青知道，就算自己不吃这包子，就算这么静止着一直坐到老，她也无法改变任何进程，这只不过是一种存在方式，她更清楚，只要自己还活着就已经在某个途中，某段路上。

院子里的花香渐渐淡去，秋天已经扑在了夏天上，秋天本来是个沉甸甸的季节，那个爱黏着明圆的大黄猫就要做妈妈了。王老太在自己院里给它搭个单独的窝，小青也悄悄关照它，趁雪儿不注意把火腿肠酱牛肉拿给它。王老太从老家回来精神头似乎比先前足了，待小青也更亲近。她还偷偷告诉小青自己还存着一份私房钱。小青也把自己的打算告诉她，说等家里外租的房子合同到期就把它收回来开个特色包子铺，凭那地角和自己现在的手艺前景应该没问题。她会照现在的价钱付给父母房租，等以后赚了钱再给他们买套新房。俩人在院子里用炭火烤地瓜，浓浓的香气一波波升腾，似乎正酝酿着一个预知和未知，那里面好像还隐藏着星星点点的希望。

一天小青买菜回来，王老太说明圆刚刚来过。在哪儿？刚走，他要出远门了。去外地焊船吗？不是，去日本，去日本定居。儿媳在那边手续都办妥了。没想到，真是没想到，分开这么久却又聚一起。好啊！男人有老婆女人有丈夫，我那孙子最美了，亲爹亲妈。哪能想到呢？不承想啊，王老太眼神里似乎带着一丝歉意，不过只是一闪就被更多的喜悦掩得无影无踪。

小青回屋时看见窗台上有个盒子，是明圆变废为宝的作品。一个多层项链，上边坠着五颜六色的小铃铛小珠子，按大小依次排列着，最外层还有个骨制项坠，那是一只温顺的小猫，乖乖趴在那儿，像正等着谁把它抱回家去。小青回身把项链挂在丁香树上，项链叮叮当当摇晃着，像在讲述着此岸和彼岸的故事，像在讲述着一个浪漫的传说。

这是梦吧，一定是，还没开始就已经结束了。院子里的丁香树还是那一棵，屋里的人还是这一个。有个石子儿一不小心掉进河里，激起一个不起眼的涟漪。这能算作涟漪吗？

她看见镜子里那个叫小青的女人，脸上挂着沧桑的痕迹，她的好时光早在晨曦和暮色里流走，挽也挽不住，抽刀断水水还流。镜子里这个没有表情的人，她的生命可以继续延长，也可立即终止。

真是让人窒息的一天，下午不到三点海鹏竟回家了，这让小青有点措手不及甚至慌乱，正常他都不到午夜不进家门，这会儿一下子出现在眼前，倒叫人莫名紧张，手和脚都没处搁没处放。摸笤帚拿抹布，想找个话题却不知说什么好。海鹏打开电视一头拱到床上，眼睛盯着足球心里却在翻腾另外一件事。

海鹏在单位里有个红颜知己，海鹏帮过她好多忙，包括单位分的一百斤大米都是他帮着扛上楼的，她住八楼。现在这女人竟投身于海鹏的死对头，他们主任。海鹏背地里没少骂他，都和她谋划过要搞“政变”，现在这女人将“政变”方案当作投诚见面礼物全盘托出。知人知面不知心，当初怎么会看好这么个人，妈的，脑袋让驴踢了。等着以后穿小鞋吧。

雪儿跳到床上舔他手背，海鹏摸摸它小脑袋瓜。这小东西来家少说也有五六年了。小青泡杯茶放床头，这女人老黄牛一样跟着自己也有十几年了吧。天，想到这儿他竟吓了一跳。那天在街上见她居然能用流利的英语和老外对话。看她脸面还那么年轻，身段还那么苗条，岁月好像在她这儿没留下多少痕迹。再看看自己，脑袋上冒出不少白发，肚子上凹凸着轮胎，虽穿着前边印卡通图案后边背小帽子的青年装，可他早已不再是青年啦！晚上我们一起出去吃吧，海鹏说。

第二天雪儿这个小淘气把个乒乓球吞嘴里吐不出来了，在宠物医院费了好大力气才弄出来，嘴角却被撕出血，又给它打个消炎吊针，一直折腾到傍晚。秋风已有了明显的凉意，小青想该给雪儿织件毛衣了。

屋子里开着灯，门把手上竟拴着一根红毛线，小青捋着毛线拽呀拽，一个系在线上的小圆盒被拽出来，天，里面居然是一枚钻戒，茶几上还放着玫瑰，衣架上挂着白色婚纱。

戒指玫瑰婚纱，小青从二十几岁直至人到中年艰苦卓绝的努力，这是她用半生时间争取的成果。而眼前的一切已不再是此情此景一人一物，却是多年来琐琐碎碎的浓缩。它一点一滴积累，天长日久那是结结实实一个块垒，当饭吃能解连日饿，当水饮能解数日渴，压在心里也是沉甸甸的好分量。想想这么多年她把希望寄托在事上，却总事与愿违，她把希望寄托在人上，却又人心叵测。什么都靠不住，万般无奈的日子里父母那老屋的租金竟是她唯一的支撑和退路。而她的父母也一天天在衰老，她欠他们的实在太多太多，如果不着手回报哪还有多少机会？包子铺，还等什么？

日子多像穿在项链上的珠子，想把某一颗单独取下来并不容易。同样的东西放在不同的时间和场景里，效果一定是迥然的，看看信仰是一个多么虚妄的东西，有时候，它的崩溃仅仅来自于一次心理活动。

小青怀里抱着雪儿，手里拖着拉杆箱，有点疲惫还有点漠然，像是长途跋涉的旅行者，正在赶往归家的路上。步子虽跛，却是踏踏实实心安神定，外边的灯光一处一处，都是过日子的灯光。屋里的钻戒像一滴晶莹的眼泪在灯下闪烁，悬挂在衣架上的婚纱被晚风吹得摇呀摇，就像传说中的开头，好多好多年以前……

# 不曾遗忘的光阴

人们在日子不景气的时候，通常会在一年甚至于几年里吃同一种自己不喜欢的食物。我小姑就说过，她下乡两年里，几乎天天离不开红薯。红薯在许多日子里成了他们青年点维持生命的唯一食物，弄得我小姑多少年后一看见红薯胃里还冒酸水，这很正常，困难时期只要有东西填饱肚子就已经阿弥陀佛了。

有谁会在两年里连续做同一个梦呢？曾经就有那样一个噩梦光顾了我将近两年。当黑夜如洪水滚滚而来时，我便把自己瘦弱的身躯紧紧地包裹在被子里，宁可让鼻孔感到窒息也不敢露一丝缝儿来。而那个像幽灵般的噩梦，竟能越过门前的马路翻上墙头爬进窗户钻入被窝，再侵到我的睡眠里。那段日子，我躺在床上不敢闭眼睛，我知道只要我一合眼，那个可怕的噩梦就会像魔鬼一样来袭击我安详的睡眠，让十二岁的我在黑夜里瑟瑟发抖。

黑暗吞没了我的眼睛，同时也吞没了整个世界，那时候的我以为夜晚不是光线的消失，而是大量有质量的黑颜色的入侵，就像墨汁倒进瓶子。墙上挂钟的嗒嗒声述说着夜晚的静谧，当、当、当，这是夜里十一点钟，当、当、当，这是夜里十二点钟，和我的年龄一样。当、当、当，这是夜里……我拼命和睡眠搏斗着，而该死的瞌睡虫还是在我枕边翩翩飞舞，我奋力抵抗，像驱赶蚊子那样在脸上拍打着，可它们却丝毫没有走的意思。我又摇摇晃晃地起来上了趟厕所，我只是在那里站立片刻就返回被窝，为的是保持大脑的神志。我不敢第二次再跑到厕所里，那样会惊扰父母的好梦，同时也会招来他们没头没脑的训斥。弟弟倒不必担心，他安然的睡眠能抵得上十头懒猪。经过这样一番挣扎之后，我还是力不从心，无可奈何地掉进那不肯宁静的睡梦里……

在此之前我也曾有过无数个非常美好的夜晚，安宁、祥和、美丽。我的生命在黑夜和白昼里展示了两个部分，那时候我对夜晚的眷恋已经达到如痴如醉的程度，当晚霞的余晖爬上墙头时，我心中的热浪也开始洋溢。我香甜的睡眠是我对白昼短暂的遗忘，雨点的滴答更能促使我跌进一个遐想的童话里……

我的个头是伴随着苍白的面孔长高的，那时候我坐在学校对面的浑河边看自己水中的形象，我看到了一个瘦弱的身躯和一双神情恍惚的眼睛在水里晃动，微微的涟漪让我看到自己那早已疲惫不堪的脸，一张阴郁的甚至衰竭的脸，心里就会想起安徒生的丑小鸭和白天鹅。但十二岁的我已经能理解童话这一概念，童话就是童话。

就像夜晚的梦一样，天亮了，它们就溶解到空气里。我向水中投去一块石子儿，水面上翻起来的浪花把我那阴郁而衰竭的面孔一下葬入河底。

时间就像小河里流淌的清水一样，会把沾满尘土的东西冲洗干净，然而它也会将心中的往事一件件冲刷得模糊不清，回想中的往事已被我抽去了当初的情绪，只剩下一个软塌塌的外壳，而这外壳也随着时间的流淌由透明变为灰暗。所有的一切都包孕在这隐蔽的灰暗里，它们从来没有在我的记忆中消失过，我试图把经过时间淘沥的过去，叙述得再完整一些，有些是美好的，而有些却不好。不管好坏与否，那都是生命的组成部分，根本不可能像割瘤子那样把它割下去。酸的甜的苦的辣的，全都是生命过程中的闪亮，走过那些零零碎碎的光阴，再回过头来，它也站在那熠熠发光呢。

中国地图，英文叫法是 Chinese map，这只屹立在东方的雄鸡被全世界人神往着，我身为中国人，对它的敬慕更如滔滔江水。然而“中国地图”这四个字所给予我的，却是一般国人所无法想象的。上帝对我有一个得天独厚的垂爱，他为了加深我的爱国热情，在我出生时，免费赠送我一张“中国地图”。上帝送人东西一定是大张旗鼓的，他唯恐别人不知道他的慷慨，居然把“中国地图”烙在我脸部的左侧送上。“地图”是这样分布的：“鸡头”在脑门上，“鸡身”漫布了我的左眼、左鼻孔以及左腮帮子。上帝就是上帝，这会儿他也没忘记大陆台湾本是一家，他把“台湾省”安置到我左下巴颏底下了。“地图”的颜色不是很讲究（十分不讲究），和紫茄子皮一个色，轮廓倒非常鲜明，就是东方屹立的那只雄鸡。阳光照耀在我左面部紫色的“雄鸡”上，发出来的光芒竟是黑油油的。开始我并不知道上帝的恩赐是一张“中国地图”，我母亲叫它胎记。后来一个男同学拿着地理书对着我脸相看半天说，木小树——中国地图。好多同学呼啦一下子围上来仔细拿着书对照，接着是一片惊讶的唏嘘，就像哥伦布发现新大陆那样兴奋。他们为这个天才同学的火眼金睛赞不绝口，放学回家我把小镜子和地理书一起摆在桌子上，我坚信那位同学真是一双火眼。上帝在送我“中国地图”同时，还搭配上一块肉。我小时候肉是很金贵的东西，不过他送的这块肉实在微乎其微，还没有小手指盖儿大。我那“地图”覆盖下的左鼻孔被这块肉死死封住，我的呼吸只能用一个鼻孔来完成。上帝白白送这么两样东西给我，木小树那是承蒙错爱，诚惶诚恐。

我敬爱的可爱的亲爱的上帝，你知道吗，你赠给木小树的那是怎样一个痛心疾首的记忆，怎样一个颤颤巍巍的童年？

灿烂的阳光照耀在我脸上，让我左半张脸更加黑亮，右半张脸更加苍白。阳光就那么鲜艳地赤裸裸地照耀着我的童年。

因为只能用一个鼻孔出气，我一说话就像患了重感冒，又像个不会拉手风琴的孩子一不小心撞响了键盘，总是发出吱吱的颤音。在班上我个子不算最高，老师却把我安排到最后一排靠墙的角落里。我的脚边堆着扫帚、笤帚、撮子、拖把以及水桶。上课时，我总是把腿蜷蜷着，唯恐一不小心惊扰它们。我更怕老师让我回答问题，班主任贾老师了解情况，她在课堂上从来不让我发言。她知道那样的话教室就成了说书场，溅起来的笑声会在屋子里飞流直下，导致她的教学任务不能按时完成。其他科目老师不了解情况，他们用花名册叫到我名字时，我的身体就像树叶遇到寒风那样颤抖起来，起立后我先保持沉默。她问，你不会？我摇摇头。她说，那你就回答吧。所有同学都把脖子拔出一截来伸向我，就像鸭子看到主人端着盆来喂食那样，他们脸上的表情是欢天喜地的，马上就要上演一出好戏了。我把嘴巴张开吐出一口热气，就带着别有特色的颤声回答问题。教室里顿时像开联欢会那样热闹，大家都乐得花枝招展，有人还把课桌砸得咚咚直响。老师当时就傻掉了，她万没想到我的发言会引发这么轰动的效果，她两只手拼命往下摆着示意让我赶快坐下，她接下来的动作是用笔在花名册上圈住我的姓名。

经历这样的场面后，所有的老师都不再让我回答问题了，当时我最怕换老师，怕他们初来乍到不掌握情况。下课后我基本不和同学玩耍，我不愿意变成他们嘴里的滑稽词汇，被他们尽情娱乐，他们也不愿意和我玩。有胆子小的女同学见了我还把头往脖子里使劲缩，大概是怕晚上做噩梦吧？男同学胆大，他们无聊的时候还常引诱我说几句话，我一开口他们就像听相声似的把脸笑歪了。后来我也学精了，他们怎么怂恿我就是不开口，总之只要有目光向我这儿望过来，我都会坐立不安。

一下课我就往离学校不远的浑河边上跑，我坐在一棵大树下，树上的叶子为我遮挡着夏日猛烈的太阳。我就那么坐着，眼睛看着前边的河水。我能坐五分钟，因为下课时间是十分钟，来回走路需要五分钟，虽然没有手表，但我基本没耽误过回去上课。就有一回，在遭遇刘宏伟拳打脚踢之后，我在河边坐了很久，把上课的事给坐忘了。当我惊慌失措地跑回学校，第二节课已经下课了。没有人问我去了哪里，根本没人注意我，大家都忘了还有我这么一个人，这对我来说，又是一件多么值得庆贺的事啊。

课堂上我是偶尔才抬起头听听老师讲课的，正常情况下都是低头画画。我有一个白日记本，是乡下二姨送的，我在上面画了一个又一个古代美人。有关古代美人的全部资料都是来自于家中墙上的一本挂历，挂历给了我无限的遐想和创作灵感，于是我就开始了日记本上的创作生涯。我画的美人脸都是干净的，明亮的，漂亮的，没有一点瑕疵。我只画脸部，她们的眼睛是大的，眉毛是浓的，鼻梁是高的，我还用红油笔点上去两个鼻孔，两个鼻孔畅通的人说话都像唱歌一样好听。我没有给美人的脸蛋儿涂抹红色，我要让她们的面孔像河水一样透明，我认为清澈透明是天下最美丽的颜色。我笔下生辉，将每一道笔画都赋予她们生命的灵光，一个个美人头在我的日记本里鲜活起来。因为潜心绘画，我那颤颤巍巍的日子也出现了几许生机。夜晚有美丽的童话伴着我，白天有日记本上的美人陪着我，美人们都是我的好朋友，她们再漂亮也不嫌弃我，排斥我。

有时我会停下笔来，那不是画累了，因为我听到了一个让我心动的声音。那声音源于一个叫刘宏伟同学的喉咙，我们班有两个刘宏伟，一个男生一个女生，我当然是喜欢听男刘宏伟发出的声音。他是个相当帅气的男孩子，个子比班里所有同学都要高出一头，他年龄也比我们大。他的脸是白皙干净而透明的，让人能联想到小河那清清的流水，我偷偷看过，连个小米粒儿大的黑点都没有，真是一尘不染。他单眼皮，眼睛细长，前额宽阔，鼻子挺拔，上嘴唇和下嘴唇抿到一起时，更能展露出不同寻常的生机来。他穿的衣服大都是从商店里买的，他的好多衣服前边都带着拉链，他最常穿的就是运动衫。他的装束使他站在人群里是那样与众不同，完全属于鹤立鸡群类型。虽说那会儿我们已经被定位为八十年代的新一辈，广播里也成天这么唱着，可我们的穿戴还都停留在土布土衣状态。他学习好，听说上四年级那会儿，都自学到六年级课本了。他肩膀头上扛着两道红杠，他是班上级别最大的官员——班长。他能当半个老师的家，给同学批改作业，在自习课上拿教鞭给我们讲课，个别人搞小动作他还学着老师的样在那人屁股上踢一脚，他还有权力罚同学去操场跑步或抄写课文。老师能行使的权力他差不多都行使了，只差找家长。当时他妈妈是我们学校的教导主任。

那会儿十二岁的我好像还不知道有“爱情”这个词语，在那个封闭的年代里大人说到这俩字都脖子红到耳根子，更何况是孩子。那会儿“爱情”这个词好像和下流有些瓜葛，虽然我还不知道爱情是怎么一回事，但我对刘宏伟的感觉却是真真切切。

这感觉源于周末下午一场热火朝天的劳动。那天学校运来一批新课桌，我们班负责把这些课桌搬进库房里。那天一直下着小雨，虽说这并不影响干活，可好多同学还是叫苦连天，我默不出声地抱着课桌跑上跑下。有的同学一趟还没送完，我已经送了三次。忽然有个声音掉进我耳朵里，看看，衣服都蹭上红油漆了。我以为在说别人，头都没抬。木小树，你的新衣服蹭上红油漆了。呀，真是在同我讲话。我胸前白衬衫上躺着一大片红，我抬起头，看到了一张干净而透明的脸，他的神情和目光让我眼睛湿了，鼻子也酸酸的，我知道泪水已经从眼窝里滑落下来。我冲他笑笑，抱着怀里的课桌慢慢离开。那会儿的我,脸上的泪水肯定比雨水要多,我为什么要哭?我的泪水是不由自主夺眶而出的，我擦擦眼睛，从兜里掏出一个红色小发卡别在头顶，这也是二姨送的，我藏在兜里始终没敢戴。没走几步我就把发卡取下来，我看到有人向我这边张望过来。

从那晚起我就把他的身影放进了自己的童话里，很快他就成为我黑夜里枕边不可缺少的想象伙伴，那时候的我有着对黑夜无限的眷恋，每天我都像期待着星期日那样期待着夜晚的来临。天一黑被一蒙，完全彻底地荡进自己的世界里，夜晚我和刘宏伟一起来到河边，我们走呀走，也不知要到哪里去。我们愉快地交谈着，他的声音是温和的，柔软的，不像踢同学屁股时那样耀武扬威，我的鼻子好像也很畅通，没发出吱吱的怪声。谈话的内容我实在记不起来了，像是说学校的事，又像是我们已经长大，在谈论工作上的事，反正话题是开心的。他看我的眼神也是软软的，他呼出来的热气扑到我脸上，湿湿的痒痒的，他还把我耳边飘起的长发理向脑后。我的眼睛湿了，那些不听话的暖洋洋的液体又从脸颊上滚落下来，醒来后我发现我的眼泪不是虚幻的，因为枕巾湿了。

有美丽夜晚的期待，白天也就不再显得特别炎凉。长大后我听到一首歌叫《枕着你的名字入睡》，那会儿我就是枕着刘宏伟的名字入睡的。学校里，他那洪亮的嗓音紧紧攥着我的心，他的声音无论从任何地方传来，都能让我呼吸变得断断续续，心也跟着活蹦乱跳起来。他的笑声总是追逐着我，就是在回家路上也飘在耳边。课堂上我也不像从前那样潜心于美人脸了，我聆听着他的发言，捕捉着他的身影，同时也捎带着听到了老师对我们传播的知识。

那天放学时天已经黑了，他和几个同学闹闹哄哄地走在前边，我也尾随在后边跟着往前走。我们两家的距离只隔一条马路，平时我都是一个人走，我走小路。那次因为天黑有点害怕，也就悄悄跟在他们后边。开始谁也没注意到我，后来刘宏伟一回头，天，他叫一嗓子。“中国地图”，她怎么跟在后边？走，他向那几个同学一挥手说，我们走小路去。他又回过头来问，你平时不是走小路吗？面对他的质问我无从回答，只能将头低得更低了。对，我们走小路去，不跟她一起走。我听得出，这是那个叫“大白梨”女孩儿的声音。我当时那心啊，就像空口喝下去一瓶酱油外加一瓶醋精。

我决定夜里放弃对刘宏伟的美好幻想，但没有遐想的夜晚又是那样空洞，没人知道想象对我来说是多么重要和必要，如果我的生命里没有想象，那真是比白血病人还要苍白。我的想象继续维持着，人物当然还是没有任何改变，我只是让他的脸模糊起来，我将想象中那个人物的脸贴上白纸。想象中的我们继续愉快地交谈着，只是我不再看他的眼睛。学校里他的声音一如既往地牵引着我，我悄悄在耳朵里塞进两个纸团儿，而它们在声音的巨大穿透力面前显得是那样的微不足道，这让我既感到幸福又痛苦不堪。没过几天我把贴在他脸上的白纸也拿掉，他的面孔又变得清晰俊朗起来，他脸上的白纸是我自己在掩耳盗铃，他在我心里一直是那么清晰的透明的，我早就原谅了他的无理。

假日里我依然可以经常见到他，因为我们被安排在一个学习小组，地点在他家。听到这个消息，我心潮翻滚澎湃，以至于那天夜里我把自己的想象延续到凌晨两点钟。我可以到他家里跟他一起学习了！亢奋、慌张、激动、感动，我又要流泪了。

他家房间和我家一样大，就是东西比我家多，这样一来就显得有些拥挤。那天我偷了父亲新发的一支英雄牌钢笔有意扔在桌子上，不大会儿刘宏伟已经握着它写字了，我心里一阵热浪。他说，这笔挺好用，就是写字太粗。我说，你翻过来写不就细了？他拿眼睛白我一下，我怎么写关你什么事？哪那么多话？想给我们拉一段手风琴？我把头低下用个铅笔头写字。笔是木小树的，有人说。什么破玩意，早该扔掉了，他手执我的钢笔边写边说。我仍旧埋头写字。天太热，他给每人沏了一杯冰糖水，也给我倒一杯，糖水喝下去一切都被融化了。

一块冰进到肚子里终究会化掉，一块石头进到肚子里会怎样演变呢？虽然我将美丽的夜色憧憬顽强地维持了一段时间，可自己已经感到力不从心了。

那天下午我所遭受的耻辱就像掉进心房里的石头，让刘宏伟在我那想象的童话里粉身碎骨。不管那想象对我来说是多么重要，不管我的日子又将变得多么苍白，我都会把他从心灵深处连根拔掉，不然的话我就不是人了，我还没有修炼成神。

当时我手中拿了一张中国少年报，那天我很兴奋，因为第二天要轮到去我家学习，我把糖果都准备好了。当时也不知道哪来的勇气，我竟用手里的报纸敲敲刘宏伟的后背说，明天上我家学习，我家在三楼二号。这可不是我平时的作风，追根溯源都是那杯冰糖水惹的祸。当时刘宏伟回头发现是我，他忽地咆哮起来，一个飞脚把我踢进旁边的小水沟里。用你告诉我？“中国地图”，三楼二号是什么鬼地方，谁稀得去！他二目圆瞪嘴里叫骂着。我水淋淋地从泥沟里爬出来，身上的白衬衫沾满稀泥。这是我最喜欢的一件衣服，曾经蹭上的那块红斑也一直没舍得洗下去。他又一个连环脚把我踢回沟里，这时候好多学生都围上来欢呼雀跃，他们的呐喊声鼓舞了刘宏伟的斗志，当我再次爬出来时，他再次把我踢回去。这时候的刘宏伟已经忘记自己是在凌辱别人，他好像是在进行一次武打表演，脚下的动作越来越规范，举手投足都漂亮得一塌糊涂，那脸上的笑容都是张牙舞爪的。他就这样来回来去让我在泥沟里往返三次。我们的观众逐渐递增，叫喊声也一浪高过一浪。我狼狈不堪地往上爬，就像被老鹰捉住的小鸡那样软弱。别人无法体会我当时所受的屈辱和折磨，都说打人能刺激荷尔蒙的分泌，那天刘宏伟一定分泌过不少荷尔蒙吧？从始至终我都没掉一滴眼泪，我的眼泪都是为感动和幸福而流的。那天我只是将肩膀哆哆嗦嗦地抖个不停。那种孤立无助的感觉，心灵都要虚脱了。

回到家中我对母亲说，我掉进水沟里了，她马上训斥道，你长眼睛是干吗用的？不看路？这会儿我才感到小腹下侧火辣辣疼痛，到厕所里一看，有一块拳头大的淤血停在那儿。我没有向老师和家长告状的习惯，我觉得告状本身就是对自己的再一次伤害。刘宏伟学习好，老师喜欢他，老师对每个学习好的孩子都是非常包容的，相当于那种一白遮十丑的道理，我不在老师的包容范畴之内。

那天天还没黑我就把自己埋在被窝里，我在想象中拿了一把尖刀，把刘宏伟那白皙俊朗的面孔割得鲜血淋淋。刘宏伟的鲜血是虚幻的，被窝里我汩汩流淌的泪水和汗水那是千真万确，整个人都要氤氲了。黑夜里我梦见刘宏伟继续殴打我，我爬上来，他把我踢下去；我又爬上来，他又把我踢下去；我再爬，他再踢……我梦中的叫喊惊醒了母亲，她叫醒我时，我一身的冷汗，心脏都跳疼了。母亲很不耐烦地训斥道，深更半夜的喊什么？神经病。夜晚的安宁并没给予我心灵的慰藉，从那时起我就开始诅咒黑夜，诅咒噩梦，每天夜晚刘宏伟的拳脚都会在梦里和我如约而至，他那有力的脚掌一直跟随我有两年之久。我用了各种方法对他进行驱赶，我见过乡下二姨做噩梦时把刀和剪子之类的铁器放到枕头底下。我也放，我放小刀，放剪子，放弟弟的铁枪、放玩具狗……这些东西都没将他和他的拳脚击退，真是阴魂不散。

遭受殴打第二天，我看到刘宏伟在铺满阳光的操场上踢球，动作和往水沟里踢我时一样潇洒，我跑进教室，在日记本后边写下两个标记。我望着教室的玻璃窗，忽然咬牙切齿地想用头把它撞碎，我已经听到牙齿相互撞击的声音。

以前睡眠给予我的是拯救，现在睡眠给予我的是折磨。我每天夜里都提心吊胆不敢入睡，怕梦里刘宏伟的拳脚，怕我的喊叫惊动母亲，到时候她真要把我定性为神经病的。

母亲曾向父亲提出过这个问题，她说我眼神总是恍恍惚惚，动作也比较迟缓木讷，反应也不灵敏，是不是脑子有毛病？我自己知道我脑子没病，这些都要归功于我脸上那张雄浑的“中国地图”。家里没人时我就对着镜子掐它，心中充满着痛恨和好奇。黑龙江、内蒙古自治区、甘肃、浙江、福建……我一个一个按方位往下拽，脸都肿了，可“地图”上的省市自治区还都坚定不移地泊在那儿。家里没人时我才敢有这些举动，否则他们会把这种行为按神经病论处的。

我的父母从来没把我脸上的“地图”当一回事，他们有着那个时代特有的固执，他们觉得一个人最重要的是学业，只要书包里揣着好成绩，即使长得比猪八戒都难看也无所谓。他们不厌其烦地为我讲述着《钢铁是怎样炼成的》，向我阐述着身残志坚的道理，他们的讲述并没在我心灵上碰撞出任何火花，那应该是伤残人借鉴的，我又不是残疾人。父母的苦口婆心并没有带来相应的效果，他们已经意识到我是一块不可雕琢的朽木了。

我喜欢刮风，风越大越好，那样我就会蒙上纱巾自由自在地到处乱跑，风拉着我的手轻飘飘地前进，就像长上翅膀一样。然而一年之中能让我长上翅膀的日子屈指可数。我喜欢去看一个老太太，一个皱皱巴巴的老太太，她无论春夏秋冬都穿一身黑亮黑亮的棉裤棉袄，夏日里就更显得特别阴森，她常常张开她那荒凉的嘴巴，让阳光照进口腔里，她灰暗的眼睛里闪着浑浊的光芒。天气好时，她就在离我家不远的一个墙根下晒太阳，她坐个小板凳，仰脸对天空，那虔诚的神态在阳光下有一种离奇的庄严。她一坐就是大半天，一脸的安详和平静，别的孩子都怕她，说她像老巫婆，我不怕，我倒希望她是巫婆，所有的巫婆都能施展魔法。

我凑到她身边蹲下，和她一起仰头看天，太阳的光芒像针一样扎眼。我把目光收回来看她，她还在看天。你不怕刺眼？她还是继续看天，过一会儿她把目光放到我脸上，我不好意思地低下头。她用枯树枝一样的老手在我的“地图”上划一下，说，福气，福气。接着又把头仰向天空。我说，天上有好东西吗？她说，天上有时会开一扇门，心里想什么，天门里就有什么，这要有福气的人才能看到。我说，我没福气，看不见。她又回过头掐掐我的脸说，福气，福气。我常去墙根下找那个老太太，她坐着，我就蹲在她身旁，我们就那么望着天不说话，我们在寻找着各自的天门。有太阳时我怕刺眼，就低头玩土，我们之间没有太多语言，只是偶尔听她说什么福气福气的。我跟母亲说，那个黑棉衣奶奶说我有福气。母亲当时义正词严地教导我，人的福气要靠自身努力去达到，哪有天上往下掉福气的？你现在不好好学习，将来哪会有福？全是气。天上有天门吗？你这孩子一天到晚脑子里都装些什么东西？怪不得成绩那么差！

……我相信有福气的人晚上也能看到天门。我扒着窗台望天，我看见星星看见月亮，就是没看见天门。我不是臆想狂，但我相信天上一定是有天门的。我的这些行为是不是有神经病倾向？然而我真的没有神经病，我脸上有一张紫黑紫黑的“中国地图”。

我弟弟叫木大森，他特别聪明，家里人都喜欢他。弟弟在家里也常学着别人的样子叫我“中国地图”，我去告诉父母，他们只是淡淡一笑说，这孩子。那会儿他们并不知道我的感受，倒是觉得他们的儿子挺幽默。弟弟拿铁枪袭击我的脑袋，我去告诉父母，他们笑笑说，这孩子。他们没有训斥弟弟，倒是觉得自己的儿子真顽皮。母亲把脸转向我，说，他还小呢！我有一个比我小四岁的弟弟，但他的智商要比我高出四岁，这个看法是父母一致认同的。在他们眼睛里弟弟的一举一动都透露着天才的灵气。他在白纸上随便几笔涂鸦，都会让我父母大为震惊，他们仿佛看到了一个未来大画家在那儿泼墨挥毫。于是他们给弟弟买来画纸画笔，还专门请了美术教师。弟弟也确实聪明，他六岁时就能识好几百字，背好多首唐诗。他还能利用这些文字写篇一二百字的短文。其中有一篇小短文还让父亲的朋友拿去登了报纸。一个六岁孩子的文章能上报，这不是天才是什么？他还能把唐诗运用到现实生活中去，虽说有时候驴唇对不上马嘴，但对于一个六岁的孩子来说，那是相当不容易的。家中来了客人，一进门他就吟诵道，“笑问客从何处来”，客人兴奋地抱起他从头亲到脚。酒桌上他又大肆锋芒毕露，“丰年留客足鸡豚”。哇，还有比这更好的下酒菜吗？

弟弟被请入上座，还在杯子里为他倒了一点酒，我父母脸上顷刻间露出了喜气洋洋的神态，气氛不亚于现在人摸彩票中奖。我父亲嘬下去一口酒无比自豪地对客人说，怎么样？我儿子厉害吧！客人马上随声附和，那是自然，也不看是谁的儿子！父母脸上的笑容更灿烂了。

没有高山哪会显出平地，因为弟弟的天才，我也就变得更加低能起来。家里来了客人，我问过好后，就让自己以光的速度撤离，父母让我把在外边疯跑的弟弟喊回来，弟弟的抛头露面总会博得一阵阵喝彩，让我那对知识顶礼膜拜的父母激动得不能自持。弟弟性格开朗，也特别健谈，他的谈话时不时穿插着唐诗宋词还有歇后语儿童歌谣外加俏皮话，他讲话时还有动作和手势，俨然一副大学问家的样子。我父母特别愿意把弟弟推出水面让人赞赏，弟弟带给他们的快乐是用语言无法表达的。父母不愿意把我推出水面，并不是因为我携带着一张“中国地图”。因为我那好几门功课加一起还不够买一根冰棍的学分实在让他们苦不堪言，弟弟的荣耀覆盖着我的耻辱，他们在心里找到了平衡点。这反倒成全了我，我喜欢一个人在角落里待着，后来听说这叫享受孤独。我真是有太多的孤独可以享受了。

不过必要时候他们还是把我推出了水面，小时候一入秋就要排队买大白菜，政府给一天假，家家都买。买秋菜的队伍像游行那样浩浩荡荡，气氛也和过节一样热闹。这时候家里的小孩子最能派上用场，他们可以先去排队，等排到后大人再用三轮车把菜拉回家。排队并不是件容易事，有时候要排上五六个小时，腿肚子都站酸了，遇上坏天气还得披上厚棉衣。父母把排队这个光荣任务交给我。我最讨厌排队，一到要买秋菜时心里总是惶惶不安。我不是怕累怕冷，是不愿意和密集的人群接触，更不想站在人堆儿里让他们品头论足，那么多目光同时注视着我，我浑身上下都不自在。弟弟尖细的屁股和瘦小的脑袋由父亲的大鞋载着跑向我，他是来看热闹的，转几圈后觉着无聊他就拉着长音朝我发号施令，“中国地图”，“中国地图”你好好站排，然后像鸭子一样趿拉着大鞋手舞足蹈地跑开。我的痛苦在弟弟的快乐里放大着。我跑回家里和父母说，我不想排队，他们都看我。我母亲就是有文化，当时她说了一句非常有哲理的话，你不看别人怎么知道别人在看你呢？父亲说，你往功课上花点心思吧，光注意些个没用的。我只得低着头重新回到那浩浩荡荡的队伍中……

我父母都是很有文化的人，他们是“文革”前的老大学生。在他们那个年代里，能考上大学的都是人间精英，绝对国宝级别，他们的自我感觉也无比良好。我们家往来的宾朋大都是像他们一样的文化人，他们对没有受过教育的人总是不屑一顾嗤之以鼻。听他们谈论一个人，最先谈论的一定是那人的学历，他们用学历高低来衡量一个人的一切，诸如品行诸如能力诸如性情。我父母对学问的重视已经达到了联合国教科文组织的水准。我们家介绍朋友的方式也不同寻常，两个不相识的朋友碰到一起，我父亲便相互介绍说，这位是小李，他毕业于某某大学，这位是小王，他毕业于某某大学。在我父母眼里，学历是至高无上的，文凭压倒一切。父母对知识的无上崇敬，使得我那可怜巴巴的学分让他们的悲哀已经深入到骨头里。

父亲晓之以理动之以情，晚饭一开始，他就端起酒杯给我们讲述他那光辉的奋发历程。他说自己上学时如何如何刻苦，成绩怎么怎么好。父亲的记忆是惊人的，他能将从小学到大学的每一次考试成绩倒背如流，连当时的情景都描绘得一清二楚，那些都是他刻骨铭心的骄傲。父亲要说明的主题思想就一句话，知识就是力量。弟弟那虔诚的眼神，使父亲不厌其烦地讲述着同一个道理，他不知道再伟大的真理说上一百遍那也相当于废话了。他的讲述没有给我带来任何触动，所得学分该不够买冰棍还是不够买冰棍。还好，弟弟的天才抚平了我带给他们的心灵创伤。母亲常常叹息道，唉，真是一个天上一个地下。久而久之我也被他们归纳到不屑的人群之中了。

我小时候有一段时期闹地震，家家户户晚上都穿着衣服睡觉。有天晚上我正猫在被窝里想心事，忽然听到母亲哇一声，灯亮了，我看见父亲一把抱过弟弟，母亲急忙将一条被子盖到他身上，父亲往门外冲，母亲回手把弟弟的衣服鞋搂在怀里。父母整套动作配合得相当默契，就像受过训练似的天衣无缝。当母亲回过头看我仍傻站在地上时，大声叫道，你傻呀，还不快往外跑！我当时显得特别镇静，心里的不安是通过苍白的脸色略有显露。别人对我的遗忘会让我如释重负，父母对我的漠视却让我头重脚轻，那段日子里父母常会上演这样默契的镜头，这会让我更加想念在乡下二姨家所居住的日子。

夏夜里天气热，两个表哥都不愿意放下蚊帐，二姨就坐在床边用扇子给他们扇风和驱赶蚊虫。她左边扇两下右边扇两下，动作像划船一样好看。直到他们睡下二姨才起身放下蚊帐。二姨那把扇子经常在我眼前摇晃，即使我躺在城里的床上都能感到一丝凉风迎面飘来。

那时候我对一年之中的八月有着不同寻常的期待。

八月的天空是静悄悄的，是清晰而透明的，六月里的黑云、七月里的红云都不见了。一进八月连大风大雨都没影了。白天是黄金太阳夜晚是雪白月亮。蓝天，蓝得像小河里的水。白棉一样的云彩像花朵一样缀在天上，绵软的云彩低近了，好像沉得快要脱离天空而坠下来似的，天空就越显得更高了，人和天在一起，天地是那么大，那么远，人的手永远也摸不到天空。脚下是松软的泥土和飘摇的青草。阳光那时候更像是温和的颜色，涂抹在人身上也不是耀眼的光芒。蜻蜓是金的蚂蚱是绿的，蜜蜂则嗡嗡地飞着，满身绒毛，落到一朵花上胖圆圆的就和一个小毛球似的。我所描绘的就是我乡下二姨所居住的那个叫泉水的小村庄。

泉水村是我阴郁童年里一个快乐的避风港，它给予我的是心力衰竭后的抚慰和拯救，它是我晦暗日子里不远处的一盏明灯，是我狼狈不堪生存状态里的温柔之乡。

每年暑假我都要去泉水村住上一阵。一放假我就背上书包奔向泉水村，奔向那洒满阳光的山坡，让自己的身心一起释放在草地上。在那片土地上我可以肆无忌惮地在田野上疯跑，随心所欲和小孩子在一起玩，那些面朝黄土背朝天的农民不会因为你长得不好看，说话声音不好听就嫌弃你，他们都是像草一样朴实像羊一样善良的人，我在那里获得了前所未有的心灵小憩。

那里的孩子也都盼望着我去，头好几天她们就到二姨家打听，小树还来吗？来。什么时候来？快了。我给她们带去了高楼大厦和柏油马路的气息，我给她们讲城里的公共汽车，讲电影院里的电影，讲夏天的冰棍冬天的冰糖葫芦……她们就像听故事那样两眼放光。我发给她们小人书看，还拿彩色笔给她们画画，画房子画树画大公鸡，我把画郑重其事地送给她们，上边还签上自己的名字。她们真是很在乎我的画，像宝贝一样捧在手里，唯恐被灰尘污染，有人还把我的画贴在家里的土墙上。

一个大婶还让我帮她描花样子。二姨二姨夫都说我是个心灵手巧的姑娘，当时我右边脸红得像个大苹果。

这里的孩子带我到山上采野果子，到野地里捉蚂蚱，到小河里捉鱼……那会儿我的心也跟那小河水一样清凉。二表哥总陪我玩，他还给我采野花呢。奇怪，从来没有人对我脸上的“地图”大惊小怪，我问一个叫黑妮的女孩儿，你怕我脸上的东西吗？她说，怕什么？妈说那是有福气人才长的。我二姨也说我脸上的东西是福气的象征。我又想到了穿黑棉衣老奶奶的话，我不知道这个说法从何而来，但即使以后让我当女皇，我也不愿意要眼前这份“福气”了！

那个哑巴姑娘又去河边打水了，她将木桶放在井中弯下腰时，脑后的辫子就会掉到胸前垂挂在那里，她两只手不停地将辫子甩向脑后。边上的一个老大爷帮她把水桶摇上来，她哇哇两声像在表示谢意。没走几步有几个孩子围上去把她手里的水桶接过来往前抬。一个小孩子打着手势说，一会儿你帮我们编个毛毛狗吧。那哑巴姑娘又哇哇几声不知说些什么。我看见她迎着晨光在院子里梳头，她的脖子微微偏向左侧，初升的太阳在她光洁的脖子上流淌，她脸上的笑容像蔷薇花一样鲜艳。二姨说，她下个月就要嫁人了，是邻村一个不错的小伙子，就是腿脚不太好，但人厚道，二姨还说她跟大表哥同岁。噢，她才比我大八岁。

我就像山羊迷恋河边的青草一样迷恋泉水村。我跟二姨说，我长大了要学裁剪，然后在村口大树下开个店。二姨笑了，人家都往城里奔，哪有往乡下跑的。我说，我喜欢乡下。二姨说我真是个傻孩子。我天天和伙伴们奔跑在宽阔的草地上，“森林里有阳光，田野里有禾苗，小鸟、小鸟你自由地飞翔……”这是我小学一年级学唱的一首歌，我在学校不敢唱，在家里也没唱过，只有奔跑在乡间的田野上，才能释放喉咙。“森林里有阳光，田野里有禾苗，小鸟、小鸟你自由地飞翔……”

秋风凉爽时，晚霞升腾，天空，博大、深远、清凉。袅袅的炊烟从一个个烟囱里钻出来，它们飘到半空中就不见了踪影，不知道是中途被风吹散，还是跑到天上去跟彩云交汇。秋风再凛一点我就要回城里上中学了，在那个陌生的环境里，我将会被他们没完没了地瞻仰，接着是震耳欲聋的大呼小叫，惊讶冷漠的眼神，好奇鄙夷的窃窃私语，课堂上放肆的哄堂大笑。这些就像公交车的站点那样在前边不远的地方等待我，站点早已在那里根深蒂固着，没有小径路口的分岔。躺在二姨家床上，我就像那些患了绝症的晚期病人，用手指头掐算着自己那所剩无几的快乐时光，老挂钟的每一声嘀嗒都如一把重锤敲打着我的心脏，那该死的噩梦却又如影随形，可恨的是它比原来还要丰富绚烂，刘宏伟的拳脚同学的哄笑外加父母的斥责和弟弟的捣蛋。

我失眠了，而且某日里还拔下了一根白发，蚕老一时，麦熟一晌，人老一天，伍子胥一夜白了少年头，空悲切啊。一个十二三岁的孩子居然会如此伤感，这大概就是早熟的迹象吧。我脸面虽糙可身上的肌肤却娇嫩无比，我没有勇气和胆量去博弈前边的虎穴，在抑郁惆怅的同时我也学会了深层次的思考，当时我想得最多的就是，如何把自己这粒种子播种到泉水村的土地上，长久地在这里生根发芽，八年后也像那个哑巴姐姐一样找到自己的归属。

我把自己所剩无几的快乐时光全部用于思考，白天吃过饭就一个人跑到山顶上吹风，就像在城里的河边那样苦思冥想。我喜欢独处，喜欢山喜欢水，喜欢风和风击树叶的沙沙声，看看，我年幼的身躯里居然潜藏着文人风范。山下有两个农人正在给果树喷药，看他们不紧不慢地操作着，可能是远离的缘故吧，他们的喷药器发出的声音竟像轻柔舒缓的音乐，他们赤裸的身体上边披着药粉，在艳阳照射下生辉耀眼，他们怡然自在，几架喷药器喷出的药粉在农人身后膨胀成美丽的粉红色云团，像高山像流水像春花像秋树……我无限钦敬地注视着他们那雍容的状态，望眼秋水……我想我必须留下来，不是叛逆，我要主宰自己。

我找我最亲最近的人来谋划，二表哥。他不过大我一岁，而他却是我最好的人选，这是我在山顶拟订的方案，我想嫁给二表哥。这想法源于那个叫《花为媒》的评戏，那里边的人物与我和二表哥的身份相差无几，我当然把目标锁定在他身上。大表哥哪成，当时他就已经走在了相亲的小路上。也只有这样，我才能把根牢牢地扎在这片快乐的土地上。

我对二表哥敞开心扉，不如我们一起上学一起玩，一长大就成家。他倒乐意，说还是自己有家好，自己说了算，想干什么就干什么，想买什么就买什么。我说，现在最重要是如何才能把我留下来。到底是男人，他说，你故意把腿摔断，都说伤筋动骨一百天，那样你想走都走不成了。这个办法行是行，可我怕疼，再有真要摔成残废那还了得！二表哥又把眼珠在眼眶里晃几晃，那你就装病，一发起烧来连走路的力气都没有。我说，怕装不像。这不是问题，他把手一挥。你先把自己跑出一身热汗，再到河里扎个猛子，我保你烧到三十九度，嘻，去年期末考试我就这么干的。我说，我不会游泳。他告诉我，后山有条河，水清还不深。再说还有我呢，他用力拍拍胸脯。

形势喜人形势逼人，我管不了那么许多了。

那天二表哥带着我在山路上奔跑，直跑到夕阳西下两眼昏花口干舌燥，后背已经变成个小小的泉眼，细细的泉水从汗毛里倾泻出来，整个人都要融化了。在二表哥搀扶下我来到河边，在那儿我看到了映在水面上的自己，还有那暗紫色狰狞的“中国地图”，在牙齿相互撞击后，我一头扎进那温暖明澈的河水中，我的头触到了河里精神抖擞的水草，触到了松软如脂膏的淤泥。我在水中散漫地流动，清亮的水珠在胳膊上活泼地起舞，水中的鱼儿冒冒失失地碰撞着我的躯体。下沉，欢乐地下沉，周身如被刀割，刀割般欢乐地下沉。浮上来了，上浮时我觉得自己就像一只好看的天鹅，欢快、痛快，我幸福地哭了，声音不大，我把头埋在水里，让清凉的河水温存地冲刷我的口腔，哭声冲上水面，变成了一串串晶莹的气泡。在那青云般河水的底部，忽然伸出一个长长的镜头，我看见不远处跑来一个男孩儿，他的脸是白皙而透明的，细细的眼睛，宽宽的前额，挺挺的鼻子。阳光洒在他头顶就像一只飞舞的金蝶，那只蝴蝶扇动着翅膀来到我身边，用脆萝卜一样的声音叫道：木小树，你的衣服蹭上油漆了。这声音清润极了，就像这山野里的泉水叮咚……

我醒来时，正躺在家里床上。隔壁房间里传来弟弟木大森那琅琅的读书声，“问渠哪得清如许，为有源头活水来”。

# 桃花令

昨夜夜半，枕上分明梦见，语多时。依旧桃花面，频低柳叶眉。半羞还半喜，欲去又依依。觉来知是梦，不胜悲！

——韦庄

马爷爷过世，马奶奶想在天堂墓园给他寻块地方，犄角旮旯也行。

马奶奶居住的城市有一座山叫莲花山，这莲花山贯穿着城市两头雄赳赳气昂昂，不过莲花山往南蜿蜒走到太阳沟那儿就瘦成一根排骨了，这么不起眼儿的一根排骨上竟然戳着一座二层小楼，六四零九家属楼。六四零九是早年的兵工厂，兵工厂嘛，一定要隐蔽， 它的厂址在莲花山最南端被青山绿树掩盖着。难道兵工厂的家属们也需要隐蔽？谁知道，反正他们这个家属楼七拐八绕地建在太阳沟，周边除了石头就是山，从远处望过去就像鸟筑了个大窝。

多年前六四零九厂已经和邻市一家兵工厂合并迁徙，现在那里是一家规模很大的豆制品加工基地，生产大豆腐、豆腐皮、豆腐干、豆腐泡、五香豆腐卷……连周边的草木都被染上一股豆腐的暖香。家属楼却是个被遗忘的角落，冷眼看过去如一本陈年老账，像回忆，更像往事。无论外面的世界如何红尘滚滚烈火烹油，小楼里的人仍本分地恪守着朴素日子，渍酸菜腌咸菜晒大葱，端午节还有人在墙角点燃干柴支起炉灶煮红豆蒸粽子，淡淡的炊烟一缕缕吐出来，袅袅娜娜在莲花山上空飘，也弥散出温馨日子的味道。夏天的傍晚，幽幽的芳香从山上飘散下来，和每家每户的菜香饭香混合到一起，人们无不感叹地吸着鼻子，仅我们太阳沟才有这好味道！这些人大都蹒跚了脚步花白了头发，夜深人静齁巴哮喘咳嗽声灌满小楼，都老了不中用了，从头到脚都是毛病，像马奶奶这般硬朗的那要多大的造化？年轻人哪肯住这里，连他们的爸爸妈妈也不住，这里是他们的爷爷奶奶，甚至老爷爷老奶奶，有点本事的，连爷爷奶奶也给背出去了。

如今哪个角落能逃过开发商的耳目？这不他们来了！他们驱车围着太阳沟转了一圈又一圈，一圈又一圈，怎奈朽木不可雕也。这地角盖楼可真要跳楼了，是谁无意说了句这山倒郁郁葱葱的有些景致。就像有人拿小锤在开发商脑袋上敲了一下，醍醐灌顶，醍醐灌顶了。开发商对着莲花山相看片刻双手一击，人说脚踩莲花上西天，盖不成楼房老子就挖坑，那边也要解决住房问题嘛！

两山夹一杠后代出皇上，两山夹一湾后代出高官！这莲花山风景秀丽坐北朝南，天然的好坟茔！开发商骄傲地拍拍脑袋，老子不发财谁发财？他要在此打造出一个现代化超级豪华公墓。哗啦啦哗啦啦，什么情况？当然是真金白银相互撞击的声音。

没多久叫了几辈子的莲花山又有了一个别样的名称，天堂墓园。真他妈漂亮到天上去了，花团锦簇松柏常青，天上一群群白鸽，湖里一只只游鱼，列队整齐的花岗岩雕刻石柱，溪流一样蜿蜒的盘山楼梯，比活人住的地方都讲究。在中国人的传统文化里，墓地风水好坏不但关系到死者入土后的安然，还会影响到活人的凶吉和后世子孙的荣辱。两山夹一杠后代出皇上是说左右两山像椅子两边的扶手，后面横着一座山是椅子的靠背。这个离现实太遥远，皇帝就那么一个，比中头彩还难，一般人家不敢奢望。两山夹一湾后代出高官就容易多了。莲花山连绵葱郁可惜没水，这有何难，挖个水坑小事一桩！错，不叫水坑，那叫人工湖。两山夹一湾这就成了。天堂墓园山环水动视野开阔，鸟语花香景色宜人，别说什么死人，活人都他娘的爱死了。来望风景的大都是六四零九家属楼里的。开始还以为这么大兴土木是修公园，当时马爷爷看明白对马奶奶说，哪是什么公园，阎王爷待的地方，什么人才有这福气！人们开始啧啧喳喳，这墓地比公园还漂亮，谁能住上这么个风水宝地，也不枉牺牲一回。工作人员赶快宣传，我们天堂墓园是天堂里的高档社区，上风上水，地下CBD，人生后花园，全天二十四小时保安守卫，每日集体上香诵经听音乐讲新闻，逢清明鬼节还有网上祭祀，生日祭日我们负责联系家属，如家属不能到场，我们可以代理行事。爷爷奶奶大爷大娘机会难得，开盘价打八折。这里不仅可以安息亡灵，还可以保佑后代。如今土地紧张，升值空间大大的。不少老人动了心，他们回去和儿女商量，我们也不是贪图什么，关键是这样的风水宝地能庇护子孙逢凶化吉，以后咱孙子能考重点大学找好工作娶漂亮媳妇当大官发大财……什么？简直杀人的价，比活人的房子还贵，这些人良心太坏，专门忽悠你们这些老头老太太，人死了就是一把骨头扔出去……老人们被儿女教育一番马上就觉悟了，可不，那边还能管得了这边的事？扯淡。孩子说有那钱还不如买深海鱼油吃，他们妥协了，却暗暗等待着儿女们的深海鱼油，一天两天三天……深海鱼油呢？哦，你没看电视上说？那东西都是假货，吃了反倒生毛病。莲花山，不，天堂墓园现在可热闹了，老人们没事就去瞧热闹，这辈子住小红楼的命下辈子就能飞跃天堂，做梦吧！就看看风景，看看风景还不行吗？

你不买他买，人家生意火着呢！人们趋之若鹜出手阔绰，有人一口气圈下一片联排墓坑，还和女人做着长远规划，我和你在中间，左上角是他爷爷奶奶，右上角是他姥姥姥爷，下边是咱儿子再下边是……女人说去你娘个腿儿的。簇新的墓碑在太阳光下冉冉升起，花岗岩大理石青石汉白玉……讲究的人家还在墓碑旁边竖起雕刻，有石狮子麒麟貔貅，有人还为死者雕上塑像，件件都像艺术品。

马爷爷过世马奶奶想近水楼台，只图个方便。从窗口就能看见，那样老伴就没有离开，只不过换了个睡觉地方。当时大小媳妇下岗，大小媳妇先前在公交车上卖票，忽然马路上跑的都是无人售票车，大小媳妇没有了用武之地。二小两口子也没正经事干，他们曾是六四零九厂的维修工，工厂合并后被减员回家。春儿在商场门前给人看自行车。你看看往天堂墓园跑的都是些什么人？他们脖子上一个小玩意就是咱几年的饭钱。三个孩子统统反对，他们只当老妈悲伤过度犯糊涂，眼下连填饱活人肚子都困难。他们天天在外边奔波刨食，晚上一头歪到床上连梦都没力气做。就让这老太太做梦去吧，反正做梦又不花钱。

马奶奶每天夜里都能梦见老伴，马爷爷总说冷。冷你多穿点。马爷爷说多穿也冷，冷到骨头里了。清晨马奶奶到天堂墓园去，喇叭里传来一个又甜又糯的声音，各位早上好，现在我们来播送今天的天气预报：今儿个天气很好，东北风二到三级，气温十八到二十三度，是个晴朗的好日子。愿各位的心情都能如这天气一样明朗愉快。下面我们来听一段音乐。马奶奶朝四周看看，只有一个个矗立的墓碑，这“各位”是指它们了！古筝演奏的佛曲，非常好听。她没记住名字，音乐在山间环绕着，她发现声音是从地上的一个个玻璃盒子里传出来的，这玻璃盒晚上是照明的路灯，隔几十米有一个。音乐结束是新闻联播，全国各地大事小情，还有世界上的事，韩国一艘轮船咣当撞礁石上了，美国一架飞机在天上冒烟了……上午九点半是固定焚香时间，香炉和香台在墓园的小广场上，工作人员燃香后，从锦盒里取出一堆花花绿绿的纸片，从别墅到门市房，电视到手机，生活用品到时令水果蔬菜……都是顶新级别。虽然是打印的图片，可种类花样相当前沿。这些统统被放进香炉里点燃。马奶奶想有钱真好，死了还能享受这么多花样。她和人家商量，我可以帮你们干活，点香烧纸搞卫生，只要给老伴找个地方。人家回答，这事我们说了不算。夜里她见到马爷爷说，现在我见天都到墓园去，那可真是个天堂，每天早晨都播放不同曲子，还有京剧评剧黄梅戏二人转，可全乎儿了，天天不重样。昨天还放了你最爱听的小白玉霜的《秦香莲》，听完曲子就给播新闻，焚香后还要烧纸活，什么新鲜玩意都有！好多东西我也是头次见。那天还来了几个和尚诵经，和尚岁数都不大，个个膘肥体壮。一个小和尚一边诵经一边拿脚打着拍子，脖子上的槽头肉一颤一颤的。我琢磨着让孩子把你从寄存处接回来，白天我带你去园子里望风景，晚间还歇你那张床上。原想俩人一块儿蹬腿闭眼，就像一楼他李奶奶和李爷爷那样，前后脚不到俩钟头，一起埋了倒也省心。可惜咱没修来那福气。

马奶奶跟大小说了想法，大小在电话里吼，谁烧成一把灰了还在外边瞎溜达，等我找空去老家西安把爸安置了。马奶奶说西安离这儿十万八千里的，逢年过节连个扫墓的都没有，再说我也不想离你爸太远。到时你可以在路口烧烧纸钱，你和爸心有灵犀距离产生美。大小只是敷衍老太太，他哪有空去西安，去了把老爹安置在哪儿？现在什么地方不是寸土寸金，别讲那些高档的，就是普通墓地也要往万上数。大小赞成一些伟人的做法，咣当往海里一扔，省钱又省心。看看人家这境界！大小准备找空给老太太上上课，现在不行，单位要竞聘承包公交车，这会儿正忙着。马奶奶又给二小打电话，二小和媳妇刚刚盘下一个小卖店。马奶奶话还没讲完，二小连连叫苦，我现在上厕所都小跑……马奶奶坐公交车来商场门前找女儿春儿，春儿更黑更瘦了，马奶奶从口袋里掏出两个大苹果。春儿也不同意把爸接回家，到时候你外孙女连姥姥家都不敢去了。

一个老妇人的心思就像一朵枯萎的花，谁会在乎呢？孩子们忙得昏天暗地，他们无暇顾及老头埋哪儿，活人的事还没弄明白呢！不能说他们不孝，老头躺在病床上，他们也都轮了班去照顾，春儿还时不时煮点汤拿过去，只是尽孝心也需要资本和成本。他们只当老太太在说梦话，人老了就爱做个不着边际的梦。

这世上好多不着边际的事还不是靠着梦想来实现的？人们跟这叫梦想成真。这个当然要靠造化机遇还有那鬼使神差的机缘巧合。那天墓园老板途经小红楼，无意间往外看看，就和一个窗台上的咸菜坛子对上眼儿。一个土黄色带花纹的咸菜坛子，里面盛着咸菜疙瘩。老板当然只对坛子感兴趣。对了，坛子是马奶奶家的。在老家的旧物摊儿买的，一尺多高鼓着个圆肚子，特别能装。疙瘩头青萝卜小黄瓜雪里蕻……当年三个孩子喝稀粥啃饼子把坛子里的咸菜咬得咔咔响。坛子一年四季扔在窗外护栏上，风吹雨淋没人当回事儿，日子再不济也不会把咸菜坛子当宝贝。

她在电话里告诉大小，你爸这回真要进天堂了，是天堂墓园。用家里的咸菜坛子换的，一个咸菜坛子居然能让你爸落户天堂，看看这是多大造化！马奶奶明显激动了，翻来覆去说这都是老天开眼。事情来得突然，就好比天上咚地掉下来一个馅饼，哪是馅饼这是金元宝啊！马奶奶掐掐自己胳膊，确信不是梦。等平静下来她想了好多好多，自己在这世上风风雨雨几十年，说长不长说短不短的，可无论碰上什么艰难最后还不是拨云见日。

马奶奶出生在古城西安。一出生脸上就带着好些红疙瘩。这红疙瘩跟她个头一起长，慢慢还连成片，明白的老人跟这叫朱砂痣。这朱砂痣不是印在皮肤里，而是呈立体状，有指甲盖儿的厚度，冷眼看像糊上去的膏药。这么个大眼睛高鼻梁女孩儿，竟长这么一脸坏东西，可把当娘的愁死了。坏东西要长在后背上屁股上也不碍事，可偏偏就长在脑门上脸蛋儿上。她使劲拍大腿，恨不能把那坏东西撕下来贴到自己脸上！怎么可能？当娘的又不会变魔术。也只能在她力所能及的一亩三分地里瞎折腾。去都城隍庙求神拜佛，去骊山脚下的华清池往回背水。传说华清池的水有神效，秦始皇脸上的毒疮都治好了，后来唐玄宗又在这里给杨贵妃修了贵妃池，整个贵妃池就是一朵盛开的海棠花，六个花瓣轻轻拥抱着美人，池中之水柔滑馨香。山下的村民都用这水来驱赶病魔。当娘的把神水背回来敷到女儿脸上，晚上去茅房也要顺便瞧瞧，奇迹往往发生在夜深人静。当娘的相信那神水带着帝王仙气，只要她虔诚不惜力气。

转眼女儿十岁了，当娘的肩上已经磨出老茧，女儿脸上依旧如故，当娘的想把女儿送到学校里识几个字，总不能做个睁眼瞎吧！生了这么个长痣的姑娘，当娘的自觉得亏欠了孩子，那就凭着微薄的力气，补偿一点是一点。她私下去打点了学校里的老师，就让她坐在靠墙的角落，这孩子天生喜欢安静。而这样一张面孔出现在教室里，那些家雀一样的孩子能安静吗？女孩子怯怯的也要结伴凑上去看看，男孩子没深没浅往脸上摸，这东西是不是贴上去还能摘下来？一只只小黑爪子伸过去，角落里响起一阵凄厉的尖叫，小黑爪子停在半空，一个胆小女孩儿泪水泉眼一样往外喷，这学是没法上了！

总得有个解闷的事儿，当娘的拿来绣花针。谁知道竟一下子成了这姑娘的救命稻草，救赎了。说来也没跟谁特意学，只是当娘的拿了别人的花样子来，她边绣边琢磨，也能绣得有模有样，算无师自通了。她坐在窗前白天绣晚上绣，从外面看过来那里宛如挂着一张镶了木框的画。布和针线都是便宜东西，在当娘的所及范畴内，娘买回来好多细布花线，难得姑娘有个消遣。而于她，只要手里捏着绣花针，一颗惶恐的心马上就会踏实下来。花针花线缠来绕去就给她搭出一个小窝棚，如作茧自缚。窝棚细密结实，就算外面风雨再大都不会害怕。窝棚里面是亮晶晶的花房，桃花、梨花、杏花、牵牛花、地瓜花、菊花、芍药、玫瑰、牡丹……光花房怎么够，还有百鸟园，画眉、黄鹂、鹦鹉、百灵、喜鹊……还有果园，西瓜、草莓、葡萄、樱桃、柿子……后来连小猫小狗也跑过来，连鸡鸭牛马也来凑热闹了，看看又添了一头又肥又胖的大黑猪。小小绣花针在她手里变成魔法棒，要什么有什么。

她是个勤快姑娘，从不睡懒觉，喜欢天蒙蒙亮时跑出去，走过湿漉漉的街道，走过空无一人的学校，走过还没开门的食杂店，看看街边的树看看巷子里的花，谁家昨晚晾在绳子上的衣服忘收了，那一定是女孩子的衣服，领口袖口都绣着花。她喜欢大雾的天气，雾蒙蒙的，好像大地在抱着她，心里边又安宁又踏实，可以放慢脚步多转转。远处传来一阵清脆的叫卖，豆腐——豆腐，起伏、跌宕，动人心弦。太阳就快出来了，她该回家了。回她的小窝棚绣下一幕幕画面。学校操场上多了一面红旗，北门的院子里爬出一根丝瓜，墙角睡着一只花猫。还有没有落下的，再想想。没了，心里却惴惴的。她又在细布上绣出一棵桃树，她每天都在树下坐一会儿，直到那个声音出现，她知道坐过的地方马上就会有另一个人的体温，于是绣布上就有了零星散落的花瓣。

姑娘的银针在细布上轻歌曼舞，她绣的花儿会招来蝴蝶，她绣的鱼儿会惹来小猫，她绣的树儿会引来小鸟……那当娘的除了继续给姑娘背水，还把她的绣品拿出来示众，这么漂亮的东西窝在家里岂不瞎了。家里到处都是姑娘的手艺，枕头上窗帘上靠椅上，连洗碗布上都飞着报喜鸟。邻居推开门还以为误闯花园。这姑娘的手艺散着芳香，一枝花香了整条街巷，捂都捂不住。

嫁姑娘的绣花鞋新媳妇的红盖头小孩儿百日肚兜儿，她忙得自得其乐，忙得忘掉那该死的朱砂痣。姑姑婶子们来求手艺时也会带来相应的报酬，呢绒袜子白塑料边鞋一捆一捆绣花线。她把绣花线缠缠绕绕拉扯着，光阴在她指尖窸窸窣窣地流淌。姑娘大了，都有了身段和眉眼，当娘的长叹一声，该扔下扁了。可不是吗！姑姑婶子们看着她拉扯丝线绣红盖头，心里边也会莫名地伤感，想她早已到了出阁年龄，却要为别人做嫁衣裳，自己是不是残忍了点儿，于是就有一份使命在心窝里蠢蠢欲动，打着灯笼点上火把……

第一个男人是个瘸子，手里拿着拐杖，每走一步都要先把拐杖伸出去找支点。听说是小时候上树掏鸟窝摔的。这男人像是不太在乎长相，没几句话就从怀里掏出一张清单，上面是一堆密密麻麻的小字，锅碗瓢盆、桌椅板凳，白米一百斤，黄米一百斤，大豆五十斤，面粉五十斤，豆油十斤，香油二斤半……当娘的急了，拉上姑娘就往外走。还可以少点，可以少点……第二个男人倒爽快，你若能天天围着围巾就好，我儿子胆小得要命，那回看见耗子都吓尿裤子了。第三个男人老胖，脑袋有锅大，闷头不讲话，和他一道来的大婶说这孩子老实，她看见那胖男人嘴角挂下来一条亮晶晶的涎水，大婶赶紧用手绢擦。胖男人忽然伸手拉下她的围巾，妈呀一声倒在地上翻白眼，大婶马上蹲下去按人中，你个鼠胆。不好了，那男人在地上吐白沫了，不好了，又抽羊角风了。第四个第五个……当娘的磨露了几双厚底布鞋！邻居们众志成城，而那朱砂痣就像一座屏障，它在原本顺理成章的姻缘面前划出一道天河。

她坐在大树下抹眼泪，抹烦了绣花。缘分天注定，她绣的一个个红盖头，还不是月下老人早牵好了红线。而她的这个缘分又在哪一个路口？太多伤感让她对未来没有奢望，不敢想象。她找出绣过的一棵桃树，摸着树下零星的花瓣，仿佛听到一个遥远的声音……

这个是李婶娘家的一个远房侄子，比她大出八岁，刚刚送走老母亲，听说家里连个像样的被子都没有。这次她把纱巾围巾都摘掉，无畏了似的。干什么遮遮掩掩，吓死算你短命。他个头不高，瘦弱白净。一开口她吓一跳，难道这就是人们常说的千里姻缘一线牵？心脏在胸膛里噼里扑通就要蹦出来了，她把两手按上去，生怕让人看了笑话。怎么会这么巧？这城里单豆腐房就有多少个，怎么偏偏就是他呢？而那声音熟悉得就像自家一个亲人，她每天早上出门，可以踏踏实实在外边转悠，不用担心与其他目光碰撞，就因为有这个报时器，豆腐——豆腐，不早了，该回去了。她坐过的树下他接着坐。她的报时器呀！这阵子报时器忽然不见了，早上再出去人就惶惶的，脚步也乱了。现在他就在眼前，那搭在椅子上的围巾有个破洞，她随手拿过来，用绣花针在上面挑出一朵花，红艳艳的，是桃花。

娘兴奋得想哭，到城隍庙的头没有白磕，还不都是虔诚的结果？这份虔诚感动了上天，给了姑娘这么一个全须全尾的好男人。她忙着为姑娘张罗嫁妆，就是把家底拿出来也要嫁得体面。她只让娘买来彩色细布银光绣线，她要自己绣嫁妆。被褥、枕头、门帘、窗帘，当娘的怜惜姑娘，哪有被子要自己绣的，这个我们还买得起。可那是姑娘一个心愿，给别人绣盖头时已经许下。本来新衣也准备绣，当娘的不依，在裁缝店给她定制一件绛紫色旗袍，滚了红边，浮着暗花，在阳光下一明一暗地闪动着喜鹊登梅的花纹。

老天最公平，前边亏了你欠了你，后边一定想办法体恤你怜惜你。他根本不嫌弃那朱砂痣，说那是落在她脸上的桃花，你丢到哪里我都找得到。生了大小后脑门上那块居然不见了。你说怪不怪？有什么怪的，不是在这里。他掀开围巾一角。大小出生没多久，他去北方一个兵工厂当学徒，三年后成为正式机车维修工人。她也随着迁过来。他拉着她上街买菜，带着她去邻居家串门，还在厂里幼儿园给她找了份帮工，第一步迈出去第二步第三步就安然了。

马爷爷总算在天堂墓园安顿下来，位置还好，一抬头就能看到家里窗户。马奶奶坐在那里和他聊个没完。这回你也住进高档区了，做梦都想不到吧？仨孩子都说我上了老板当，说那咸菜坛子值好些钱，完全可以把他们从贫苦中拉出来。二小怪我没事先和他们商量，春儿又哭又闹要找老板把坛子要回来，说我把家里的宝贝弄丢了。一个咸菜坛子给你换个好落脚已经是造化了，还不是一辈子行善积德的结果，这些孩子！马奶奶往四周看看，左邻右舍一个比一个阔气，隔壁这家黑色大理石墓碑上方方正正的金字，四周围栏雕着牡丹花，两边一面一个石狮子看家，下边还砌了供台。只有马爷爷这里朴素无华，利利索索一个小土包，下葬匆忙，也没来得及做碑。她去打听过，一个碑要不少钱。当天二小拿来一棵树，光秃秃的，毛发未生，也不知道什么树，拉树苗的车掉下来，二小捡了。马奶奶看着一个小土包和一棵光杆树，心里漫上来一阵寒凉，她对边上那户讲，远亲还不如近邻，还不都是缘分？哪地方没有穷苦人！我这老伴好着呢！转天马奶奶拿了好些彩色布条挂在树上，风一吹，一树花花绿绿的，倒也生出几分暖意。

马奶奶需要一笔钱，她要给马爷爷立碑，上面雕上大字，最好还要围一圈护栏，碑也要黑色大理石的，世世代代经得住风吹雨淋，石狮子不需要，她和马爷爷一穷二白，没仇家，也没钱。人生的暮年，马奶奶给自己竖起一根标杆，墓碑和围栏。

生活艰辛，挣钱不易。你说让马奶奶去劳务市场转转？开什么玩笑！你们用工的话会选一个年过八旬的老太太？去什么劳务市场，马奶奶有绣花针，她还有绣花线呢！那天她给春儿送粽子去，商场门口正大卖荷包，做工简陋也要三块五块的，马奶奶看看自己那双手，眼睛笑成一弯月牙。每逢清晨，从太阳沟沟口那儿会缓缓地冒出来一个老人，她脚上穿着厚底布鞋，手里拿着个钉耙模样的东西，用木条钉的，最上面横木条上挂着五颜六色的布挂件，荷包、葫芦、小粽子、小灯笼……它们在木条上摇啊摇，明媚的阳光鲜艳的挂件，一起照耀着矍铄的老人，老人的脸膛红红的。马奶奶沿着下面109公交车站走下去，她走得不疾不徐，每到一个站点就停下来，等车的人不算多，可总有那么几个。他们用手碰碰这个摸摸那个，拿在手上摇晃摇晃，有的就给放回去，有的从口袋里摸出一块钱，多精巧的小玩意！车来了，人们呼啦啦被车装进肚子里拉走。马奶奶继续赶往下一个站点。第九个站点是黄河路广场，走到这里就不往前走了。广场不是很大，可总比站点人多，马奶奶找个椅子坐下。陆陆续续就有人过来看，女人啊女学生啊买得多，她们喜欢这样的小情趣，才一块钱！往手机上拴往扣子上别往手腕上戴，男人偶尔也有买的，但少。没有生意时，她把兜里的针线拿出做活计，就有人过来看热闹，一个红布条，缝缝剪剪的成了荷包！手真巧！啧啧。马奶奶的午饭就在广场上解决，面包、馒头、发面饼路边小店就有，水自己带。看着马路上汽车跑来跑去街上人来人往，她忽然觉得生活蛮有意思的。这人活着就该有个奔头，书上说那叫人生目标。她的目标就是趁着身体还硬朗把墓碑竖起来，再修上围栏。等她过去，那边的家也就有了模样。如果可能买上一对石狮子也蛮好，护不护院无所谓，关键看着气派。不过那是奢望，要看她身体状况，下午她要顺着109站点往回走，一路上也是走走停停，偶尔能卖几个。

傍晚，天色暗淡，幕而未晚，空气浓厚，似有甘甜之气。马奶奶这时候一般都在天堂墓园。她要和马爷爷说说今天的事，今天车站点卖了多少个，广场上卖了多少个，广场上一个遛狗的女人一下子买了五个给狗做成项链挂脖子上，嘴里还念叨着，让奶奶看看漂亮不！居然愿意给狗当奶奶。今天一共卖了三十多个，马奶奶高兴得合不拢嘴，她的布挂件没有成本，碎布是家里的，是纯利润。这么下去用个一年半载就可以立碑了。今天还有件逗乐的事，俩老头儿在广场上下棋，不知为啥就打起来，一个说你等着，看我儿子来了怎么收拾你，另一个也不示弱，就你有儿子？俩人都用电话把儿子喊来，两个儿子见面后握握手，然后哈哈笑一阵，走吧，两个老顽童咱找个酒馆一块儿喝点。马奶奶说着自己也乐起来，以前你和老赵下棋，也争个脸红脖子粗，可谁也没闹着把儿子喊来。看看这两个老小孩儿。天渐渐暗下来，邻居那边白天一定来了什么人，已经打扫过，墓碑前还放着几束鲜花。马奶奶该回去了，她走出几步又回过头，我得琢磨做些新品种，荷包粽子也就这一阵。等去告诉大小他们几个，不用每月再给我一百块钱，我自食其力了。

在黄河路广场旁边有个裁缝店，那橱窗里放着个塑料模特，长手长脚，手腕上还挎个包。包带儿那儿拴了一个花布条，马奶奶花十块钱从裁缝店买回一大袋子碎布。家里的老箱底儿也有用完的时候，况且还要开发新品种。她抱着袋子，仿佛那里边装着无数宝贝，可不是宝贝嘛！现在的布料和早年的大不一样，有的料子一闪一闪能变出好几个颜色来，有的像渔网那样漏着小窟窿，光这碎布就好看得不行。马奶奶要把它们变成花鸟鱼虫，变成十二生肖，想变什么变什么。做布挂件，要的就是闲工夫慢性子，还有那个灵巧劲儿。马奶奶曾是小有名气的绣花姑娘啊！那时候她能把门前的喜鹊绣在细布上。现在她会把生活里的小景小物做成挂件，学生们告诉她，这叫布艺，民间手工布艺，是非物质文化遗产。奶奶不明白，自己还没走这东西就变遗产了？如果哪天两腿一蹬，这个遗产也太单薄了。也许再过上几朝几代会变成值钱的“遗产”？就像那个咸菜坛子。以后的事太遥远，比天边都远，现在马奶奶还是愿意把她做的小玩意叫挂件，叫挂件亲。她看电视里《动物世界》，小象掉进泥坑，大象妈妈用鼻子把它钩出来，她就用丝绒布做出大象鼻子上卷着小象，生动而温暖。看见商场门前舞狮子，就做出一个红彤彤的绣球，没有生意时就埋头做，她不愿意对着太阳光纫针，刺眼睛。拿一块黑绒布铺大腿上当衬布，银针在黑色的底子上是反光的，针鼻儿通亮，线一捅就过来了。倘若你从这里经过，远远就会看见大树下面一个满头白发的老奶奶在穿针引线，她旁边戳着那个挂满小玩意的钉耙，绿叶银发还有红彤彤的挂件，多像记忆里的一篇童话。

马奶奶在工商银行办了张存折，可别小瞧这么几页纸，它有一个大肚子，肚子里装着一堆数字，蚂蚁那样趴在上面，马奶奶存折上的数字长着胳膊腿儿，每天都攒足力气往前跑。回家的路上摸着存折，腿脚顿时轻快了，她瞄准前面一个姑娘超过去，还回过头和人家笑笑！晚饭后本来要睡下，看看存折又坐起来，针线剪刀碎布们开工了！夜里存折要放在枕头下面，月朗星稀那些数字穿越枕头跳进梦里，它们慢慢变成墓碑变成围栏……多亏当初没办银行卡。那东西硬邦邦的，既不朴素也不直观。马爷爷也知道存折上的秘密。哪有什么秘密，连隔壁邻居都知道得清清楚楚，马奶奶见天汇报，看看又存进去五十、八十、一百。一天她兴奋地把存折拿过去让邻居看，看看我们也快有墓碑了，就快了。电视上说如果把痛苦说出来，痛苦就会减去一半，如果把幸福说出来，一个幸福就会变成两个幸福。她在马爷爷这里栽下一圈野花，有了花香就会引来一对对蝴蝶一只只蜻蜓，邻居那里有个上供的花碗让马奶奶装上大米，有了粮食鸟也来了，它们吃饱喝足跳到枝头上你唱一句我唱一句，叽叽喳喳，叽叽喳喳，像歌咏比赛。最初栽下的那棵树也生出绿芽，马爷爷喜欢的笛子和葫芦就挂在上面。如果永远是这样的季节该多好！

存折被塞得满满，这又换了一个。挣了钱马奶奶愿意往春儿那里跑，给老姑娘买点好吃的去。春儿从小体弱多病，他们从来都多疼她一份。春儿那年参加工作，她硬是把那件心爱的嫁衣给姑娘改成罩衣。当时把春儿美得细脖子挺挺着。那时候无论怎么艰难她都让春儿穿得体体面面，凭着一双巧手，春儿在人堆儿里总是那么抢眼。如今春儿的日子也紧张，孩子上中学正是用钱的时候，女婿给人家开晚班出租车。这块西瓜你现在吃，那块给他爷俩带回去。她每次都要看着春儿吃下去才放心。春儿心不在焉，懒洋洋地啃着西瓜。她摸出手机按几下贴在耳朵上，片刻又愤懑地摔在椅子上，电话没打通，春儿嘀咕着，说电话不好用，谁知又疯到哪儿去了？看着春儿把西瓜吃完，马奶奶变戏法一样拿出一根哈红肠，春儿一脸不耐烦，赌气似的咬一口。她知道姑娘不易，风吹日晒在外边看自行车能挣几个钱？白白净净一张脸吹成土豆皮了。她建议春儿学着做布挂件，春儿推说颈椎不好，她知道春儿从小被娇惯懒了，多一点力气都不愿出，这一点春儿可比不上大小和二小。听说二小的小卖店又添了新项目，卖早点豆浆油条。

存折肚子瘪了，钱给二小交罚款了。二小这孩子居然用地沟油炸油条，不及时交上罚款，非给关进局子里不可。听说那地沟油毒性大，都能吃出人命来。从小她就告诫几个孩子犯法的不做犯病的不吃，当初她在幼儿园帮工负责室内外卫生，看见那个洗菜的把蔬菜放水里一捞就扔到案板上，她不相信那个人在家里也这么洗菜。给小孩子吃的东西更要格外仔细。之后她每天干完分内活就去厨房里帮忙洗菜，洗过还要在盐水里泡泡，一洗就十几年。马奶奶和马爷爷絮叨，多亏那天让我撞上，也多亏手里有这么几个钱，不然二小真被关起来那还了得！

冬天了，马奶奶又寻了个好地方，就在她存钱的工商银行门口。大太阳地儿的，下面暖气管道呼呼冒热气，她坐在那里东瞧瞧西望望，这时候没法做针线，天冷得十个手指头都伸不直。中午银行里的好心女孩儿出来帮她把午饭拿进去，送出来已经热热的。车到山前船到桥头，开始马奶奶还担心，冬天若在广场上坐半天肯定成冰棍了，是银行里的那群小姑娘建议，就在我们银行门前，那挂件红红的也算一道风景，宝葫芦还能给银行招财！冬季天短，下午一过就该往回走了，她依旧先到马爷爷那里。天冷不会逗留很久，但还是要去望一眼，和马爷爷聊上几句。这眼看要过年了，银行里进进出出的人一下子多起来，去银行和去其他地方就是不一样，人们被钱鼓舞得精神抖擞，统统一脸灿烂。心情好看什么都好，看我这些小玩意更好。马奶奶笑笑，我见天存钱和他们心情一样好呢！今天裁缝店女老板还定了两匹小红马，我得赶紧回去。

年三十儿那天，马奶奶去墓园送黄米黏豆包，本打算今天也要出去。这几天生意特别好！哪只她，熟食店粮油店裁缝店连豆腐房都忙得喜气洋洋，年末岁尾人们忽然不管不顾大手大脚起来，他们像明天就不过了似的往外掏钱，消费的感觉这么过瘾！也不在乎买什么，主要是享受从兜里往外掏钱的瞬间，这时候马奶奶就成了花心儿，人们你拉我拽，一张票子递过去，零钱不找了。讨价还价累不累？大大方方讨个好彩头。放纵一下，冲动一下，人生难得须尽欢。马奶奶告诉马爷爷，我也冲动了一把。你说这算冲动吗？这几天没过来是因为挂件卖得实在好，夜里赶活都来不及。你可别笑我贪财，也就这么几天，过完年就冷清了。今天若出去也能赚个一百多，可我惦着你的黄米黏豆包，另外还得和你说件事。那天我看见咱姑爷带着个女人去裁缝店了，那女人长相比不上咱春儿，但要年轻些，她左边腮帮子上有颗黑痣，脸面倒也白净。没多久两人说说笑笑出来，一副亲亲密密的样子。过后我进去问女老板，原来那个女人定做了一件唐装，米色的，袖口衣领要包上金边。我说出春儿的身材，也照那样子定一件，因为常在裁缝店拿碎布，女老板给我便宜不少。当天我还给春儿送去一瓶美白润肤霜一盒面膜，我让银行小姑娘推荐的。春儿更黑了。她又说到姑爷的手机不好用，有事也找不到他。

三个孩子里你我最偏爱春儿，这孩子打小脾气不好，为一点小事说发火就发火，有些事也不能全怪姑爷。可当老人的最怕孩子受委屈。我又进商场想给春儿再买件衣服，商场里正热卖手机，服务员也发给我一张宣传单。我在商场里转了一圈又一圈。你猜最后我买什么了？手机。一个时下最流行最时尚的手机。看电影拍照片听音乐，通话更是畅通无阻，据售货员介绍还能定位，犄角旮旯都能联系上。

衣服做好我给姑爷打电话，还好打通了。姑爷见那衣服先一愣，接着脸腾就红了。我又把手机拿给他，老妈的挂件最近火着呢！姑爷拉过我的手，太阳光下我的手青筋暴起，指头肚儿上张着小嘴，老年斑儿近成片。姑爷眼角湿了，说这就去找春儿。他走出几步又回头看看我，上车时还向我挥挥手。我已经放心了，那孩子不糊涂。我得告诉你，咱的墓碑又延期了，那个手机比电视都贵，交钱时我一点没犹豫。还有咱孙子前几天搬过来住了，他在一家酒店当保安，黑白两班倒，赶上白班就过来住。日子多快，孙子都成大小伙子了。

傍晚归来，邻居们看见马奶奶手里多了一个沉甸甸的食品袋，里边有鱼有肉，还有新鲜好看的水果。之前她是要命地克己，从老伴过世就没买过三块钱以上的蔬菜，更别说大鱼大肉。偶尔会拿一根猪骨头或寸巴长的小鱼开开荤。现在孙子来了，关键还带来个女朋友，这姑娘那双小手巧的呦！马奶奶稍做指点，就能缝缝剪剪把挂件做个八九不离十。看见电视里乾隆皇帝腰间挂着一个荷包就用手机拍下来，隔天居然做出个一模一样的。马奶奶怎么会不高兴？这是要后继有人了。看见马奶奶满满的食品袋，邻居们就问，今天孙子回来吧？可不，还有孙子媳妇呢。他们每周回来两次，她把当天卖挂件的钱变成一条条鱼一块块肉，没工夫上山了。那姑娘勤快得很，一进屋就把手泡在水盆里。孙子说她是职业病，酒店洗衣房里习惯了。小窝棚似的屋子，被她里里外外清洗得像个新媳妇。洗好的衣物叠得平平整整，马奶奶那把不离身的剪刀也给缠上红布条，多细心啊！可惜这姑娘是个哑巴。月光溶溶水一样浇在小屋里，马奶奶和哑女在灯下一针一线地缝，一切都那么安然，偶尔会传来一阵孙子的呼噜声。哑姑娘去厨房给马奶奶做夜宵，是碗捞面，青菜鸡蛋在丝丝连连的面条间星星点点，麻油的香气绣花线那样在半空中五颜六色地缠绕着。马奶奶轻轻握住她的手，惺惺相惜了。马奶奶在山上对马爷爷说，不会说话有什么？有双巧手足够了，到什么年月也饿不坏手艺人。有这孩子帮着挂件产量多了，孙子就放到网上去，先前只知道网能打鱼，不知道现在这网还能交易买卖。孙子说那叫网络，这下挂件长翅膀了，全国人民都能看见。这小子真出息，见挣了钱把床腿都跳塌了。

过日子今天风明天雨，跟六月里的天似的说变就变，这说动迁就要动迁了。天堂墓园二期正在筹备当中，这里就要成为富丽堂皇的墓地，都说给好人腾地方，眼下是活人给死人腾地方，讲起来有点滑稽，不过老板给的补偿还可以，一套房子几十万。老人们一辈子也没见过这些钱，他们讨论算计商量，就连瘫在床上的都不再寻死觅活，有了钱就可以治病，可以买好东西吃可以去外面旅游，有人说快省省，这身子骨去旅游还能回来吗？别忘了那钱是房子，都挥霍了住哪儿？老人们回到现实里，有人说这么大岁数还买什么房子？干脆租房，剩下钱吃喝玩乐。儿女们呼啦啦往这边跑，连几年不照面的也忽然想到了亲情。小红楼里空前热闹，有哭有笑，还有大打出手和拳脚相加，咣当，玻璃碎了，一个小板凳从窗口飞出来，马奶奶心里一哆嗦。

早晨，外边仍旧灰蒙蒙一片，黑云把天空压得喘不过气来，低得几乎一伸手就能撕下来一块。忽然一道金光划过天空，紧跟着一阵轰隆隆的雷声。雨点噼噼啪啪落下来，把护栏里的破盆烂罐砸得当当响，敲小锣似的。马奶奶坐在床上做针线，床是那种老式铁架子床，上面的油漆斑斑驳驳，裸露着破败的锈迹。这种床在上个世纪八十年代比较流行，如今废品收购站都难得一见。对面是一张双人床，被子叠得有棱有角，床头还贴着范冰冰照片。墙角那儿站着一个大衣柜，上面的玻璃镜子上有大海航行靠舵手的字样。桌子上无精打采的铁锅也已老态龙钟，从前到了吃饭时候大人孩子都像鸟一样从外面飞回来，小楼里家家户户的灯都亮了，他们围着桌子，勺子把铁锅碰得当当响。小门小户的人家，最暖心窝的就是该亮灯的时候灯亮了，该吃饭的时候围在桌子旁，现在人和屋子都老了。开发商紧急通知，一周内搬走奖励三万块，两周两万，三周一万。轰隆轰隆，人们脚上生风。马奶奶在这地方生活几十年，破败的小红楼承载着她的全部人生，早习惯了。都说这里地角偏僻，交通不便。可那习惯早已形成一种自然，生活原本就该每天爬大坡走土路，不这样反而不习惯。她出去卖挂件上山和马爷爷聊天，充实又踏实。现在小楼里只剩马奶奶赵爷爷还有秦奶奶。赵爷爷舍不得这个风景秀丽的地方，他要用房子在原地换个坑，开发商大气，决定折合给他俩坑。儿子不同意，希望拿了钱一起过，赵爷爷说不同意他就一直躺在这里。秦奶奶两个儿子的户口在这里，他们认为也该得到应有的补偿，秦奶奶支持俩儿子。马奶奶放下手里的活计来到窗前，外面的雨密不透风，今年的雨水大，隔三岔五连雨天，山上的草木喝得饱饱，早早绿了一片。马奶奶想太阳歇了这么多日子也该出来了！

雨总算停了，路还泥泞着。马奶奶来到天堂墓园，她说墓碑已经定好了，和邻居的一模一样，这阵子雨水多，天好时工人马上过来。她像完成了一项伟大使命，语气里透露着无比的轻松。她把目光投向山下那个“鸟窝”，鸟们一只只地飞走了。马奶奶本想把肚子里的话统统倒出来，想想硬是给咽回去。她的房产证丢了，孙子也联系不上，去酒店人家说他和哑姑娘已经不在这里了。有人在补偿费现场见过他俩。刚张罗动迁那阵子，她和孙子讲过，把补偿费整数按三份分了，你二叔，你小姑，你爸那份归你。零头在黄河路上租个房子，出来进去卖挂件也方便，还得帮你们置办家当呢！现在什么都别说了，昨天春儿来电话她也一字未提。不提了。如果能让那哑巴孩子安稳地过日子，又有什么不好呢？

端午节了，这一天马奶奶卖了不少挂件。她抱了一个大食品袋回来，里面有黄鱼有五花肉，还有亮晶晶的大樱桃。没准就回来呢！而小红楼却成了一片废墟，地面上堆着碎砖烂瓦。马奶奶坐下来，脸上肃穆得风平浪静，有只鸟在旁边叽叽喳喳地叫，傍晚的鸟叫别有一番滋味，好像把天地都叫得湿漉漉的。她在废墟上翻到一个包裹，里面是她曾经的嫁衣，给春儿改罩衣还剩下一块儿，她自己做个马甲。马奶奶笑了，她穿上马甲朝山上走去。墓碑昨天刚立起来，那棵树居然开花了，原来是一棵小桃红，风一吹，一树的红花漂亮得像天堂。

# 生活守望者

## ——评张鲁镭短篇小说近作

### 一

去年大连作协在北京举办了“60后作家海蛎子六人组合”作品研讨会，张鲁镭是六人中唯一的女作家。

现在我主编着一份刊物，《长篇小说选刊》，镇日跟长篇巨制打交道。而鲁镭是少有的始终坚持中短篇小说创作的作家，读她的作品带给我们类似出门旅行的新鲜感和放松感，何况其中的景色又是如此的优美宜人。

在中国目前的文学氛围中，在当代文学的评价体系里，专一从事中短篇小说写作，因为期刊有限发表难度很大，而且被改编成影视剧的可能性相对小，不能借此迅速获得文学名声和商业利益，所以是一种费力不讨好的选择。

中国文联出版社新近出版她的小说集《美丽鞋匠铺》，收入21个短篇小说，最短的《夜下黑》《绝配》

只有六千多字，最长的也不过一万三千字。这些作品2008年至2012年间发表在《人民文学》《中国作家》《十月》《青年文学》《北京文学》《芒种》《特区文学》《时代文学》《文学界》《山花》《天津文学》《鸭绿江》等十余家文学刊物上。中国作家数量众多，而公开发行的文学刊物数量有限，版面紧张。四年间鲁镭的小说在如此众多的重要文学刊物上亮相，对一位写作者来说，是了不起的成绩。

作品数量之多，发表刊物之多，表明鲁镭创作进入一个高产丰收期，得到了文学界的普遍认可。

## 二

鲁镭的小说关注的都是大时代底下小人物的生活，用她的第一本小说集的名字“小日子”来概括其笔下人物的生活，再恰当不过。

她是生活的守望者，凝神关注在表象之下的生活。在偏僻角落的生活，如镜子一般折射，绝对的真实，绝对的细腻，绝对的丰盈。平静的、安宁的甚至大多数人心满意足、自得其乐的生活，总有发生波澜、漩涡甚至溃决的时候，鲁镭的小说像拳击手等待对手露出破绽及时给予致命一击一样，她在默默等待、细致观察、琢磨，找出小日子中的裂缝。守望不是看守，不是记录流水账或时刻表，而是沉静地观察耐心地等待，等待生活里人们“失态”的那一刻。

总有一些意外发生，可能一个念头、一股冲动或一个事件，破坏了原先宁静自足的小日子。比如闲得发慌的少妇突发奇想给街边外地来的鞋匠铺装修美化（《美丽鞋匠铺》）；重病中的男人给妻子看征婚广告，想给妻子找对象（《全家福》）；小学自然老师有个成为大歌星的初恋女友，歌星突然衣锦还乡（《美丽小挎包》）；一帮含饴弄孙、颐养天年的老人突发奇想要同游香港（《家有宝贝》）……

《家有喜乐康》里，刘矮子因为生了三个闺女，又都没嫁入豪强之家，在村子里抬不起头来。偶然的机会，他把在城里见到的“喜乐康”频普治疗仪买回家，他家一下子成了村子里的娱乐中心，刘矮子夫妇为此扬眉吐气，生活充满阳光。这个短篇小说甚至随着刘矮子的情绪起伏产生了旋律感，时而低沉，时而激昂，到最后那一转折，真是“嘈嘈切切错杂弹，大珠小珠落玉盘”。镜头静止在刘矮子夫妇身上，“从始至终刘矮子和老伴都显得特别沉静，他们就那么呆呆傻傻地蹲在村长身边，像那遭遇雷击后的两棵枯树……”结尾收得干净利落，故事戛然而止但余韵悠远令人回味。

《纤纤玉手》写一对姐妹，姐姐墩子长得矮胖形象欠佳，但内秀好学，有一双漂亮灵活的纤纤玉手，开了个做服装的工作室，妹妹娇娇长得漂亮招人喜欢，学习成绩不好，在商场做售货员。姐妹俩反差如此之大，姐姐从小到大心里的起起落落，刻画得细致入微，以致墩子一见钟情的小伙子与妹妹结婚，墩子沉稳的心态严重失衡，几近崩溃。结尾时，姐姐用受伤的手连夜为妹妹赶制一件漂亮婚纱，这个小小的转折意味深长，温馨、忧郁、伤心尽在其中。

## 三

鲁镭小说的生活场极其丰富强大，让那些在书斋中苦思冥想的写作者望尘莫及，让那些凭着臆想编织的“伪生活”相形见绌。

一是小说题材面宽广，而每一个题材，作者都驾轻就熟，都能轻轻拿起稳稳放下，读者都不得不承认，作者是这个行当的行家里手。《杀鸡何用牛刀》里写老刘杀鸡，《纤纤玉手》里写墩子做衣服，读者会觉得作者应该做过鸡贩，做过裁缝。

我常常感叹鲁镭小说中生活知识之丰富。《小青》里写擦鞋：

小青擦皮鞋很到位，她用酒精把皮鞋上的污渍处理掉，又在上面洒了点醋，这是在台历上看的小窍门，说醋能保养皮革，还能使皮鞋增强柔软度。这些做完，就在上边抹了鞋油，拿个长条毛巾来回勒着蹭……

《美丽鞋匠铺》里写春天为丈夫牛子炸韭菜盒：

她去超市里买了最好的韭菜，活蹦乱跳的大虾，把虾仁剥出来，拦腰切两半，虾不能切太碎，太碎味就散了。把所有的作料都放在鸡蛋里炒好，作料不能放在韭菜里，容易变软塌。面皮自己擀，自己擀有咬头。放油锅里用微火炸成金黄色，面皮上微微泛起小白泡泡，熟了，一个个黄盈盈的像半个月亮。咬一口，里边韭菜是碧绿的，虾仁是鲜红的，鸡蛋是奶黄的，真是又清鲜又香脆，春天不知怎么就想到“原生态”这几个字。

《全家福》里写“全家福”这道菜：

晚饭他精心做了一道菜，先把花椒大料铺在锅底，然后是铺新鲜大蒜，一瓣一瓣，白嫩嫩的，整整齐齐像是莲花盛开在锅底。海带丝切得很细，丝丝缕缕散在莲花上。还有豆腐，豆腐切开，放进去一勺肉馅，再用面糊把豆腐弥合。接下来就放白菜，是很嫩的白菜心，上面盖上一层西红柿薄片。把肉切成指头大，肥的多，肉到最后是烂在锅里捡不上来的，化成汤料了。肉上面是宽粉，白亮亮的，像一片片水晶。还有胡萝卜也切成块，

不大，四四方方。在快揭锅时放进去几条小银鱼，然后放醋和白酒还有一块豆腐乳，最后撒上金灿灿的黄豆，

让人一边读，一边食指大动，恨不得明早就挎篮上街买食材。你不得不佩服鲁镭是生活艺术家，尤其是美食家，任何人任何处境下的生活经她一勾勒，都有自得其乐的生活气息。《夜下黑》写儿孙在外地的赵老汉独处的生活，写他吃饭喝酒养猪种菜，写赵老汉用孙子的课本卷纸烟，这些都是必须细致观察生活才能留意到的，也只有有心人才能记得住，写得出。

其次，鲁镭小说的细节真实生动。对生活体察细腻是一方面，而四两拨千斤的总结、归纳、概括，画龙点睛、一语道破，才透露出别具锐眼的生活智慧。

比如《小青》中说小青长得好看，而不是长得美：

那不是美，叫好看，美是傲然的，有点凉还有点硬，有拒绝和打击的意思，拒人千里之外，弄不好还会兴风作浪。好看却是温和而家常，是过日子的情调，暖暖的敦厚，甜甜的味道，这甜虽说有点俗，却是糯米糕撒绵白糖的滋味，有点乡土气，还有点小家子气，有点拘泥不开，却是憨厚忠实，其中透着善解人意，看着让人舒服，好像家里姐妹，有什么悄悄话都想对她说似的。

从此以后，我们不仅不能像功利的商业场所那样，用“美女”一词来称呼所有年轻的女人，也不能用单纯

用“美”这个字来形容所有长得好看的女人。生活滋养了文学，文学启发了生活。

《全家福》里有这么一段：

爸爸多么希望以后天天送你上学陪你去游乐园带你吃麦当劳。儿子，爸爸以前并没有觉得这有什么大不了，这有多幸福，而当这些都将变成一种遥不可及的奢侈的时候，我才知道曾被我忽略的那些才是我生命里最珍贵的东西。儿子，不怕你笑话，我现在觉得家里的垃圾袋地板上的灰尘都散发着浓浓的亲情。

既为人子又为人父的读者，一定能体会到最后一句话里的情感含量，这既非矫情，也并不夸张。

此外，鲁镭小说语言之生动，在当代作家中也别具一格。生活化的语言，既符合语境，又不乏幽默、调侃。这样的句子，每次读到都忍不住加圈加点：

“用家财万贯买得夕阳不下山。”（《全家福》）

“这丫头太瘦了，连狼看见她都要流眼泪。”（《城里的小屋》）

## 四

英国现代作家毛姆是一位短篇小说大师，是法国作家莫泊桑的私淑弟子。毛姆有点口吃，脾气不太好，对别人作品的、思想、观点很挑剔。有一年某编辑请他为一部著名的百科全书更新“短篇小说”这个词条，他不愿意接手，觉得下定义很难做到不偏不倚。但是他却很认可爱伦·坡关于短篇小说的观点：

优秀的短篇小说应该是：有关一场物质或者精神事件的虚构故事，可以一口气读完；具有独创性，能迸出火花，令人兴奋难忘；其效果或者给人留下的印象还要前后一致才好，从头到尾都应该有一条线平稳贯穿。

用这个定义来评价鲁镭的短篇小说，它们无疑已经可以进入优秀短篇小说的行列，只是在第二点上，“具有独创性，能迸出火花，令人兴奋难忘”，读者或许会存在分歧。“独创性”是从文本本身讲的，有章可循；“迸出火花，令人兴奋难忘”是从阅读效果来讲的，则见仁见智。

鲁镭是个合格的讲故事的人。没有故事就不称其为小说，也许某篇作品写得不错，但是没有故事就只能归入其他文类。像被阉割的男人，太监，你可以夸他长得很精神，有风度，有贵族气质，但不能说他是一条真汉子。

故事性或者说戏剧性，与故事是两个概念。一个引人入胜的故事，不一定具有很强的故事性，这话说起来有点绕口，但是我们必须厘清这两个概念。小说对故事性的要求，与这篇小说的长度成反比。也就是说，长篇小说整体而言故事性需求是最弱的。长篇小说，除了武侠小说，或者悬疑小说（侦探小说、犯罪小说），一般都不需要设置一个大转折。但是如果没有矛盾冲突，短篇小说是立不起来的。有了矛盾冲突，处理得不好，短篇小说的架构照样会塌下去。这就是毛姆归纳的爱伦·坡短篇小说定义中的“一致性”问题。

所谓一致性，我的理解是：游戏规则的一致性，比如孙悟空能变，唐僧不能变，这一游戏规则在《西游记》里要遵循始终；另外，就是结果与冲突要对称，要合乎情理。

多年前我批评过中国当代作家中短篇小说“不能终篇”，记得我当时举了莫言的《月光斩》《师傅越来越幽默》，还有叶兆言的小说。关于兆言的小说，我当时打了个比方：某人攀登一座险峰，我们看他施展身手终于登顶了，功夫令人赞叹；但是上山容易下山难，当我们凝神屏气想看他如何下山的时候，他坐缆车下去了。

鲁镭的短篇小说大多数实现了一致性，即解决了细节的合理、情节的合理和故事整体的合理。

作品的不足，还在于故事的独创性，以及这个独创故事所带来的震撼力。想象力足够丰富，故事讲得足够清晰周密，但是意蕴不够深广，像莱辛在《拉奥孔》里所说的“富于包孕的情节”，还不够多。

鲁镭的作品是尺幅不大的工笔画，用的是绣花般的慢功夫，描摹的对象都画得惟妙惟肖，逼真有余，轻灵稍显不足。我的同乡吴冠中先生的水粉画，只需要简单的线条图形，白墙黑瓦、一只燕子，或者湖边人家、几株垂柳，意象就很完整了。在此不妨借用吴先生的风筝理论做个比喻：小说像放风筝，贵在高飞而不断线；能不能飞起来，飞得够不够高，能不能收得住，会不会缠在树上，考验的是自然的风力和放飞者的操控能力。

图书在版编目（CIP）数据

清凉歌/张鲁镭著. —大连：大连出版社，2014.10
（“字码头”读库）
ISBN 978-7-5505-0761-6

Ⅰ.①清… Ⅱ.①张… Ⅲ.①短篇小说—小说集—中国—当代 Ⅳ.①I247.7

中国版本图书馆CIP数据核字(2014)第192666号

清凉歌
QINGLIANGGE

出 版 人：刘明辉
策划编辑：刘明辉 张 波 卢 锋
责任编辑：张 波 孙德彦
封面设计：林 洋
版式设计：张 波
封面绘图：王天用 洪 羽
责任校对：李玉芝
责任印制：阎 骋

出版发行者：大连出版社
地址：大连市西岗区长白街10号
邮编：116011
电话：0411-83620442 0411-83620941
传真：0411-83610391
网址：http://www.dlmpm.com
E-mail：dlszhangbo@163.com
印 刷 者：大连美跃彩色印刷有限公司
经 销 者：各地新华书店

幅面尺寸：130 mm×195 mm
印 张：11.125
字 数：221千字
出版时间：2014年10月第1版
印刷时间：2014年10月第1次印刷
书 号：ISBN 978-7-5505-0761-6
定 价：29.00元